KB070648

중국문인들의
글과 말

중국문인들의 글과 말

박성혜 저

學古房

목 차

들어가며 : 고전, 그리고 중국고전산문

　선생님은 교탁 앞에서 산문의 한 구절 한 구절을 해석해나가고, 학생들은 모두 고개를 푹 숙인 채 해석을 받아 적기에 여념이 없다. 도서관에 번역본이 있지만 선생님이 해석한대로 적지 않으면 중간고사나 기말고사 때 좋은 점수를 받지 못할지도 모른다는 생각에, 한 자라도 놓칠 새라 팔이 떨어져 나갈 정도로 받아 적기에 바쁘다. 가끔 시험공부를 하다가 '명문장'을 마주대한 채 감동받기도 하지만, 학점과 장학금의 압박 속에서 이마저도 사치라는 생각에 다시 꾸역꾸역 뇌 속에 한자와 해석들을 쑤셔 넣는다. 이는 20여 년 전, 중어중문학과 고전산문 수업시간의 내 모습이다.

　시간이 흐르고, 그때의 수동적인 학생은 이제 수업을 이끌어나가야 하는 강의자로 역할이 바뀌었다. 어떻게 접근해야 4차산업혁명을 외치는 미래를 예측할 수 없는 시대 속에서도 중국고전산문의 생명력이 여전히 강력하게 유효하다는 것을 보여줄 수 있을까? 이 책은 이러한 질문에서 시작되었다.

　과거, 중어중문학과 교육과정 중, 시·소설·산문은 빠질 수 없는 과목이었다. 지금도 '중국역대산문강독', '역대산문선독', '중국고전강독', '중국명문감상' 등의 고전산문 관련 과목이 개설되어 있는 상태이다. 그러나 강산이 몇 번 바뀌는 사이, 중어중문학과의 명칭은 중국어문학과 또는 중국학과 등으로 바뀌었고, 나아가 인문대학의 다른 학과들과 통폐합되기도 했다. 인문학의 위기설마저 제기되는 지금, 취업과 별 직접적인 관련이 없어 보이는 중국고전산문의 자리가 예전에 비해 좁아진 것은 부정할 수 없는 사실이다. 게다가 산문은 시와 비교하자면 어마어마한 양을 자랑하며, 소설처럼 기 - 승 - 전 - 결의 스토리를 갖추고 있지 않기에 재미도 없다. 때문에 수업을 이끄는 교사나 수업을 듣는 학생 모두 이래저래 지루한 과목으로 여겼다.[1]

산문수업에 대한 반성어린 목소리는 지속적으로 논의되고 있다. 각각의 논문마다 주장하는 바는 다르지만, 다만 한 가지 공통점은 20여 년 전의 일방적인 강독방식은 큰 의미가 없다는 것이다.

이에 고전산문으로 스스로를 위로하고, 지금의 중국인들과 소통하자는 두 개의 큰 틀로 고전산문을 읽어보려 한다. 먼저 첫 번째 파트에서 공부 · 세상 · 자연 · 국가 · 삶과 죽음이라는 주제로 지금까지 앞만 보며 달려온 나를 되돌아보며 다독여 준 후, 두 번째 파트에서는 개혁 · 법치 · 생태 · 경제 · 외교 · 문화산업 등의 주제를 통해 고전산문이 케케묵은 옛날의 것이 아니라 '지금' 중국에서 어떻게 활용되는지를 살펴볼 예정이다.

'고전'이란 무엇인가?

고전(classic)이란 오랫동안 여러 사람들에 의해 널리 읽히고 모범이 된 문학이나 예술작품으로, 시대를 뛰어넘어 변함없이 감상할 가치가 있는 것들을 말한다. 하지만 몇 번의 중국고전산문수업을 진행해 본 결과 학생들은 '고전산문'이라는 말만 들어도 '공자', '중국문학', '지루하다',

---

1 '학생들은 한문 해독능력이 떨어져 감상은커녕 번역도 힘들어하며, 시에 비해 분량이 많은데다가, 소설처럼 이야기 서술구조가 아니어서 더욱 흥미가 떨어질 수 있다.' 고광민, 「대학 중국고전산문교육의 새로운 방향 모색」, 『중국어문학논집』 73호, 2012.

'어렵다', '졸립다', '고리타분하다', '옛날 것', '할머니' 등의 연관어를 떠올리며, 그다지 긍정적으로 생각하지 않음을 알 수 있었다. 심지어 그냥 졸업에 필요한 학점을 채우기 위해 자리에 앉아 있는 경우도 많았다. 그럼에도 불구하고, 지금까지 이어져 내려온 고전의 생명력과 중요성에 대해 어떻게 설명할까 고민하던 중, 배우이자 고전연구자인 명로진의 스토리펀딩 글에서 무릎을 칠 만한 키워드를 발견하게 되었다.[2] 올디 벗 구디(oldie but goodie). 오래되었지만 좋은 것. 빈티지 인테리어 소품샵에서 자기를 알아주는 이를 기다리는 앤틱 소품들처럼, 고전이 긴 세월의 흔적을 켜켜이 간직하고 있는, 오래되었지만 좋은 것이라는 사실을 알기까지는 참으로 오랜 시간이 걸릴 수도 있다. 시간이 흐르고 세월이 쌓이는 과정 가운데 아는 만큼 보이는 것이기에.

'중국고전산문'이란 무엇인가?

국립국어원 『표준국어대사전』에서 말하는 '산문'의 사전적 정의는 다음과 같다.

> 율격(律格)과 같은 외형적 규범에 얽매이지 않고 자유롭게 문장으로 쓴 글. 소설, 수필 따위

---

2 '운동에도 준비운동이 필요하듯이 고전읽기에도 준비운동이 필요합니다. 준비운동을 하지 않고 운동을 하면 근육이 놀라고, 준비운동을 하지 않고 고전을 읽으면 뇌가 놀랍니다. 심장마비가 아니라, 뇌마비가 오면서 "고전 싫어, 미워, 아몰랑" 이런 반응이 나타납니다. 놀라지 않고 『논어』를 제대로 이해하려면 춘추전국시대 역사를 알아야 하고, 작자인 공자를 알아야 하고, 『열국지』와 사마천의 『사기』까지 함께 보면서, 다른 사람의 해석들도 기웃거리다 보면… 그리고 나서 다시 읽은 논어는 "올디 벗 구디" 오래되었지만 좋고, 신선하고, 깊이 있는 것이었습니다.' 명로진, 〈명로진의 짧고 굵은 고전읽기〉 1화, 「우리는 왜 늘 고전을 잃다가 포기할까?」 中

그렇다면 먼 옛날 중국에서 지칭하던 산문도 같은 개념이었을까?

小篆

허신(許愼)의 『설문해자(說文解字)』에 따르면, 소전(小篆)에서 '산(散)'자는 손에 막대기를 쥐고 (攵) 마(麻)의 줄기를 쳐서 껍질과 속살을 분리해 내는 모습으로, 이후 여기에 나무의 속살을 의미 하는 육(肉)자가 더해져서 오늘날의 글자 형태로 확정되었다고 한다. 나아가 '분리·분산·느슨하다'는 의미에서 '기분대로·자기 멋대로'라 는 뜻으로까지 확대되었다. 한 마디로 '산'이라는 글자의 포인트는 '자유 로움'이다. 그런데 과연 옛날 중국의 문인들은 산문을 쓸 때 글자의 본 래 생김처럼 자유롭게 율격(리듬, 운율)에 구애받지 않고 자신의 생각 과 느낌을 그냥 붓 가는대로 늘어놓을 수 있었을까?

먼저 중국에서 산문은 '우아한 문학(雅文學)'의 영역에 속한다. 희곡 이나 소설같은 서민들의 문학이 아니라, 지식인들이 즐기는 고급스러운 문학이었던 것이다.

형식적인 측면에서 중국의 산문은 청각과 시각의 제약을 많이 받았 다. 이는 전적으로 언어·문자적 특징으로부터 비롯된 것인데, 중국어 라는 언어자체가 리듬감을 중시하며, 한자 또한 아름다운 형태를 추구 했기 때문에 산문도 이러한 관념에서 결코 자유로울 수 없었다. 차라리 대놓고 듣기 아름다운 소리를 추구하는 시를 짓는 것이 훨씬 마음 편했 을 수도 있다. 따라서 중국에서 산문은 자연히 아름다운 글자를 사용하 여 리듬감을 극대화시킨 '변려문(騈儷文)'으로 발전할 수밖에 없었으며, 변려문에 반대하며 옛날의 글로 돌아가자는 의미로 만들어 낸 '고문(古 文)'에서마저 은근하면서도 자연스러운 리듬과 아름다움이 요구되었으 니, 이래저래 산문을 쓰는 것은 고도의 정교함이 요구되는 피곤한 작업 이었을 것이다.

또한 산문은 시처럼 자신의 감정을 드러내기 보다는 현실적인 쓰임을 중시하는 뚜렷한 목적을 가지고 지어지는 경우가 많았는데, 이는 그 장르만 한번 훑어봐도 쉽게 파악할 수 있다. 예를 들어 청나라 학자 요내(姚鼐)가 『고문사류찬(古文辭類纂)』에서 주장한 '13분류법'만 보더라도, 자신의 주장을 펼치기 위한 글(論辨類), 책에 대한 서문이나 평가의 글(序跋類), 황제께 올리는 글(奏議類), 반대로 황제가 신하나 백성들에게 내리는 글(詔令類), 비석에 누군가의 생애를 기록하고 칭송하는 글(碑誌類) 등 대부분 그 목적이 분명하다. 하다못해 아름다운 자연의 경치를 노래한 감상문(雜記類)에도 여행 중 깨달은 '도(道)'를 담고자 했다.

당나라 한유(韓愈)와 유종원(柳宗元)은 이러한 글쓰기의 목적에 대해 '글에는 도를 담아야 한다(文以載道)'·'글로써 도를 밝혀야 한다(文以明道)'라는 유명한 주장을 펼치기도 했는데, 이 말의 핵심인 즉 지식인이라면 마땅히 지신이 지은 글 속에 송곳같은 진리를 담아야지, 단순하게 끄적거리는 행위에 그치지 말라는 엄중한 경고일 것이다.

조조의 둘째 아들이자 역사상 위나라 문제(文帝)로 알려진 조비(曹丕)는 산문의 가치를 '시대를 초월하여 국가를 경영하는 지표'로까지 격상시키기도 했으니,[3] 그 옛날 중국에서 산문이 얼마나 중요한 위치에 있었는지는 이쯤에서 매듭 짓도록 하겠다.

제자백가와 과거제도

주지하다시피, 사물의 모양을 모방하고 각종부호들을 발전시키는 가운데 한자가 생겨났고, 상나라 갑골문에 이르러 본격적인 문자로 기록

---

3 문장은 나라를 <u>다스리는 근본적인 큰 사업</u>이며, <u>영원히 썩지 않을</u>앓을 성대한 일이다(蓋文章<u>經國之大業</u>, <u>不朽之盛事</u>) 조비, 「典論－論文」

되었다. 그리고 이러한 배경 아래 주나라 말기 최초의 산문인 『주역(周易)』이 탄생하기에 이른다. 그러나 주역은 효(爻)와 괘(卦)의 산만한 구성을 기반으로 하기 때문에 그냥 산문의 전신으로 여겨지기도 한다.

누구도 이의를 제기하지 않는 중국 최초의 산문은 역시 『서경(書經)』일 것이다. 서경은 『서(書)』 또는 『상서(尙書)』라고도 하며, 하~상~주 시대 왕들의 말을 사관이 기록한 것이다. 이렇게 문장으로 역사를 기록하는 전통은 이후 공자의 『춘추(春秋)』, 좌구명(左丘明)의 『춘추좌씨전(春秋左氏傳)』과 『국어(國語)』를 지나, 한나라 유향(劉向)의 『전국책(戰國策)』, 사마천의 『사기(史記)』와 반고의 『한서(漢書)』로 이어지는 25사(25史) 등의 '역사산문(紀事)'으로 발전했다.

역사산문과 함께 춘추전국시대에는 노자·공자·맹자·장자·한비자·순자·묵자 등의 사상가들이 저마다의 주장을 펼치며 글로 기록하기 시작했는데, 자신의 주장을 세웠다는 뜻에서 '입언산문(立言散文)'이라고도 하며, 그 내용으로 인해 '철리산문(哲理散文)'으로 불리기도 한다. 특히 춘추 말기부터 전국시대를 거쳐 진나라가 통일하기까지 각 나라의 제후들은 저마다 마음에 드는 주장을 채택하여 부국강병을 이루길 꿈꿨으니, 이러한 배경 아래 제자백가(諸子百家, Hundred Schools of Thought) 사상가들은 오늘날의 사람들도 깜짝 놀랄만한 고도로 완성된 형태의 글을 지을 수 있었다. 유가·도가·법가·묵가 등 각 학파간의 치열한 논쟁을 통해 완성된 논리와 수사는 중국 산문을 비약적으로 발전시킨 첫 번째 계기라 할 수 있다.

두 번째로 중국산문이 발전하게 된 계기는 중국을 넘어 동아시아 전반에 영향을 미친 과거제도를 꼽을 수 있다. 578년 수나라 문제(文帝)가 본격적으로 처음 실시한 이후, 과거제도는 당나라를 거쳐 송나라에 이르러 공식적으로 관리를 선발하는 제도로 정착되었다. 관리가 되고자 했던 수험생들은 글자와 글씨를 익히고 사서오경(四書五經)을 공부한 후 시험에 응시하는데, 역사적 사건이나 정치에 대해 자신의 생각을 논하고 평가하는 문제들이 주로 출제되었다.[4] 예를 들어 소식이 작성한 진사 시험 답안지 「상과 벌을 충직하고 두터운 인정으로 시행해야 한다'는 주장에 대하여(刑賞忠厚之至論)」라는 글을 보도록 하자.

> 요임금 시절 고요가 형벌을 주관하고 있었는데, 사형에 처해야 할 사람이 발생했다.
> 고요가 '그 사람을 사형에 처하라'라고 세 번이나 말했지만,
> 요임금은 '용서해 주시오'라고 세 번이나 말했다.
> 때문에 천하 백성들은 고요가 엄격하게 법을 집행하는 것을 두려워하면서,
> 요임금이 너그럽게 형을 집행하는 것을 좋아했다.
> 사악이 '곤을 등용하는 것이 좋겠습니다'라고 간하자
> 요임금은 '아니되오, 곤은 명령을 어겼으며 나라를 무너뜨릴 사람이오'라고 말하며, '그를 시험해 본 후에 등용합시다'라고 제안했다.
> 어찌하여 요임금은 고요를 사형시키는 것은 반대하고 사악이 곤을 등용하는 것은 허락했는가. 이 두 사건은 성인의 마음을 짐작할 수 있는 근거이다. 서경에도 이르기를 '죄가 있는지 의심스러울 때는 가벼운 쪽을 택하여 벌을 내리고, 공로가 있는지 의심스러울 때는 무거운 쪽을 택하여 상을 내려야 한다. 죄 없는 사람을 죽이기보다는 차라리 법을 지키지 않는다고 비난받는 것이 더 낫다'라고 했다. (중략)
> 當堯之時, 皋陶爲士, 將殺人
> 皋陶曰 '殺之三', 堯曰 '宥之三'
> 故天下畏皋陶執法之堅, 而樂堯用刑之寬
> 四岳曰 '鯀可用', 堯曰 '不可, 鯀方命圯族', 旣而曰 '試之'
> 何堯之不聽皋陶之殺人, 而從四岳之用鯀也
> 然則聖人之意, 蓋亦可見矣
> 書曰 '罪疑惟輕, 功疑惟重, 與其殺不辜, 寧失不經' (중략)
>
> 소식 「상과 벌을 충직하고 두터운 인정으로 시행해야 한다'는 주장에
> 대하여(刑賞忠厚之至論)」 中

4 미야자키 이치사다, 전혜선 옮김, 『과거, 중국의 시험지옥』, 역사비평사, 2016.

'인자함은 아무리 지나쳐도 괜찮지만, 정의로움이 지나치면 잔인하다는 소리를 듣게 된다(過乎仁不失爲君子, 過乎義則流而入於忍人)'는 논리를 펼치기 위해 소식은 『시경』·『서경』·『춘추』 등의 고전을 자유롭게 넘나들며 자신의 논리를 뒷받침하기 위한 근거 자료로 십분 활용하고 있다. 인용한 곳은 『서경』을 근거로 자신의 주장을 펼친 부분인데, 훗날 답안지를 채점했던 구양수(歐陽修)와 매요신(梅堯臣)이 도대체 『서경』의 어느 부분을 인용한 것인지 그 출처가 기억나지 않아 끙끙거리다가 소식에게 물어봤더니, 소식은 당당하게 다음과 같이 대답했다고 한다. '요임금의 성품을 미루어 제가 지어 낸 것입니다'

고전을 지어서 인용한 소식의 답안지는 특이한 경우에 속하지만, 여기서 말하고자 하는 바는 과거시험에 합격한 관리는 유교경전에 대한 충분한 이해와 함께 글쓰기 능력이 기본적으로 탑재된 사람들로 여겨졌다는 사실이다. 또한 행정적인 업무와 더불어 사회와 세계에 대한 통찰력을 갖춘 전인적인 인간으로 평가되었으니, 얼마나 많은 수험생들이 사회적으로 인정받는 관리가 되기 위해서 피나는 글쓰기 연습을 했겠는가. 이에 대해 크리스토퍼 코너리(Christopher Connery)는 '문자와 글을 장악한 개인 혹은 집단이 그렇지 못한 개인 혹은 집단에 대해 우월적인 권위를 갖으며, 중국에서 왕조의 흥망을 넘어 제국체제를 지속시킨 것은 바로 글의 힘에 의한 것이었다. 제국을 영원케 하는 것은 바로 권위(authority)인데, 글을 쓰는 저자(author)는 글의 힘을 통해 동의와 복종을 획득할 수 있었던 것이다'[5]라고 과거제도-지식인-글쓰기의 상관관계를 정리한 바 있는데 일리가 있는 주장이라 하겠다.

'글을 잘 써야 지식인'이라는 인식은 오늘날에도 여전히 유효하다. 이는 단순히 그 옛날 과거시험을 통과하여 관리가 되었던 것처럼, 오늘날

---

5 크리스토퍼 리 코너리, 최정섭 옮김, 『텍스트의 제국』, 소명출판, 2005.

대학에 입학하고 기업에 취업하기 위해 자기소개서와 논술시험을 준비하라는 말이 아니다. 여기에는 보다 본질적인 욕망이 내재되어 있음에 주목할 필요가 있는데, 현실세계와 가상세계가 일치되는 4차산업혁명 시대가 진행될수록 '인간과 인간다움'에 대한 갈망은 더욱 깊어질 것이며, 글쓰기야말로 인간이 자신을 표현하는 가장 기본적이고 세련된 방식이라는 점이다. 전 세계가 하나로 연결된 채 누구나 글을 읽고 쓰는 '호모 라이터스(Homo - Writers)'의 시대가 활짝 열린 지금, 글과 인간다움에 대한 고민은 더욱 깊어질 것이 자명하다.

[생각해보기(1)] 4차산업혁명 시대에 '인문학'의 역할에 대해 생각해 보도록 한다.

[생각해보기(2)] 2016년 8월, 중국에서 세계 최초로 양자통신위성 '묵자호(墨子號)'를 쏘아올렸다. 도청+감청 차단 위성에 왜 묵자의 이름을 붙였는지 생각해 보도록 한다.

1부

중국고전산문과 나

좋은 글쓰기를 추구하되,
그보다 더욱 '좋은 삶을 살아내기 위해' 힘써야 한단다.

영화 〈파인딩 포레스터(2000)〉 中

1부에서 언급하고자하는 공자·맹자·순자·사마천·제갈량·왕희지·이백·소식·주돈이·구양수·유종원·범중엄·도연명·유우석·한유는 훌륭한 글을 남긴 문장가들 가운데서도 지극히 일부분에 지나지 않는다. 고전산문을 통해 나를 살펴보기에 앞서 근본적인 질문을 하나 던져본다. 왜 이들은 시공을 초월하여 뛰어난 문장가로 이름을 남기고 있을까. 이들의 삶을 가만히 들여다보고 있노라면 모두 좋은 글을 넘어서서 좋은 삶을 살아내기 위해 애쓴 흔적들이 보인다. 이들은 어두운 시대를 바라보며 마냥 주저앉지 않았고, 지독하게 안 풀리는 삶 앞에서 불만을 쏟아내는데 그치지 않고 이를 세련된 글로 승화시켰다. 어떠한 삶을 살아야 할지 고민하는 사람이라면 알렉사(Alexa)처럼 엄청난 양의 빅 데이터를 분석한 인공지능의 대답보다 이들의 조언이 더 큰 울림으로 다가올 수도 있을 것이다.

1. 고전산문과 공부

공자와 공부 『논어』

> 열 가구가 모여 사는 작은 마을에 충직과 신의에 있어서는 나와 같은 사람이
> 있을 것이지만, 나만큼 배우기를 좋아하는 사람은 없을 것이다.
> 子曰 "十室之邑, 必有忠信如丘者焉, 不如丘之好學也."
>
> 『논어 - 공야장(28)』

> 나는 나면서부터 아는 천재가 아니라, 다만 옛것을 좋아하여 부지런히 공부
> 하는 사람일 뿐이다.
> 子曰 "我非生而知之者, 好古敏以求之者也."
>
> 『논어 - 술이(19)』

　　엄밀하게 말하자면 『논어(論語)』는 공자의 저서가 아니다. 공자의 가
르침을 그 제자들(또는 제자의 제자들)이 일정한 순서로 편집한 것이지
만 중국을 포함하여 동아시아 전반에 미친 영향력이 지대하기에 고전
산문을 이야기하는데 있어서 다루지 않을 수 없다. 『논어』 곳곳에는 그
자신이 얼마나 공부를 좋아하고 얼마나 부지런히 이를 익혔는지에 대
한 언급과 함께, 제자들 각각의 수준에 맞춰 친절하게 설명해주는(人材
施教) 눈높이 교육으로 가득 차 있으니 실로 '시공을 초월한 위대한 스
승(萬世師表)'으로 칭송받기에 부족함이 없다. 그런데 공자는 왜 인생의
목적을 '공부'에 뒀을까. 이에 대한 대답은 『논어』의 여러 구절 속에 있
지만 '오소야천(五少也賤)'이라는 문장에 유독 눈길이 간다.

오(吳)의 고위관료 태재(太宰)가 공자의 제자 자공에게 물었다.

"그대의 선생님께서는 성인이신가요? 어찌 그리 다재다능하신지요."

자공이 대답했다. "본래 하늘이 내린 성인이신 데다가, 능력까지 많으신 것이지요."

공자가 이를 듣고 말했다. "태재가 나를 알아본 것인가? 나는 어려서부터 미천했기에, 천한 일도 많이 할 줄 아는 것이다. 군자는 다재다능해야할까? 그럴 필요는 없을 것이다"

공자의 제자 자장이 말했다. "선생님께서는 '나는 등용되지 못했기에 능력이 많은 것이다'라고 말씀하셨다"

太宰問於子貢曰:"夫子聖者與? 何其多能也."

子貢曰:"固天縱之將聖, 又多能也."

子聞之曰:"太宰知我乎? 吾少也賤, 故多能鄙事. 君子多乎哉? 不多也."

牢曰:"子云, 吾不試, 故藝"

『논어 – 자한(6)』

'나는 어려서부터 미천했기 때문에 공부했다'

사마천은 『사기–공자세가』에서 '숙량흘과 안징재의 비정상적인 혼인관계를 통해 태어난 아이였기 때문(紇與顏氏女野合而生孔子)'이라고 그 이유를 밝히고 있다.[1] 김용옥 선생님의 설명을 빌려 좀 더 구체적으로 풀이하자면 다음과 같다.

송나라 퇴역군인이었던 공자의 아버지 숙량흘은 일흔이 가까워져 오는 나이에 아들을 낳겠다는 일념으로 셋째 부인을 얻으려 했고, 결국 곡부성 무당집 성촌에 거주하는 박수무당 안양(顏襄)의 셋째 딸 안징재(顏徵在)가 이 제안을

---

1 '공자는 노나라 창평향 추읍에서 태어났다. 그의 조상은 송나라 사람으로 공방숙이라고 한다. 방숙이 백하를 낳았고 백하는 숙량흘을 낳았다. 흘은 안씨의 딸과 야합하여 공자를 낳았으니, 니구에서 기도하여 공자를 얻은 것이다' 사마천 지음, 김원중 옮김, 『사기세가』, 민음사, 2010.

받아들임으로써 비정상적인 혼인관계가 성립되었기에 사마천이 "억지 결합 (野合)"이라는 표현을 쓴 것이다.[2]

  니구산(尼丘山)을 향해 기도하며 그토록 원하던 아들을 낳았지만 숙량흘은 공자 나이 3살 때 세상을 떠났고, 안징재와 공자는 '완전히 부계에서 버림받은 모자(母子)'가 되었다.[3] 그리고 공자 나이 17살에 어머니마저 세상을 떠났다. 축복받지 못했던 탄생, 얼굴도 기억나지 않는 아버지, 고생만 하다가 역시 일찍 돌아가신 어머니, 그리고 존왕양이(尊王攘夷)에서 약육강식(弱肉强食)으로 향하던 춘추 말기의 시대적 상황 속에서, 지금으로 치자면 중고등학교 나이 정도의 청소년이 선택할 수 있는 길은 무엇이었을까. 다행히 각 나라의 제후들은 부국강병을 위해서라면 누구라도 등용할 마음의 준비가 되어 있었고, 공자 자신 또한 이것저것 배우기 좋아하는 호기심 많은 성격을 지니고 있었다. 스스로의 노력 여하에 따라 공부로 일가를 이루어 제후의 마음에 드는 학설을 제시한다면 아버지처럼 귀족계층으로 살수도 있지만, 자칫 방심했다가는 평생 어머니처럼 천민의 신분으로 살아갈 수도 있는 상황 가운데 선택의 여지가 없었을 것이다. 즉, 공자의 자기주도학습은 부모님의 강요로 참가하게 된 여름방학 캠프나 특강에 떠밀려 시작된 것이 아니었기에 더욱 절박하게 다가온다. '나는 어려서부터 힘들게 살았기 때문에 온갖 비천한 일들을 많이 할 줄 아는 것이지'라는 담담한 고백은 그의 공부가 살기 위해 몸부림친 결과물, 곧 지식을 넘어선 '지혜'임을 말해준다.
  그렇다면 공자는 공부를 즐긴 결과, 모두가 우러러보는 중요한 관직을 맡으며 자신이 모시는 제후를 '천하의 패자(霸者)'로 만들었을까. 주

---

2 김용옥, 『도올 논어(1)』, 통나무, 2004.
3 김용옥, 같은 책.

지하다시피 공자는 좌절에 좌절을 거듭하다가 51살에 이르러서야 겨우 노나라 정계로 진출하여 얼마 후 '대사구(大司寇)'의 자리에 오른다. 그러나 이웃 제나라의 계책으로 이내 실각하고 결국 56살부터 68살까지 13년 동안 자신을 등용해 줄 제후를 만나기 위해 떠돌아다닌다. 노구를 이끌고 여러 나라를 다니며(周遊列國) 70여 명의 제후들을 만났지만 결과는 대실패. 지금의 상황으로 비유하자면 그토록 힘들게 스펙을 쌓은 후 70군데 넘게 원서를 냈건만 아무도 나를 채용해주지 않은 결과와 같다. 그리고 '상갓집 개(喪家之狗)'와 같은 초라한 모습으로 어쩔 수 없이 고향으로 돌아와, 자신이 그나마 가장 잘 할 수 있는 일인 제자 양성과 저서 집필에 집중하면서 삶의 마지막 시기를 정리한다. 그는 미천했기에(賤), 등용되지 못했기에(不試) 공부를 선택하고 이에 집중했지만 결과는 자타의 예측과는 거리가 멀었다.

공자는 인류의 위대한 스승이 되기 위해 공부를 시작한 것이 아니었다. 그러나 『논어』는 그가 가장 잘했던 공부와 가르침에 대한 이야기들로 가득 차 있으니 '나는 왜 공부를 할까'라는 근본적인 질문에 대해 생각해볼 때 먼저 펼쳐볼만한 책이라 하겠다. 특히나 유치원 - 초등학교 - 중학교 - 고등학교 - 대학교로 진학하기까지 부모님과 세상에 의해 등 떠밀린 결과 지금 이 강의실에 앉아 있는 것이라면 더욱 이 질문은 중요하다. 졸업 → 취업 → 결혼 → 육아 → 큰 평수의 아파트와 외제차 등을 위해서 공부한다면 한번 뿐인 인생이 너무 허무하지 않을까.

敏而好學, 不恥下問.『논어 - 공야장(15)』

學而不思則罔, 思而不學則殆.『논어 - 위정(15)』

知之爲知之, 不知爲不知, 是知也.『논어 - 위정(17)』

知之者不如好之者, 好之者不如樂之者『논어 - 옹야(18)』

三人行, 必有我師焉. 擇其善而從之, 其不善者而改之.『논어 - 술이(21)』

성리학자들과 공부「애련설」

학문을 잘 하고자 하는 사람은 마땅히 그 까닭을 생각해야 할 것이며,
글귀만 외우거나 건성으로 보아서는 안 될 일이다.

善學者, 當求其所以然之故, 不當誦其文過目而已也.

정자(程子),『이정쇄언(二程粹言)』

학문은 스스로 얻는 것보다 귀한 것이 없는데,
밖에서 얻은 것이 아니므로 '자득'이라고 한다.
자득하지 못하면 늙어서는 학문이 더욱 쇠퇴하게 된다.

學莫於自得, 得非外也, 故曰自得. 學而不自得, 則至老益衰.

정자,『성리대전(性理大全)』

　　공자의 가르침은 전국시대 맹자와 순자를 거치면서 보다 정교한 '유
학'으로 체계화되었고, 이후 한나라 동중서(董仲舒)를 지나, 송나라 주
돈이(周敦頤) · 정호(程顥) · 정이(程頤) · 주희(朱熹) 등에 이르기까지 자
신의 생각을 덧붙이며 '신유학(新儒學)'으로 발전시키기에 이른다. 특히
남송시대 주희의 저서들은 명 - 청 시대 과거시험의 모범 답안으로 여
겨졌으며, 시공을 넘어 조선과 오늘날의 대한민국에 이르기까지 지대한

영향력을 미치고 있는 실정이다. 오죽하면『공자가 죽어야 나라가 산다』(김경일, 1999)라는 책까지 출간되었고, 이를 본 재단법인 성균관에서 저자를 명예훼손죄로 고발하는 일까지 벌어졌겠는가. 이는 2004년 말 무죄로 일단락 지어졌지만,[4] 지폐에 성리학자를 두 명이나 모시고 있는 나라에서 결코 웃어넘길 수 없었던 사건이었다. 그런데, 이황·이이를 매일 보는 한국 사람들은 성리학에 대해 잘 알고 있을까. 이기일원론(理氣一元論)·이기이원론(理氣二元論)·사단칠정론(四端七情論) 등 중고등학교 윤리 시간에 잠깐 본적이 있던 성리학은 상당히 머리 아팠던 추억을 가져다준다. 도무지 무슨 소리인지 알 수가 없기 때문이다.

'맹자 이후 1,400년 동안 학문의 정통이 끊겼다가 우리가 다시 이었다'고 주장하는 성리학은 북송시대 주돈이 → 정호·정이 형제 → 남송시대 주희에 의해 체계를 이룬 후, 고려 말 한반도로 전래되었다. 성리학은 '이(理)와 기(氣)의 개념으로 인간의 본성 및 우주의 이치를 탐구하는 학문'이기에, 격물치지(格物致知 : 사물의 이치를 따져 앎을 확고히 하는 것)의 방법론이 매우 중시된다. 강신주는 이러한 성리학자들의 섬세한 관찰력에 대해 '살아있는 모든 것에 대한 감수성'이라고 풀이하고 있는데,『황제내경』에 대한 정호의 깨달음을 예로 들면서, 내 몸에 붙어 있어도 마비되어 있으면 불인(不仁)이요, 나와 다른 타자라도 공감한다면 인(仁)이라는 설명이다.[5] 주변의 것들을 찬찬이 바라보며 그 이치에 대해 생각하고 있노라면 자연스럽게 공감의 마음이 생기고 이는 배려로 이어질 소지가 높다. '공감'이야말로 인간과 기계를 구분하는 가장 큰 차이점일 것이다.

모든 공부의 목적은 취업, 내 생각이 사라져버린 교실, ABCD로 나눠

---

4 「'공자가 죽어야…' 명예훼손 무죄」(노컷뉴스 2004.11.23)
5 강신주,『철학이 필요한 시간』, 사계절, 2016.

야만 하는 상대평가, 전공을 불문하고 책상 앞에 펼쳐진 토익책, 내 코가 석자라서 타인에게 공감할 여유가 없는 상황, 매일 포탈에 등장하는 최악의 실업률, '그래서 그게 저랑 무슨 상관인데요?'라는 학생들의 대답은 교학(敎學)의 질을 참을 수 없는 가벼움으로 만든다. 물론 최소한의 사람 구실을 하며 살기 위해서라도 취업은 너무나 중요하다. 성리학자처럼 출세나 입신양명을 초월하여 '공부 그 자체의 즐거움'만 즐길 수 있는 편안한 처지가 아니라는 뜻이다. 그럼에도 불구하고 우리의 마음속에는 진리가 무엇인지 알고 싶어 하는 목마름이 있으며, 나와 다른 타인과 하나 되어 무엇인가를 성취할 때 언어로 묘사할 수 없는 희열을 느낀다. 우리는 기계가 아닌 이성과 감정을 가진 '인간'이기에.

머리로 다른 사람을 측정하는 것이 아닌
공감과 애정을 가지고 바라보는 것,
그것을 통해 나를 변화시키고
진정한 공존을 이뤄내는 것이 바로 공부입니다.

신영복, 「공부란 무엇인가」 강연 中

▲ 강세황, 〈향원익청〉
(ⓒ간송미술문화재단)

미션 가까운 시일 내에 경복궁 '향원정(香遠亭)'을 방문하여 그 명칭의 유래를 찾
아보고, 향원정 앞 벤치에 앉아 주돈이의 「연꽃을 좋아하는 이유(愛蓮說)」
를 읽고 느낀 점을 정리해보자. 연꽃이 피어있는 한여름의 향원정이라면 더
욱 좋겠다.

물과 땅에서 나는 꽃 중에는 사랑스러운 것이 너무나 많다.
진나라의 도연명은 유독 국화를 사랑했고
당나라 이래로 세상 사람들은 모란을 무척 사랑했으나
나는 홀로 연꽃을 사랑한다.
진흙 속에서 나왔으면서도 진흙에 물들지 않고,
맑은 잔물결에 씻겨도 요염하지 않으며,
줄기 속은 비었으되 겉은 곧고,
덩굴지거나 가지를 치지 않으며,
<u>향기는 멀수록 더욱 맑고</u> 우뚝 깨끗하게 서 있으니,
멀리서 바라볼 수는 있지만 함부로 가지고 놀 수는 없다.
때문에 나는
국화는 꽃 중의 은자요,
모란은 꽃 중의 부자요,
연꽃은 꽃 중의 군자라고 말한다.
아!
국화를 사랑하는 경우는
도연명 이후에는 들은 적이 드물고
연꽃을 사랑하는 경우에 있어서는
나와 같은 이가 몇이나 될까?
모란을 좋아하는 자는 당연히 많을 것이다.

水陸草木之花, 可愛者甚蕃.
晉陶淵明, 獨愛菊, 自李唐來, 世人甚愛牡丹,
獨愛蓮之出於泥而不染, 濯清漣而不夭, 中通外直, 不蔓不枝, <u>香遠益清</u>, 亭亭
淨植, 可遠觀而不可褻翫焉.
予謂, 菊花之隱逸者也, 牡丹花之富貴者也, 蓮花之君子者也.
噫, 菊之愛, 陶後鮮有聞, 蓮之愛, 同予者何人, 牡丹之愛, 宜乎衆矣.

주돈이, 「연꽃을 사랑함에 대하여(愛蓮說)」

이지와 공부 「성교소인」

이지는 중국문학사 시간에 명나라의 소설을 다룬 부분에서 잠시 등장했던 인물이다. 어쩌면 본명보다는 '탁오'라는 호(號)가 더 익숙할 수도 있겠다.

명나라 말기 만력연간(萬曆年間 : 1573~1619) 소설의 가치를 알아본 사람들이 등장한다. 전후칠자의 복고주의에 반대하여 '개성적인 문학창작'을 주장했던 공안파(公安派)에 영향을 준 인물들을 설명하는 부분에 잠깐 등장하는 이지의 「동심설(童心說)」정도가 내가 알고 있던 전부였다. 그리고 세월이 흘러 중국문학사 수업을 준비하면서 읽은 『문학의 숲에서 동양을 만나다』가운데 「성인의 가르침(聖教小引)」의 첫 단락을 만났을 때의 충격은 단언컨대 저자인 김선자 선생님보다 훨씬 더 컸을 것이다.

이때부터 이지의 글을 찾아서 읽어보기 시작했다. 다행히 평전도 여러 권 있고,[6] 『분서(焚書)』·『속분서(續焚書)』·『명등도고록(明燈道古錄)』등의 저서가 김혜경 선생님의 수고로 번역이 되어 있는 상태이지만, 정작 궁금한 『장서(藏書)』는 그 방대한 분량으로 인해 누군가의 번역을 기다리고 있는 중이다. 먼저 모두를 충격에 빠뜨린 고백 「성인의 가르침」을 김혜경 선생님의 번역으로 소개하고자 한다.[7]

> 나는 어려서부터 성인의 가르침이 담긴 책을 읽으면서도 사실 그 내용이 무엇인지 제대로 알지 못했고, 공자를 존경하면서도 사실 공자에게 어떤 존경할 만한 점이 있는지 알지 못했다. 그야말로 난쟁이가 광대놀음을 구경하다가 사람들이 잘한다고 소리치면 따라서 잘한다고 소리 지르는 것과 같은 상

---

6 신용철, 『이탁오』, 지식산업사, 2006.
7 이지, 김혜경 역, 『속분서』, 한길사, 2007.

황이었다. 나이 오십 이전의 나는 정말로 한 마리의 개에 불과했다. 앞의 개가 그림자를 보고 짖으면 나도 따라서 짖어댔던 것이다. 만약 남들이 짖는 까닭을 물어오면 그저 벙어리처럼 쑥스럽게 웃거나 할 따름이었다.

余自幼讀聖教不知聖教, 尊孔子不知孔夫子何自可尊. 所謂矮者觀場, 隨人說研, 和聲而已. 是余五十以前眞一犬也. 因前犬吠形, 亦隨而吠之, 若問以吠聲之故, 正好啞然自笑也已.

쉰 살이 넘은 뒤 몸이 쇠약해져 죽을 지경에 이르자 친구들의 권유와 가르침을 받아들여 불경을 뒤적이며 읽기 시작했다. 요행 생사의 근원에 대해 약간의 자취나마 엿볼 수 있게 되었으므로, 다시『대학』과『중용』의 요체를 궁구하였다. 그리고 이 책들이 꿰뚫는 취지를 알아내『명등도고록』이란 책으로 엮었다. 그러다 급기야는『주역』을 연마한 이를 좇아 삼 년 동안『주역』을 공부했는데, 밤낮을 가리지 않고 애쓴 결과 다시 64괘의 뜻을 밝힌『역인』을 찍어 세상에 내놓게 되었다.

五十以後, 大衰欲死, 因得友朋勸誨, 翻閱貝經, 幸于生死之原窺見斑点, 乃復研穷學·庸要旨, 知其宗實, 集爲为道古一錄. 於是遂從治易者讀易三年, 竭晝夜力, 复有六十四卦易因鏤刻行世.

오호라! 나는 오늘에서야 공자를 이해했고 더 이상 예전처럼 따라 짖지는 않게 되었다. 예전의 난쟁이가 노년에 이르러 마침내 어른으로 성장한 것이다. 여기에 이르기까지 나의 뜻과 기상이 비록 한 역할을 했다고는 하더라도 나를 이끌어준 스승과 친구들의 공이 어찌 없는 듯 말아먹을 수 있을꼬! 기왕 성인에 대해 안다고 스스로 자부하게 되었으니 그 때문에라도 불교를 믿는 무리들과 더불어 그것을 공유하고자 한다. 예전에 친구들이 보여준 마음을 불교 신도에게 넓혀 나가 그들로 하여금 도는 영원히 하나일 뿐 둘이 아니고 다른 것도 없음을 알게 하려는 것이다. 이는 정녕 우리 태조고황제께서 간행하여 보여주신 바와 같은 취지이니, 그 내용은 이미 간행된『삼교품』안에 자세히 실려 있다.

嗚呼! 余今日知吾夫子矣, 不吠声矣, 向作矮子, 至老遂爲長人矣. 雖余志氣可取, 然師友之功安可誣耶! 既自謂知聖, 故亦欲與釋子輩共之, 盖推向者友朋之心以及釋子, 使知其萬古一道, 無二無別, 眞有如我太祖高皇帝所刊示者, 已詳載於三

教品刻中矣.

불교도들조차 모르면 안 되는 내용인데 양정견처럼 전심전력으로 공자를 공부하는 자야 나위가 있겠나! 부디 우리와 더불어 힘써 정진하길 바란다! 만약 그렇게 해서 굳건한 견해가 생긴다면 전후좌우 어디서든지 공자를 볼 수 있을 것이다. 충신독경이 오랑캐 땅에서도 행해질 것이 확실한데, 어떻게 호북 땅에 또 그런 일이 없을까봐 걱정하겠는가?

夫釋子旣不可不知, 况楊生定見專心致志以學夫子者耶! 幸相與勉之! 果有定見, 則參前倚衡, 皆見夫子, 忠信篤敬, 行乎蠻貊決矣, 而又何患於楚乎?

이지, 「성인의 가르침(聖敎小引)」

이 글은 이지의 다른 글을 이해하는데 있어서 열쇠와 같은 역할을 한다. 이렇게 철저한 자기반성의 고백이 나오기까지 명나라 말기의 시대적인 상황과 이탁오 개인의 삶을 알아야만 「동심설(童心說)」·「충의수호전 서문(忠義水滸傳序)」·「여성이 도를 배움에 있어서 식견이 모자라다는 의견에 대한 답서(答以女人學道爲見短書)」 등의 글들을 제대로 이해할 수 있기 때문이다. 때는 주희의 성리학이 모두에게 절대 진리로 여겨졌던 시절, 체제에 순응한 채 말단관리직을 전전하며 모든 인간관계가 정리될 때까지 책임을 다하다가, 54살 스스로 머리를 깎고 윈난성 계족산(鷄足山 : 윈난성 大理(下關)에서 동북쪽으로 56km)에 들어가 칩거하면서 이제부터는 자기가 원하는 진짜 공부를 하겠다고 선언한 글이다.

나이에 민감한 한국 사람들이 이 글을 읽고 충격을 받는 포인트는 첫째 '50'이라는 숫자일 것이다. 50살이면 대부분 자신의 앎이나 신념을 더욱 공고히 다지기 마련이며, '꼰대'라는 부정적인 단어도 이로 인해 파생된 것이리라. 그런데 이지는 남들이 더욱 출세의 정점을 찍고 싶어 발버둥 치며 노후대책을 강구할 시기에 생뚱맞게 '진짜 공부'를 하겠다고 출가를 단행한다.

두 번째로 충격적인 부분은 스스로를 '따라 짖는 개'와 '따라 소리 지르는 난쟁이'라는 적나라한 비유로 반성한 점이다. 명나라 말기, 과거시험에 합격하고 체제의 틀 안에서 살아남기 위해 공자와 주희의 의견에 감히 좁쌀만한 의심도 품어서는 안됐던 시절, 이지 역시 키가 작아 제대로 공연도 못 본 채 그냥 따라 웃었던 난쟁이처럼, 다른 개가 짖으니까 왜 짖는지도 모른 채 따라 짖었던 개처럼 살아왔다. 그리고 남들이 왜 웃었는지 물어보면 '공연을 제대로 보지 못했기에, 짖는 이유에 대해서 한 번도 생각해 본적이 없기에' 머쓱하게 웃음으로 때울 뿐이었다. 생각해보면 나는 왜 그 비싼 등록금을 들여가며 대학에 진학했고, 왜 토익성적에 일희일비하며, 왜 A로 성적표를 채우기 위해 고군분투하는지, 왜 결혼을 하고, 왜 아이를 낳고, 왜 아파트에서 살아야 하는지 깊이 생각해 본적이 없다. 그냥 남들도 그렇게 하니까 따라서 웃고 짖은 격이다.

어린아이처럼 삶 가운데 '왜' 라는 질문을 다시 회복시키고, 각종 정보가 넘쳐나는 이 시대에 충분한 검색과 사색을 통해 스스로의 목소리를 낼 줄 아는 것이 바로 공부의 기본자세일 것이다. 그리고 난쟁이와 개에서 어른으로 성장했다고 자신 있게 말할 수 있는 그 시기가 바로 지금이라면, 이번 생은 성공적이라고 말할 수 있지 않을까.

미션(1) 이지의 『장서 - 세기열전총목전론(世紀列傳總目前論)』 중 한 단락을 읽고 이에 대해 느낀 점을 서로 이야기해 보도록 한다. 특히 밑줄 친 부분은 시진핑 국가주석이 인용한 구절로도 유명하다.

무릇 시비의 다툼은 해와 때가 변하는 것 같고, 밤과 낮이 바뀌는 것 같이 한 가지로 일정하지 않은 것이다. 어제 옳은 것이 오늘은 옳지 않을 수 있고, 오늘 옳지 않은 것이 훗날에는 옳을 수 도 있는 것이다. 비록 공자를 지금 이 시대에 다시 태어나게 한다 해도, 그 또한 어떻게 시비의 표준을 세워야 할지 모를 것인데, 그가 정한 표준으로 상과 벌을 행할 수 있단 말인가!

夫是非之爭也, 如歲時然, 晝夜更迭, 不相一也. 昨日是而今日非矣, 今日非而后日又是矣. 雖使孔夫子復生於今, 又不知作如何非是也, 而可遽以定本行罰賞哉!

미션(2) 『선인들의 공부법』(박희병, 창비, 2013), 『학문의 즐거움』(히로나카 헤이스케, 김영사, 2008), 『진격의 대학교』(오찬호, 문학동네, 2015)를 읽어본 후, '지금 내가 공부를 하고 있는 이유'에 대해 생각해 보도록 한다.

2. 고전산문과 세상

세상에 백락이 있은 연후에야 천리마가 있다는 사실을 알았다.
천리마는 늘 있지만 백락 같은 사람은 늘 있는 것이 아니다.
따라서 명마가 있어도 노예처럼 다루는 사람의 손아래서, 치욕을 당하다가
마구간에서 다른 평범한 말과 함께 죽으면 천리마로 일컬어지지 못한다.
천리를 달리는 말은 한 번 먹을 때 한 섬의 곡식을 먹어야 한다. 그런데 말을
먹이는 사람이 그 천리를 달릴 수 있음을 알지 못하고 먹이를 아무렇게나
먹인다. 따라서 이 말은 천리를 달리는 능력이 있어도 배불리 먹지 못해, 힘
이 달리고 재주를 밖으로 표현하지 못한다. 또 평범한 말들처럼 행동도 할
수 없으니 어찌 그 천리를 달릴 수 있는 재능을 펼치겠는가. 채찍질도 천리마
를 다루는 방법으로 하지 않고, 먹는 것도 그 재주를 펼칠 수 있게 먹이지
않으며 울어도 그 뜻이 통하지 않는 상황 가운데 말 먹이는 사람은 채찍을
잡고 천하에 좋은 말이 없다고 빈정거리고 있다.
아, 슬프도다. 정말로 명마가 없는 것인가? 아니면 말을 알아보는 사람이 없
는 것인가?

世有伯樂, 然後有千里馬, 千里馬常有, 而伯樂不常有. 故雖有名馬, 祇辱於奴隷
人之手, 騈死於槽櫪之間, 不以天里稱也. 馬之千里者, 一食或盡粟一石, 食馬者,
不知其能千里而食也.
是馬也, 雖有千里之能, 食不飽, 力不足, 才美不外見, 且欲與常馬等, 不可得, 安
求其能千里也, 策之不以其道, 食之不能盡其材, 鳴之不能通其意, 執策而臨之曰
:"天下無良馬." 嗚呼, 其眞無馬邪, 其眞不識馬也.

한유, 「잡설 - 마설」

중당시기 고문운동을 이끌었던 한유(韓愈)는 '잡설'이라는 제목으로
네 편의 글(용·의사·학·말)을 남겼는데, 이는 그 중 네 번째인 '말 이
야기'이다. 『전국책(戰國策)』에서도 등장했던 '천리마와 백락(伯樂) 에피
소드'의 연장선으로 천리마는 언제 어디에나 존재하지만 이를 알아보는

백락이 드물다는 것이 그 요점이다. '세상에 천리마가 없는 것인가? 이를 알아봐주는 백락이 없는 것인가?'라는 마지막 부분의 깊은 탄식은 시공을 초월하여 지금 대한민국에서도 전혀 낯설지 않다. 한유의 또 다른 글인 「맹교를 떠나보내며(送孟東野書)」도 바로 이러한 '회재불우(懷才不遇)'의 내용을 담고 있으며, 유일한 출세수단이 과거시험이었던 시절 한유 자신도 진사시험에서는 세 번, 이부(吏部)의 박학굉사과(博學宏辭科) 시험에서도 두 번이나 떨어졌던 전력을 지니고 있었으니 그 답답한 심정을 누구보다 잘 알고 있었을 것이다.

> 모두 대학을 나왔고, 토익점수는 세계 최고인데,
> 왜 우리는 다 놀고 있는 거야?

김영하, 『퀴즈쇼』 中

스펙(SPEC)은 영어 Specification의 앞 글자를 따온 것으로 본래 '제품에 대한 설명서'를 지칭하는데, 이것이 한국의 취업준비생 사이에서는 학벌 · 학점 · 외국어성적 · 자격증 등의 평가요소를 통칭하는 것으로 바뀌었다. 어느 시대나 양질의 일자리를 갖는 것은 쉽지 않았겠지만, 스스로를 상품으로 규정하고 얼마나 훌륭한 기능을 가졌는지를 설명해야 하는 어휘까지 등장한 지금의 상황이 씁쓸하기까지 하다. 블라인드 채용이 점점 확산되는 추세라지만 그래도 남들 다 있는 학벌 · 학점 · 토익 · 자격증 · 어학연수 · 수상경력 · 인턴경험 등의 '8대 스펙' 정도는 준비해야 입사원서라도 쓸 수 있을 것 같으니 요즘 시대에는 청년 노릇하기도 녹록치 않다. 천리마의 자질을 가진 인재들은 여기저기 넘쳐나는데, 이를 알아봐주는 백락이 늘 존재하는 것은 아니기에 중당시기 그 시절과 마찬가지로 수많은 천리마들이 생뚱맞게 태행산(太行山)에서 소금수레(鹽車)를 끄는 짐말로 살아가고 있다. 태행산보다 더 깊고 험한 대한민국에서 비록 구유에 엎드려 먹이를 먹을지언정 그 뜻만큼은 장대해야 할 텐데,[8] 헬조선의 흙수저 논리 앞에서 한없이 작아지는 느낌은 지울 수 없다. 과연 세상이 나를 알아주지 않을 때 나는 어떠한 마음가짐으로 살아나가야 할까.

세상이 나를 알아주지 않을 때 「보임소경서」

하늘이 장차 어떤 사람에게 큰일을 맡기고자 할 때는
먼저 그 마음을 괴롭게 하고
뼈마디가 꺾이는 고통을 주며
배고픔에 찌들게 하고
가난하게 만들며
하는 일마다 자기 맘대로 되지 않도록 한다.
왜 그렇게 만드는 것일까?
그의 마음을 분발하게 하고
참을성을 갖게 하기 위함이며,
이로써 그가 지금까지 그가 할 수 없었던 일을
능히 해낼 수 있게 하기 위함이다.
天將降大任於是人,
必先苦其心志, 勞其筋骨, 餓其體膚, 空乏其身, 行拂亂其所爲.
是故動心忍性, 增益其所不能.

맹자, 『맹자-고자』 中

그런데 세상을 살다보면 맹자의 이 말에 의심이 간다. 동서고금을 막론하고 그렇지 않은 경우가 더 많기 때문이다. 천재적인 작곡 능력과

---

8 노기복력(老驥伏櫪) : 조조(曹操), 「귀수가(龜首歌)」 中

주인공의 특이한 웃음소리로 기억되는 영화 〈아마데우스(1984)〉에서 '음악의 신동' 모차르트는 서른다섯이라는 나이에 병으로 세상을 떠난 후 거적때기에 둘둘 말려 빈민묘지 구덩이에 던져진다. 돈 맥클린(Don Mclean)의 노래 〈빈센트(Vincent)〉를 듣고 있노라면 가난과 정신병으로 평생 고통 속에서 살았던 화가 고흐의 삶이 안타깝다. 고생과 가난으로 점철된 삶, 죽은 다음에 유명해지는 것이 그들이 진정 원하던 것이었을까. 앞에서 본 공자도 마찬가지이다. 그는 자기를 알아주는 제후를 만나 주공(周公)의 시대를 재현하고자 했으나 결국 차선책이었던 강의와 저술로 삶을 마친다. 그리고 기원전 100여년 쯤, 중국의 한나라 무제 시기에도 이러한 부류에 속하는 사람이 살았었다.

> 달빛이 스며드는 차가운 밤에는
> 이 세상 끝의 끝으로 온 것 같이 무섭기도 했지만
> 책상 원고지, 펜 하나가
> 나를 지탱해 주었고
> 사마천을 생각하며 살았다
>
> 박경리, 「옛날의 그 집」 中

차라리 자살하라고, 왜 그렇게 구질구질 목숨을 부지하며 구차하게 사냐고 손가락질하는 사람들의 비난을 뒤로한 채 죽간에 역사를 새긴 남자. 천년의 시간과 공간을 뛰어넘어 그 남자의 삶에 위로받으며 유방암과 폐암으로 가슴에 붕대를 감은 채 원고지 위에 글을 쓴 여자. 그리고 그 둘의 삶을 통해 다시 위로받는 지금의 사람들. 사마천의 고단했던 삶이 우리에게 큰 울림으로 다가오는 이유는 무엇일까.

사마천은 산시성 시안에서도 동북쪽으로 220km 떨어진 용문(龍門: 지금의 韓城市)에서 태어났다. 대대로 역사를 기록했던 사관집안 출신으로 역시 무제시기 사관을 지냈던 아버지 사마담의 '바지 바람' 덕분에 최고의 학자였던 동중서(董仲舒)와 공안국(孔安國)에게서 가르침을 받았고, 19살에 로마보다도 번화했던 도시였던 장안(長安)으로 이사도 갔으며, 중국 전역을 여행하면서 견문을 넓히기도 했다. 봉선의식에서 제외된 것에 대한 화병으로 아버지가 세상을 떠났을 때에도, 위대한 한나라의 역사책을 완성하는 것은 그에게 가업을 잇는 것 정도였다.

주지하다시피 그의 인생의 전환점은 47살에 일어난 '이릉(李陵) 사건'이다. 오천 명으로 삼만 명의 흉노를 상대하려 했던 작전 자체가 문제였고, 제대로 책임을 따지면 총사령관 이광리(李廣利)를 벌하는 것이 마땅했다. 모두가 이를 알고 있었지만 이광리는 무제가 아끼는 이부인의 오빠였기에 침묵하고 있을 때, 평소에 술 한 잔 마신적도 없는 사이였던 사마천이 괜히 나섰다가 사형을 선고받았던 바로 그 사건을 말한다. 당시 한나라는 흉노와의 힘겨루기로 국고가 부족한 상태였기에 50만 전의 속전(贖錢)을 내고 사형을 면할 수도 있었지만, 집안 형편이 넉넉지 않았고 도와주는 친구도 없었기 때문에 결국 궁형(宮刑)을 받기에 이른다. 궁형은 육체적인 고통과 더불어 심리적인 괴로움까지 더해졌던 형벌로, 당시 남자들은 궁형을 선고받으면 차라리 자살하는 길을 선택했다.[9] 주변의 친구들조차 구차하게 목숨을 부지하느니 차라리 자살할 것을 권했고 「임소경에게 보내는 답서(報任少卿書)」의 수신인인 임안(任安)도 그 중 하나였다.

집이 가난하여 속죄할 수도 없었습니다.
평소 교제하던 사람들도 구해주려고 하지 않았고, 측근에 있던 사람들도 저를 위해 한 마디도 하려 하지 않았습니다. 제가 목석처럼 감정이 없는 것도 아닌데, 옥리와 함께 깊은 옥중에 갇혀 있으니, 누구에게 억울하게 겪은 이런

---

9 미타무라 다이스케, 한종수 번역, 『환관 이야기 : 측근정치의 구조』, 아이필드, 2015.

고통을 이야기하겠습니까? 이릉은 살아서 적에게 항복하여 그 가문의 명성은 이미 사라졌습니다. 저도 궁형을 시행하는 밀실에 불려가 천하 사람들의 웃음거리가 되었습니다. 슬프고 슬픕니다. 이러한 사정을 일일이 다른 사람에게 말할 수도 없었습니다.

家貧, 貨賂不足以自贖, 交遊莫救, 左右親近, 不爲一言. 身非木石, 獨與法吏爲伍, 深幽囹圄之中, 誰可告愬者. 此眞少卿所親見, 僕行事豈不然乎. 李陵旣生降, 隤其家聲, 而僕又佴之蠶室, 重爲天下觀笑. 悲夫, 悲夫, 事未易一二爲俗人言也.

(중략)

만약 제가 형벌에 복종하여 죽임을 받는다 하더라도,
아홉 마리의 소에서 털 하나를 잃어버리는 것과 같고,
땅강아지나 개미와 같은 미천한 것이 죽는 것과 같을 것입니다.

假令僕伏法受誅, 若九牛亡一毛, 與螻蟻何以異.

(중략)

<u>사람은 언젠가 한 번은 죽는데,</u>
<u>어떤 죽음은 태산보다 무겁고</u>
<u>어떤 죽음은 기러기 털 하나보다도 가볍습니다.</u>
이는 죽는 방법이 다르기 때문입니다.

人固有一死, 或重於太山, 或輕於鴻毛, 用之所趨異也

(중략)

예전에 부귀했지만 이름을 내지 못한 인물은 수없이 많았지만,
뜻이 크고 기개 있는 비범한 인물은 칭송받았습니다.
문왕께서도 구금되어 『주역』을 풀이했고,
공자도 곤궁할 때 『춘추』를 지었으며,
굴원도 추방당하고 「이소」를 지었고,
좌구명도 눈이 먼 후에 『국어』를 지었습니다.
손자는 다리가 잘린 후에 『병법』을 논했고,
한비는 진나라에 갇힌 후에 「세난」과 「고분」을 지었습니다.

古者, 富貴而名摩滅, 不可勝記, 唯倜儻非常之人稱焉. 蓋文王拘而演周易, 仲尼厄而作春秋, 屈原放逐, 乃賦離騷, 左邱失明, 厥有國語, 孫子臏脚, 兵法脩列, 不韋遷蜀, 世傳呂覽, 韓非囚秦주, 說難孤憤.

제가 말을 잘못하여 이런 화를 당하여 고향에서 비웃음거리가 되었고,
돌아가신 아버지를 욕되게 했으니, 무슨 면목으로 부모님 무덤에 가겠습니까?
백대가 흐른다 해도 씻겨지지 않을 치욕입니다.
그러니 하루에도 아홉 번이나 장이 뒤틀리고,
집에 있으면 망연자실 넋을 놓고 무엇을 잃은 듯 하며,
집을 나가도 어디로 가야 할지 모릅니다.
이 치욕을 생각할 때마다 식은땀이 등줄기를 흘러 옷을 적시지 않은 적이
없습니다.

僕以口語遇遭此禍, 重爲鄕里所戮笑, 而污辱先人, 亦何面目復上父母丘墓乎. 雖
累百世, 垢彌甚耳. 是以腸一日而九回, 居則忽忽若有所亡, 出則不知其所往. 每
念斯恥, 汗未嘗不發背沾衣也.

(중략)

요약해서 말씀드리면, 죽은 후에나 옳고 그름이 가려질 것입니다.
글로써는 저의 생각을 다 쓸 수 없어 비루한 생각을 간략하게 적는 바입니다.
삼가 재배드립니다.

要之, 死日然後, 是非乃定. 書不能悉意, 略陳固陋. 謹再拜

사마천, 「임안에게 보내는 답서」(부분 발췌)

답장이 늦어진 이유를 설명하는 것으로 시작되는 이 편지는 『사기』
가 거의 완성되었을 무렵 쓴 것으로 추정된다. 그 옛날 사마천에게 충
고하던 임안은 '황제와 태자 사이의 무고(巫蠱) 사건'에 연루되어 처형
될 위기에 놓이게 되자, 지푸라기라도 잡고 싶은 심정으로 황제를 곁에
서 모시고 있던 사마천에게 편지를 보냈다. 그러나 사마천의 처지도 그
보다 나을 것이 없었고 수신인의 목숨과 관련된 답장인지라 늦게야 이
를 보내면서 예전에 차마 말하지 못했던 속내를 풀어놓았다. 세상에는
아홉 마리 소의 털 하나 뽑는 것과 같이 존재조차 모르는 죽음이 있는
가하면(九牛一毛), 온 천하를 뒤흔드는 태산보다 무거운 죽음이 있다(死
有重於泰山). 모든 사람이 다 한 번은 죽는데 그대는 어떻게 죽을 것인

▲ 산시성(陝西省) 한청시 사마천역사박물관의
사마천 밀랍인형

가? 사마천은 치욕스러운 형벌을 받고도 자살하지 않은 이유에 대해 그제야 문왕·공자·굴원·좌구명·손자·한비처럼 역사에 길이 남을 명문장을 남기기 위해서였다고 밝히고 있다.

2006년 개관한 산시성 한청시(韓城市)의 '사마천역사박물관(司馬遷史記博物館)'에는 어두운 불빛 아래 역사책을 쓰고 있는 사마천의 밀랍인형이 전시되어 있다. 사람들의 비난을 뒤로 한 채, 매일 홀로 책상 앞에 앉아 오줌을 지리며 죽간 위에 한 글자씩 새겨나간 결과물인 『사기』는 130권 52만 6,500자로 완성되었으니, 김영수 선생님의 표현대로 '피로 쓴 사기'라 하겠다.

2016 한중합작오페라 〈사마천〉의
포스터 (ⓒ연합뉴스)

생전의 사마천은 눈치 없이 나섰다가 궁형을 당한 아저씨(그 자신의 표현에 따르면 '입을 잘못 놀려 화를 당한(僕以口語遇此禍)'), 역사책 한 세트만 남기고 어떻게 삶을 마쳤는지도 모르는, 무덤조차 제대로 남기지 못한 '황제의 미운털'이었다. 그러나 세상을 떠난 후 사마천은 '어떠한 이름을 남길 것인가'라는 무거운 질문을 던진 '동양 역사의 아버지'로 일컬어진다. 먼 옛날 황제시기부터 그 자신이 살았던 한나라 무제 천한연간(天漢年間 : 기원전 100~97)까지의 약 2,600년의 역사를 혼자서 다 쓰다 보니 중요한 사람을 선택해서 그들의 삶을 통해 역사를 살펴보는 '기전체(紀傳體 : 本紀+列傳)'라는 독특한 역사 서술방법도 만들어냈다.

『사기』의 본기·세가·표·서·열전 가운데 어느 것 하나 중요하지 않은 부분이 없겠지만, 역시 백미는 70편의 열전이다. 열전의 순서 또한 사마천이 중요하게 생각하는 가치를 선별하여 배열한 것이니, 예를 들어 「관안열전」에서는 관중과 안영의 합리적이면서도 실용적인 정치관, 「자객열전」에서는 나를 알아주는 이를 위해 하나뿐인 목숨까지 바치는 의리, 「화식열전」에서는 여러 부자들의 재테크 기술 및 돈의 중요성, 「대완열전」에서는 장건의 모험심과 불굴의 의지 등 인간과 세상의 본질을 적나라하게 드러내는데 이만한 교과서가 없다.

당연히 열전의 가장 첫 부분에 배치한 「백이열전(伯夷列傳)」에는 『사기』의 전체적인 주제가 담겨져 있다. '백이숙제 주려죽던 수양산으로 가오리까'라는 노래가사로도 알려진 백이와 숙제는 상나라의 속국이었던 고죽국(孤竹國) 왕의 아들들이었는데, 대세를 파악하지 못한 채(인정하지 않은 채) 끝까지 주나라의 건국을 부정하고 산속에 들어가 고사리만 먹다가 굶어 죽음으로써 훗날 '원칙과 이상을 지키는 의인'으로 받들어졌던 사람들이다. 그런데 제목은 백이열전인데 정작 백이의 이야기는 별로 없고, 대부분의 내용이 '역사를 움직이는 것이 과연 무엇인지'에 대한 거대한 의문으로 채워져 있다.

> 어떤 이는 '하늘의 도는 공평무사해서 항상 착한 사람과 함께 한다'고 말했는데, 백이와 숙제같은 사람은 착한 사람이라고 말할 수 있지 않은가?
> 그런데 그들은 인덕을 쌓고 행실을 깨끗하게 했는데도 굶어죽었다.
> 공자께서도 70명의 제자들 가운데 안회만이 학문을 좋아한다고 평가했다.
> 그러나 안회는 늘 가난하여 술지게미나 겨조차 마다하지 않았으며, 결국 젊은 나이에 일찍 죽었다.
> 하늘이 착한 사람에게 보답을 한다고 하는데 어찌 이런 일이 있을 수 있는가?

도척은 매일 무고한 사람을 죽이고, 사람의 간을 먹었으며, 흉포하고 방자했지만, 수천 명의 무리를 모아 천하를 제멋대로 활보하다가 천수를 다하고 죽었다.

이는 그가 무슨 덕행을 닦았기 때문인가?

이 두 경우는 무엇보다도 분명히 드러나는 뚜렷한 차이를 보여주는 예이다. 최근에 와서도 법도에 어긋나는 일을 하고, 하지 말아야 할 일만 하면서도 평생 편안하고 즐겁게 살며 부를 대대로 끊이지 않고 물려주는 사람들이 있다. 반면 걸을 때도 땅을 가려서 딛고, 말할 때도 때를 기다려 하고, 길을 갈 때도 옆길로 가지 않고, 일을 할 때도 공정하지 않으면 분발하지 않는데도 재앙을 만나는 자가 부지기수로 많다.

나는 이런 일들이 몹시 당혹스러운데, 만약 이러한 것이 천도라고 한다면, 그러한 천도는 옳은 것인가? 그른 것인가?

或曰 "天道無親, 常與善人", 若伯夷.叔齊, 可謂善人者非邪?, 積人絜行如此而餓死!, 且七十子之徒, 仲尼獨薦顏淵爲好學, 然回也屢空, 糟糠不厭, 而卒蚤夭, 天之報施善人, 其何如哉?, 盜蹠日殺不辜, 肝人之肉, 暴戾恣睢, 聚黨數千人橫行天下, 竟以壽終, 是遵何德哉? 此其尤大彰明較著者也, 若至近世, 操行不軌, 專犯忌諱, 而終身逸樂, 富厚累世不絶, 或擇地而蹈之, 時然後出言, 行不由徑, 非公正不發憤, 而遇禍災者, 不可勝數也, 余甚惑焉, 儻所謂天道, 是邪非邪?

사마천, 『사기 - 백이열전』 中

'하늘의 도란 도대체 옳은 것인가, 그른 것인가.'

이는 사마천이 역사를 바라보면서 품은 의문점이자, 우리가 매일 부조리한 세상을 향해 부르짖는 외침이기도 하다. 어린 시절 읽었던 동화책처럼 결국 착한 사람은 복을 받고 나쁜 사람은 벌을 받아야 하는데 막상 살아보니 세상은 그렇지 않다. 학교 다닐 때 좀 놀았던 친구가 결혼도 잘 하고 아이들도 순풍순풍 잘 낳는다. 까칠하게 자기밖에 모르는 동료일수록 초고속 승진이다. 하늘의 도라는 것이, 신의 존재가 있기나 한 것일까. 인과응보(因果應報)는 결국 실같이 가느다란 인간의 바람일 뿐이다. 얼마나 이를 벗어나는 경우가 많았으면 동서양 고전작품의 대부분이 인과응보로 결말을 맺으려 애썼겠는가.

사마천은 속 시원히 결론을 지어주지 않은 채 의문으로 「백이열전」의 끝을 맺고 있다. 아마 사마천 자신도 도대체 인간의 역사를 움직이는 이치가 무엇인지 몰랐을 것이다. 대신 자신의 노고를 알아줄 후대의 '그 사람(其人)'에게 하늘의 관점에서 어떤 삶이 가치 있는 것인지 함께 고민해보자고, 세상이 나를 알아주지 않더라도 슬픔 속에서 웅크리고 있지만 말고 떨쳐내고 일어나 어떤 흔적을 남길지 같이 생각해보자고 손을 내미는 것 같다.

> 그대는 사랑의 기억도 없을 것이다
> 긴 낮 긴 밤을
> 멀미같이 시간을 앓았을 것이다
> 천형 때문에 홀로 앉아
> 글을 썼던 사람
> 육체를 거세당하고
> 인생을 거세당하고
> 엉덩이 하나 놓은 자리 의지하며
> 그대는 진실을 기록하려 했던가!
>
> 박경리, 「사마천」

미션(1) 일반적으로 책의 서문에는 작가가 집필하면서 느꼈던 감정이 총체적으로 담겨있다. 『사기』의 서문에 해당하는 「태사공자서(太史公自序)」에서 사마천이 말하고자 하는 것은 무엇인가? 도서관에서 직접 찾아서 정리해 보고, 느낀 점을 이야기해 보도록 한다.

다음 구절의 유래를 설명한 후, 사마천이 해당 인물을 통해 보여주고자
한 가치가 무엇인지 찾아보도록 한다.

燕雀, 安知鴻鵠之志哉. 『史記 - 陳涉世家』
運籌帷幄之中, 決勝千里之外. 『史記 - 高祖本紀』
忠言逆耳利於行, 良藥苦口利於病. 『史記 - 留侯世家』
智者千慮 必有一失, 愚者千慮, 必有一得. 『史記 - 淮陰侯列傳』
桃李不言, 下自成蹊. 『史記 - 李將軍傳』

한유의 「맹교를 떠나보내며(送孟東野書)」를 읽고, '평탄치 못한 삶 가운
데 명작이 탄생한다(不平則鳴)'는 말에 대해 생각해 보도록 한다.

대개 만물은 평정을 얻지 못하면 소리를 내게 된다.
초목은 본래 소리가 없으니 바람이 흔들면 소리가 나고
물도 본래 소리가 없으나 바람이 움직이면 소리가 난다.
물이 솟아오르는 것은 무엇인가 격동시켰기 때문이고
물이 세차게 흐르는 것은 무엇인가 그것을 막았기 때문이며
물이 끓어오르는 것은 무엇인가 뜨겁게 했기 때문이다.
쇠와 돌도 소리가 없으니 무엇인가 그것을 치면 소리가 난다.
사람이 말을 하는 것도 이와 같아서
부득이한 일이 있은 후에야 말을 한다.
사람이 노래하는 이유는 생각하는 것이 있어서이고
우는 이유는 마음 가운데 슬픔이 있기 때문이다.
대체로 입에서 나와 소리가 되는 것은
모두 평안치 못함에서 나오는 것이 아니겠는가!
大凡物不得其平則鳴
草木之無聲, 風撓之鳴, 水之無聲, 風蕩之鳴
其躍也或激之, 其趨也或梗之, 其沸也或炙之
金石之無聲, 或擊之鳴
人之於言也亦然, 有不得已者而後言
其訶也有思, 其哭也有懷
凡出乎口而爲聲者, 其皆有弗平者乎

음악은 울적함이 쌓여 밖으로 발산되는 것인데
소리를 잘 내는 것을 선택하여 이를 빌려 소리를 낸다.
쇠, 돌, 실, 대나무, 박, 흙, 가죽, 나무의 여덟 종류는
사물 가운데서도 소리를 잘 내는 것이다.
하늘이 계절에 대해서도 이러하니
소리를 잘 내는 것을 택하여 그것을 빌려 소리를 낸다.
그래서 봄에는 새로 소리를 내고
여름에는 천둥으로 소리를 내며
가을에는 벌레로 소리를 내고
겨울에는 바람으로 소리를 내는 것이리라.
사계절이 바뀌는 것 또한
그 평정을 얻지 못했기 때문이 아니겠는가!
이것은 사람에게 있어서도 마찬가지이다.
사람의 소리 중에서도 정수는 언어이며
문장은 언어 가운데서도 핵심이라 할 수 있다.
그렇기에 문장력이 빼어난 사람을 통해 소리를 내는 것이다. (후략)

樂也者, 鬱於中而泄於外者也

擇其善鳴者而假之鳴

金石絲竹匏土革木八者, 物之善鳴者也

維天之於時也亦然, 擇其善鳴者而假之鳴

是故, 以鳥鳴春, 以雷鳴夏, 以蟲鳴秋, 以風鳴冬

四時之相推奪, 其必有不得其平者乎

其於人也亦然, 人聲之精者爲言

文辭之於言, 又其精者也

尤擇其善鳴者而假之鳴 (후략)

세상이 나를 알아줄 때 「전출사표」

어부는 굴원에게 '창랑의 물이 맑거든 내 갓끈을 씻고, 창랑의 물이 탁하거든 내 발을 씻으리라(滄浪之水淸兮, 可以濯吾纓, 滄浪之水濁兮, 可以濯吾足. 굴원 「어부사(漁夫辭)」'라는 유연한 처세술을 알려주지만, 사실 세상이 맑았던 시기는 별로 없었던 것 같다. 관건은 혼탁한 세상일지라도 나를 알아주는 사람을 만나서 물 만난 고기처럼 내 재능을 마음껏 펼칠 수 있는가이다.

> 나에게 공명이 있는 것은 물고기에게 물이 있는 것과 같다
> 孤之有孔明, 猶魚之有水也.
>
> 진수, 『삼국지 - 촉서 - 제갈량전』

유비는 자신의 참모 제갈량을 극진히 아꼈다. 의형제였던 관우와 장비가 이를 질투하여 불만을 토로하자 그는 자신과 제갈량의 사이는 '물고기와 물의 관계'와 같으니 더 이상 왈가왈부하지 말 것을 선언하며 정확하게 선을 긋는다. 훗날 임종에 이르러서는 '태자(劉禪)가 재목이 아니다 싶으면 승상이 직접 황제를 하라'는 유언까지 남겼을 정도이니 제갈량에 대한 유비의 신뢰가 어느 정도였는지는 더 이상 말할 필요가 없겠다.

누군가가 나에게 이렇게 절대적인 믿음을 보이며 능력을 발휘할 수 있는 장을 마련해 주었을 때 나는 어떠한 마음가짐으로 임해야 할까. 제갈량의 삶은 이에 대한 하나의 답을 보여주고 있다. 사마천은 『사기 - 자객열전』에서 예양(豫讓)의 이야기를 소개하면서 '선비는 자기를 알아주는 이를 위해 목숨을 바치고 여자는 자기를 사랑해주는 사람을 위해 화장을 한다(士爲知己者死, 女爲悅己者容)'고 말한 바 있으며, 제갈량

도 자기를 알아주는 이를 위해 죽기까지 열심히 일하다가 끝내 과로사로 삶을 마친 케이스이다.

중국인들의 마음속에 제갈량은 '지혜(智)와 충성(忠)의 화신'으로 자리 잡고 있는데,[10] 여기서는 후자를 중심으로 살펴보고자 한다. 일반적으로 '충(忠)'하면 국가에 봉사하거나 희생하는 것 정도를 떠올리나, 『설문해자』에서는 자신에게 정성을 다하듯 '모든 것에 온 마음을 다하는 것(敬)'으로 풀이하고 있다. 곧 어떤 일이든지 혼신의 힘을 다해서 집중하는 마음이 '충'이다. 더 쉽게 풀이하자면 '젖 먹던 힘까지 다 쏟아 넣으며 올인(all in)하는 것'인데, 제갈량은 왜 유비에게 '올인'했을까. 그 이유는 1차 북벌을 떠나기 직전(227년) 촉한의 2대 황제 유선에게 올린 「전출사표(前出師表)」에 오롯이 담겨 있다.

신 제갈량이 아룁니다.
선제께서는 창업의 뜻을 반도 못 이루고 붕어하시고,
지금 천하는 셋으로 나뉘어져 있습니다.
거기다가 우리 익주는 싸움으로 피폐해졌으니
이야말로 실로 나라가 흥하느냐 망하느냐가 걸린 위급한 때입니다.
그러나 폐하를 모시는 신하들이 안에서 게으름을 피우지 않고
충성된 장수들이 밖에서 스스로의 몸을 돌보지 않는 것은
모두가 선제의 특별한 대우를 추억하며 폐하께 이를 보답하기 위함입니다.
마땅히 폐하께서는 귀를 넓게 열어 선제께서 남긴 덕을 더욱 밝히고
뜻있는 선비들의 기개를 넓히셔야 할 것입니다.
공연히 스스로 덕이 엷고 재주가 모자란다고 함부로 단정하여
옳지 않은 비유로 충성된 간언이 들어오는 길을 막으시면 아니되옵니다.
臣亮言：先帝創業未半而中道崩殂, 今天下三分, 益州疲弊, 此誠危急存亡之秋也.
然侍衛之臣不懈於內, 忠志之士忘身於外者, 蓋追先帝之殊遇報之於陛下也.

---

10 이중톈, 김성배·양휘웅 옮김, 『삼국지강의 1·2』, 민음사, 2007.

誠宜開張聖聽以光先帝之遺, 德恢弘志士之氣, 不宜妄自菲薄, 引遺喩失義以塞忠諫之路也.

황제의 측근들은 모두가 한 몸입니다.

잘한 사람에게는 상을 내리고 잘못한 사람에게는 벌을 내림에 있어서 달리해서는 아니되옵니다.

간사한 죄를 범한 자, 법률을 어긴 자, 충성되고 훌륭한 일을 한 자가 있다면 마땅히 그 일을 맡은 관원에게 넘겨 그 형벌과 상을 결정해야 합니다.

그것으로써 폐하의 공평하고 밝은 다스림을 세상에 보이셔야지

사사로움에 치우쳐 안과 밖의 법이 서로 달라서는 아니되옵니다.

시중과 시랑을 맡고 있는 곽유지 · 비위 · 동윤은 모두 선량하고 진실되며 그 뜻과 생각이 충성되고 깨끗하니, 이 때문에 선제께서 발탁하시어 폐하의 곁에 남겨두신 것입니다.

어리석은 신의 생각으로는 궁중의 크고 작은 일을 막론하고 모두 그들에게 물어 그대로 따르심이 좋겠습니다. 그렇게 하신다면 반드시 빠지고 부족한 부분을 서로 돕고 보완하면서 널리 이로운 바가 있을 것입니다.

장군 상총은 그 성품과 행동이 맑고 공평하며 군사를 부리는 일에도 구석구석 밝습니다. 지난 날 선제께서도 그를 시험 삼아 써보시고 '능력 있다'고 칭찬하셨습니다. 이로써 여럿이 의논한 끝에 그를 제독에 임명한 것입니다. 어리석은 신의 생각으로는 군대에 관한 일은 모두 그에게 자문을 구하신다면, 반드시 군사들을 화목하게 하고 각자의 능력대로 적당히 임무를 맡게 될 것입니다.

현명한 신하를 가까이 하고 소인을 멀리 한 까닭에 전한은 흥성하였고 소인을 가까이 하고 현명한 신하를 멀리 한 까닭에 후한은 멸망했습니다. 선제께서 살아 계실 때 매번 신과 이를 논할 때마다 환제 · 영제시절의 어지러움을 통탄하고 한스럽게 여기셨습니다. 지금 시중 · 상서 · 장사 · 참군 자리에 있는 사람들은 모두 마음이 곧고, 신의가 있으며, 죽음으로써 절개를 지키는 신하들입니다. 원컨대 폐하께서 그들을 가까이 하시고 믿으시면 한나라의 흥성은 날짜를 세면서 기다릴 수 있을 것입니다.

宮中府中俱爲一體, 陟罰臧否不宜異同, 若有作奸犯科, 及爲忠善者, 宜付有司論, 其刑賞以昭陛下平明之治. 不宜偏私, 使內外異法也, 侍中侍郎郭攸之費褘董

允等, 此皆良實, 志慮忠純, 是以先帝簡拔以遺陛下.

愚以爲宮中之事, 事無大小, 悉以咨之, 然後施行, 必能裨補闕漏, 有所廣益.

將軍向寵, 性行淑均, 曉暢軍事, 試用之於昔日, 先帝稱之曰"能", 是以衆議擧寵
以爲督.

愚以爲營中之事, 事無大小悉以咨之, 必能使行陣和睦, 優劣得所也.

親賢臣, 遠小人, 此先漢所以興隆也,

親小人, 遠賢臣, 此後漢所以傾頹也.

先帝在時, 每與臣論此事, 未嘗不歎息痛恨於桓靈也.

侍中尙書長史參軍, 此悉貞亮死節之臣也. 願陛下親之信之, 則漢室之隆, 可計日
而待也.

신은 본래 아무런 벼슬도 없던 평민으로 남양 땅에서 밭이나 갈면서, 어지러운 세상 속에서 목숨이나 부지하면서 지냈을 뿐, 조금도 제 이름이 제후의 귀에 들어가 등용되기를 바라지는 않았습니다.

그런데 선제께서는 신을 미천하고 보잘 것 없다고 생각지 않으시고, 외람되게 스스로 몸을 굽혀 신의 초가집에 세 번이나 찾아오셔서, 신에게 당시 세상의 일들에 대해 물으셨습니다.

이에 감격한 신은 선제를 위해 부지런히 일하기로 결심했습니다.

그 뒤 나라가 위태로운 상황에 놓여, 군대가 패망한 지경에 임무를 받고, 위태롭고 어려운 상황에서 명을 받은지 21년이 지났습니다. 선제께서는 신을 근면하고 신중하다고 생각하셨기에, 돌아가실 즈음에 큰일을 맡기셨습니다.

명을 받은 이래, 아침부터 밤까지 늘 근심하고 노력했으며, 그 부탁하신 바를 이루지 못하여 선제의 밝음을 상하게 할까 두려웠습니다.

그리하여 지난 오월에는 노수를 건너 불모의 땅으로 깊이 들어갔습니다. 이제 다행히 남방은 평정되었고, 병사와 무기도 아직 넉넉합니다. 마땅히 삼군을 격려하고 이끌어 북쪽 중원을 평정해야 합니다.

바라옵기는 부족한 제 능력을 다하여 간사하고 흉악한 무리를 없애고, 한나라 왕실을 다시 부흥시켜 옛 수도로 되돌아가는 것입니다. 이것이 신이 선제께 보답하고 폐하께 충성하는 길입니다.

그 동안 이곳에 남아 손해와 이익을 따지고 폐하께 충언 올리는 것은 곽유지·비위·동윤의 임무가 될 것입니다.

원컨대 폐하께서는 신에게 도적을 치고 한나라 왕실을 부흥시키는 임무를 맡겨주시옵소서. 만약 아무런 성과가 없다면 신의 죄를 다스려 선제의 영전에 고하시옵소서.

덕을 일으키는 간언을 올리지 않는다면 곽유지·비위·동윤을 죽여서 그 태만함을 드러내십시오.

폐하께서도 스스로 공부하고 노력하여 좋은 방법에 대한 자문을 구하시고 바른 말을 살펴 받아들이면서 선제께서 남기신 가르침에 대해 깊이 생각하십시오.

신은 받은 은혜에 감격하여 이제 먼 길을 떠나거니와

떠나기 전 표문을 올리려 하니 눈물이 솟아 무슨 말을 더 해야할지 모르겠습니다.

臣本布衣, 躬耕南陽, 苟全性命於亂世, 不求聞達於諸侯.

先帝不以臣卑鄙, 猥自枉屈, 三顧臣於草廬之中, 咨臣以當世之事, 由是感激遂許, 先帝以驅馳.

後値傾覆, 受任於敗軍之際, 奉命於危難之間, 爾來二十有一年矣!

先帝知臣謹愼, 故臨崩寄臣以大事也. 受命以來, 夙夜憂嘆, 恐託付不效, 以傷先帝之明.

故五月渡瀘, 深入不毛. 今南方已定, 兵甲已足, 當獎率三軍, 北定中原. 庶竭駑鈍, 攘除姦凶, 興復漢室, 還於舊都. 此臣所以報先帝而忠陛下之職分也.

至於斟酌損益, 進盡忠言, 則攸之褘允之任也. 願陛下託臣以討賊興復之效, 不效則治臣之罪, 以告先帝之靈. 若無興德之言, 則戮攸之褘允等之咎, 以彰其慢.

陛下亦宜自課, 以諮諏善道, 察納雅言, 深追先帝遺詔.

臣不勝受恩感激, 今當遠離, 臨表涕泣不知所云.

건흥5년 평북대도독 승상 무향후 영익주목 지내외사 제갈량 올림

建興五年 平北大都督 丞相 武鄕侯 領益州牧 知內外事 諸葛亮

공교롭게도 제갈량이 「전출사표」를 썼던 나이인 47살은, 유비가 자신을 세 번이나 찾아왔던 그때의 나이와 같다. 아마도 지난 20여 년 동안 유비를 도와 나라를 세웠던 수많은 과정들이 주마등처럼 스쳐 지나

갔을 것이다. 제갈량은 처음 유비를 만났던 그 날의 기억과 다짐을 다음과 같이 표문에 기록하고 있다.

> 외람되게 몸을 굽혀 세 번이나 찾아오셔서
> 저 같은 자에게 천하의 형세를 물어보시니,
> 감격하여 이 한 몸 바치기로 결심했습니다.

본래 산둥성 출신이었던 제갈량은 3살 때 어머니를, 8살 때 아버지를 여의고, 삼촌인 제갈현(諸葛玄)을 따라 후베이성 징저우(荊州)로 거처를 옮긴다. 그리고 17살에 삼촌마저 병으로 세상을 떠나자 융중(隆中 : 후난성 南陽 또는 후베이성 襄陽이라는 두 가지 설이 있음)에 은거하며 자기를 알아주는 이가 찾아와 줄 그날을 기다린다. 제갈량에게는 형(諸葛瑾)과 누나 두 명, 그리고 일곱 살 어린 동생(諸葛均)이 있었으나, 형은 일찍이 오나라 손권의 부름을 받아 멀리 떨어져 있던 상태였기에 제갈량이 실질적으로 집안의 가장노릇을 할 수밖에 없었다. 자기 살길을 찾아 일찌감치 고향을 떠난 형, 보살펴야하는 남동생과 누나들, 삶의 무게에 눌려 얼마든지 비행청소년으로 자랄 가능성이 충분했으나, 그는 책을 통해 마음을 다스리고 위안을 얻는 방법을 터득하면서 반듯하게 자라났다.

그렇게 농사를 짓고 책을 읽으며 때를 기다리던 무렵, 마침 유비도 한나라 황실의 후예인 친척 유표(劉表)의 집에 빌붙어 살면서 '관우와 장비같이 수족과 같은 형제가 있는데, 왜 나는 허벅지 살만 피둥피둥 찌고 조조나 손권에 비해 아무것도 이루어 놓은 것이 없는 것일까' 라고 고민하던 중이었다. 그리고 샹양의 어르신 사마휘(司馬徽)에게서 제갈량과 방통(龐統)을 추천받고는 바로 제갈량의 초가집으로 달려갔다. 이리하여 삼고초려(三顧草廬)라는 역사적 만남이 이루어지니, 유비의 나이 47살, 제갈량의 나이 27살 때의 일이다. 제갈량은 세 번이나 자신을 찾아온 정성에 감격하여 유비를 도와 천하를 재패하리란 결심을 굳힌 후 일종의 면접제안서라 할 수 있는 '융중대 건의(隆中對建議)'를 올린다. 그 요점인 즉, 현재로서는 위·촉·오 세 나라가 공존하는 것이 최상의 방법이라는 것이다. 그리고 이듬해 28살의 나이에 오나라 주유와 함께 그 유명한 적벽대전(赤壁大戰)을 진두지휘하며 천하를 셋으로 나누고, 결국 유비를 도와 촉나라를 세운 후 승상의 자리에 올라 촉한의 기틀을 다진다. 관우·장비에 이어 유비마저 세상을 떠난 뒤에도 그야말로 불철주야로 일하며 안으로는 아직 미흡한 촉한을 정비하고 밖으로는 북벌을 꾀했지만 조조의 기세가 만만치 않음을 누구보다도 잘 알고 있었다. 「전출사표」는 이러한 복잡한 심경이 절절하게 담겨있는 표문이다.

중국 곳곳에는 제갈량을 모시는 도교사당인 무후사(武侯祠)가 존재하는데, 그중에서도 으뜸은 당연히 쓰촨성 청두(成都)의 무후사이다. 아침부터 40도가 넘는 무더운 여름 날, 친구와 함께 청두 무후사를 간적이 있었다. 입구의 벽면에는 금나라와 맞서 싸운 남송의 장군 악비(岳飛)가 쓴 「출사표」가 음각으로 새겨져 있는데, 자세히 보면 처음에는 해서체로 단정히 출발하다가 점점 행서체와 초서체로 흘려 쓴 것을 알 수 있다. 악비가 제갈량의 '충'에 감동받아 자기도 모르게 감정을 억제하지 못하며 글씨를 썼을 그날과 마찬가지로, 지금의 나는 제갈량과 악비의 충을 기억하며 지금 내가 맡은 일에 '사이후이(死而后已)'의 자세로 임하고 있는지 저절로 스스로를 되돌아본다.

학점관리에 좋다는 '꿀강의'만 찾아듣고 있는 것은 아닌지, 다른 팀원들에게 피해를 주며 내 시간만 챙기는 월급도둑은 아닌지, 매너리즘에 빠진 채 지난학기에 썼던 강의자료 그대로 이번학기에 그대로 쓰고 있지는 않은지. 뜨거운 여름날 무후사를 방문할 일이 있다면 지금 내가

▲ '악비서(岳飛書)'라고도 불리는
쓰촨성 청두 무후사의 「후출사표」 음각

맡은 일에 얼마나 마음과 정성을 다하고 있는지를 생각하며 그동안의
나를 정리해보는 시간을 갖는 것도 좋을 것 같다.

미션(1) 도서관에서 제갈량의 「후출사표」를 마저 찾아서 읽어본 후, 남송시대
문인 안자순(安子順 : 1158~1227)이 왜 '제갈량의 「출사표」를 읽고 눈
물을 흘리지 않으면 충신이 아니고, 이밀의 「진정표」를 읽고 눈물을
흘리지 않으면 효자가 아니며, 한유의 「제십이랑문」을 읽고 눈물을 흘
리지 않으면 우애가 없는 것이다(讀出師表不哭者不忠, 讀陳情表不哭者不
孝, 讀祭十二郎文不哭者不慈)'라고 말했는지 생각해 보자.

미션(2) 다음 구절의 유래를 설명해 보고, 중국사람들에게 제갈량과 유비는 어떤
의미로 기억되는 존재인지 알아보도록 한다.

非學無以廣才, 非志無以成學. 「誡子書」
非淡泊無以明志, 非寧靜無以致遠. 「誡子書」
勿以惡小而爲之, 勿以善小而不爲. 『三國志－蜀書－先主傳』, 『明心寶鑑』

3. 고전산문과 자연

중국의 역대 문장가들은 단순히 자연의 아름다운 경치를 노래하는 것으로 끝나지 않았다. 그들은 늘 자신의 심경을 그 안에 투사했는데, 이로 인해 작품은 몇 배로 가치 있게 빛날 수 있었다. 동서고금을 막론하고 가장 작가들에게 영감을 준 계절은 '봄'과 '가을'일 것이다. 변화의 폭이 크고 무엇보다 시간적으로 짧은 순간인지라 그 자체만으로도 찬란하고도 아름답기 때문일 것이다.

봄 사랑 벚꽃 말고 「난정집서」&「춘야연도리원서」

학생들에게 '봄 하면 생각나는 노래'를 물어보면 대부분 사랑·벚꽃·그리움·설렘 등을 주제로 한 노래들을 나열한다. 그렇다면 봄 사랑 벚꽃 말고 옛 사람들은 봄을 맞이할 때 어떤 감정이 떠올랐을까. 지금 소개하려는 두 편의 작품 동진시기 서성(書聖) 왕희지의 「난정집서」와 당나라 시선(詩仙) 이백의 「춘야연도리원서」는 공교롭게도 '찬란한 봄날 느껴지는 인생의 유한함에 대한 슬픔'이라는 동일한 주제를 다루고 있다.

영화 9년(353년) 계축년 늦은 봄에 회계산의 북쪽에 위치한 난정에 모여 묵은 때와 부정한 기운을 씻어내는 수계사를 행했으니, 현자들이 모두 이르렀고 젊은이와 늙은이가 모두 모였다.
지금 이곳에는 높은 산, 험준한 고개, 무성한 숲, 기다란 대나무가 있고, 맑은 시냇물과 빨리 흐르는 여울이 정자의 주위를 둘러싼 채 비추고 있다.
이를 끌어당겨 술잔을 띄우기 위한 구불구불한 물줄기를 만들고 차례대로 줄지어 앉으니, 비록 성대한 음악은 없지만 한번 마시고 한번 읊으면서 그윽한 감정을 펼치기에 충분하다.

永和九年, 歲在癸丑, 暮春之初, 會于會稽山陰之蘭亭, 修禊事也, 群賢畢至,
少長咸集.
此地有崇山峻嶺茂林修竹, 又有清流激湍, 映帶左右.
引以爲流觴曲水, 列坐其次, 雖無絲竹管絃之盛, 一觴一詠, 亦足以暢敍幽情.

이날 하늘은 깨끗하고 공기는 맑았으며, 봄바람은 따스하고 부드러웠다.
고개 들어 우주의 거대함을 우러러 바라보고
고개 숙여 만물의 흥성함을 살피면서,
경치를 둘러보는 가운데 마음속의 생각을 펼치니,
보고 듣는 즐거움을 마음껏 누리기에 충분하여 참으로 기쁘기 한이 없다.
무릇 사람이 서로 어울려서 한평생을 살아가되,
어떤 이는 마음속에 품은 생각을 벗과 마주 앉아 이야기하고,
어떤 이는 자신에게 맡겨진 바를 대자연에 맡기며 노닐기도 한다.
비록 나아가고 물러나는 것이 서로 다르고,
고요하고 시끄러운 것도 서로 다르나,
자신의 처지에 만족하며,
잠시나마 뜻을 이루면 기쁘고 흡족하여,
장차 늙음이 다가오고 있는 것도 모르는 법이다.
급기야 그 즐거움도 시들해지기 마련인데,
감정이란 일에 따라 변하는 것이고,
감회란 그에 따라 일어나는 것이기 때문이리라.
방금 전의 기쁨이
고개를 숙이고 드는 짧은 순간 동안
지나간 흔적이 되어버리니
더더욱 감회를 느끼지 않을 수 없다.
사람의 수명이 짧든 길든
자연의 조화에 따라 결국에는 죽음에 이르게 된다.
그래서 옛사람이 '죽고 사는 것은 중대한 일이구나!'라고 했으니
어찌 애통하지 않겠는가!
옛사람이 감흥을 일으켰던 이유를 살펴보면

마치 부절을 하나로 맞춘 듯, 나와 똑같았다.
옛 문장을 볼 때마다 늘 탄식했으나,
가끔은 그것을 마음속으로 이해할 수 없을 때도 있었다.
삶과 죽음이 같다는 말은 참으로 허황되고,
700년 산 팽조와 일찍 죽은 어린아기가 똑같다는 말도 망령된 것 같다.
후세 사람들이 지금 우리를 보는 것은
지금 우리가 옛사람을 보는 것과 똑같으리라, 아 슬프구나!
그래서 이곳에 모인 사람들을 순서대로 열거하여
그들이 지은 시를 기록해 두는 바이다.
비록 세상이 달라지고 세태가 변해도
감정이 일어나는 까닭은 하나일 것이니,
후대 사람들이 이 글을 보면, 또한 감회가 있으리라.

是日也
天朗氣淸 惠風和暢
仰觀宇宙之大
俯察品類之盛
所以遊目騁懷
足以極視聽之娛, 信可樂也
夫人之相與, 俯仰一世
或取諸懷抱, 晤言一室之內
或因寄所托, 放浪形骸之外
雖取捨萬殊, 靜躁不同
當其欣於所遇
暫得於己, 快然自足
不知老之將至
及其所之旣倦
情隨事遷
感慨繫之矣
向之所欣, 俯仰之間
已爲陳跡
猶不能不以之興懷

況脩短隨化

終期於盡

古人云 '死生亦大矣, 豈不痛哉!'

每覽昔人興感之由

若合一契

未嘗不臨文嗟悼

不能喩之於懷

固知一死生爲虛誕

齊彭殤爲妄作

後之視今

亦猶今之視昔,

故列敘時人

錄其所述

雖世殊事異

所以興懷, 其致一也

後之覽者, 亦將有感於斯文

왕희지, 「난정집 서문(蘭庭集序)」

동진시대 명문가 낭야 왕씨 가문의 청년 왕희지는 회계내사(會稽內史)를 지내던 353년(당시 왕희지 나이 33살) 당시의 명사 41명과 함께 저장성 샤오싱시 근처에 위치한 난정(蘭亭)에 놀러갔다. 때는 바야흐로 제비가 돌아오고 뱀이 겨울잠에서 깨어나는 삼월삼짇날이었으니 중양절과 마찬가지로 양의 숫자가 겹치는 길일 중의 길일이다. 이들은 먼저 맑은 물에 몸을 씻으며 겨우내 묵은 때와 부정한 기운을 떨쳐버린 후, 구부러진 물줄기에(曲水) 술잔(觴)을 띄워 그 술잔이 떠내려가다가 멈춘 곳에서 시를 짓는 '유상곡수(流觴曲水)' 놀이를 하며 즐거운 한때를 보냈다. 이 놀이의 핵심은 시를 못 지으면 벌주를 마시는 것으로, 경주에 남아있는 신라시대 유적지 '포석정'도 바로 난정에서 왕희지와 그 지인들이 즐겼던 봄날 이벤트를 그대로 본뜬 것이다. 이날의 놀이의 결과, 21명의 명사들이 37수의 시를 남겼으며 이를 모아 시집을 만들고 왕희지가 대표로 이에 대한 서문을 지은 것이 바로 「난정집 서문」이다.

이 글이 길이 남을 명문장으로 꼽히는 이유는 무엇일까. 우선 문학적으로 당시 꾸밈이 극치에 이르렀던 '변려문'을 지양한 채 몇 글자만 사전에서 찾으면 쉽게 읽을 수 있는 소박한 글짓기를 추구했기 때문이다. 왕희지가 살았던 동진시기를 포함하여 위진남북조 370년의 시절은 자고 일어나면 왕조가 바뀌어 있었고 혹여 정치인에 대한 비판이라도 하면 쥐도 새도 모르게 사라질 수도 있었다. 당연히 지식인들의 글짓기는 내용은 하나도 없고 겉모양만 화려하게 꾸미면서 자기자랑에 도취하는 방향으로 흘러갈 수밖에 없었다. 그런데 왕희지는 이러한 '대세'를 거스르면서 남들이 다 아는 쉬운 글자를 사용하여 '무한한 시간 속의 유한한 인생의 덧없음'이라는 무거운 주제를 담았다. 생각해보면 언제 10년, 20년, 30년의 시간이 이렇게 빨리 흘러갔는지 모르겠다. 마음은 스무 살 그대로인데 몸은 여기저기 아프기 시작하고 흰 머리카락은 점점 늘어나는 가운데 눈도 침침해져서 모니터를 보는 것조차 힘들다. 두보가 왜 '백발을 다 긁어모아도 비녀조차 꽂을 수 없네(渾欲不勝簪)'라고 말했는지 이해되고, 어르신들이 왜 그렇게 꽃에 감탄하고 풍경사진을 좋아하시는지 알 것만 같다. 스무 살 청년들에게는 내년에도 후년에도 언제든지 볼 수 있는 꽃이지만 어르신들은 내년을 기약할 수 없기 때문이다. 그렇다고 마냥 이 세상 소풍 끝내는 날이 다가온다고 슬퍼할 필요도 없다. 장자의 설명에 따르면 '700년 동안 살았던 팽조도 무한한 세상의 관점에서 본다면 지극히 짧은 삶을 살았던 것이고, 요절한 아기도 하루살이의 관점에서 본다면 오래 산 것(『장자 – 제물론(齊物論)』)'이기 때문이다. 중요한 것은 '지금 이 순간을 영원으로 만드는 것', 중국의 지식인들은 글을 남김으로써 영원을 추구했다.

두 번째로 이 작품이 유명한 이유는 심오하면서도 절절한 주제가 서성의 글씨체와 만나 시너지 효과를 일으켰기 때문이다. 안타깝게도 왕희지가 직접 쓴「난정집 서문」의 진본은 오늘날 전해지지 않는다. 당나라 태종(太宗)이 왕희지의 글씨체를 너무 좋아한 나머지 순장품으로 함께 묻었기 때문이다. 모본이나 탁본 가운데 가장 유명한 것은 당나라 서예가 빙승소(憑承素)가 쓴 '신룡본(神龍本)'으로 북경의 고궁박물관에 가면 볼 수 있다. 왕희지 스스로도 술에 취한 상태에서 쓴 것인지라 술에서 깬 후 몇 번이고 시도했으나 그보다 더 잘 쓸 수 없었기에 붓을 내던졌다는 일화가 전해질 정도이니 이래저래 아쉬움이 많이 남는다.

무릇 천지는 만물이 쉬어가는 여관이요,
시간은 긴 세월을 지나가는 나그네라.
덧없는 인생 꿈과 같으니
즐긴다 한들 얼마나 되겠는가?
옛사람이 촛불 켜고 밤에 노닌 것은
진실로 그 까닭이 있었도다!
하물며 따뜻한 봄날이 아름다운 경치로 나를 부르고
천지가 나에게 아름다운 문장을 빌려주었음이랴!
夫天地者, 萬物之逆旅, 光陰者, 百代之過客
而浮生若夢, 爲歡幾何, 古人秉燭夜遊, 良有以也
況陽春召我以煙景, 大塊假我以文章

복숭아꽃 오얏꽃 핀 향기로운 정원에 모여
형제간의 즐거운 놀이를 벌이니
여러 아우들의 글 솜씨가 빼어나 모두 사혜련과 같거늘
내가 읊은 시만이 홀로 사령운에게 부끄럽구나.
그윽한 감상이 아직 끝나지 않았고
고상한 담론은 더욱 맑아지는데
화려한 잔치 꽃 사이에 앉아

새 모양 술잔을 주고받으며 달 아래 취하니
빼어난 작품이 없으면
어찌 고상한 마음을 드러낼 수 있으리.
만약 시를 짓지 못하면
금곡원에서처럼 벌주를 마시리라.

會桃李之芳園, 序天倫之樂事
群季俊秀, 皆爲惠連, 吾人詠歌, 獨康樂
幽賞未已, 高談轉清, 開瓊筵以坐花, 飛羽觴而醉月
不有佳作, 何伸雅懷
如詩不成, 罰依金谷酒數

이백, 「봄날 밤 복숭아꽃 자두꽃 핀 정원의 잔치에서 지은 시들에 대한
서문(春夜宴桃李園序)」

봄 하면 역시 '꽃'이다. 지금 사람들이 간절하게 벚꽃을 기다리듯이 옛 사람들에게 있어서 봄의 전령은 복숭아꽃과 자두꽃이었다. 개화 시기는 4월 초에서 중순 무렵으로 자두꽃이 복숭아꽃보다 일주일 정도 더 빨리 핀다. 「난정집서」와 계절적인 배경은 비슷하지만 흐드러지게 핀 꽃들로 인해 더욱 화려하고 낭만적인 분위기가 연출되니 술을 찾지 않을 수 없겠다. 자두꽃과 복숭아꽃은 우리에게 익숙지 않으니 다시 벚꽃으로 바꿔서 생각해보자. 서울 여의도 벚꽃도 유명하지만 내 마음속의 벚꽃은 무조건 제주 중문 시내의 벚꽃이다. 마음 편한 사람들과 노지 한라산 소주에 벚꽃잎을 띄우고 삼겹살 한 점 먹으면 그곳이 천국일 것이다. 그런데 옛 사람들은 우리처럼 먹고 노는 것으로 끝나지 않았다. 이백 역시 지극히 평범했던 그날의 즐거운 놀이 속에서 '세월의 빠름과 인생의 무상함'을 느꼈고 어김없이 그 감회를 글로 남겼다.

이 글은 737년 이백 나이 37살, 1차 만유시기(漫遊時期 : 27살~42살) 중 결혼과 함께 후베이성 안루(安陸)에 잠시 정착했을 때 지어진 것으로 추정된다. 현종과 영왕 이린(李璘)에게 등용되어 정치적 좌절을 겪기 이전에 지어졌기에 아직은 젊고 풋풋한 시절의 이백을 만날 수 있다. 결혼으로 생활도 다소 안정되었고 마침 날씨도 따뜻하게 풀렸으니 여러 형제들과 친지들을 초대하여 꽃 피는 정원에 즐겨도 좋겠다는 마음에서 준비한 파티였을 것이다. 참석한 친지들은 서로 시(詩)와 부(賦)를 짓고 이야기꽃을 피우면서 술을 마셨는데 이날 지은 시들을 모아 책으로 엮은 후, 당연히 자타공인 가장 글을 잘 짓는 이백이 서문을 지었다.

세상은 모든 만물이 잠깐 머무르다 가는 숙소요,
세월은 그 천지 사이에 잠시 쉬었다가 떠나는 나그네로다.

중학교 때 한문교과서에서 처음 만났던 이 구절을 당시에는 전혀 이해하지 못했다. 하지만 지금은 '천지'를 만물이 쉬어가는 여관에, '세월'을 그 여관에 묵어가는 나그네에 비유한 기발함에 감탄이 절로 나온다. 뒤이어 나오는 카르페디엠(carpe diem), 오늘을 즐겨라! 욜로(YOLO)! 지금처럼 밝은 전구가 없었으니 밤에 촛불을 들고서 라도 끝까지 달려보겠다는 그 넉살에 웃음도 나온다. 그 와중에 은근슬쩍 남조 송(宋)나라 산수시의 대가인 사령운과 사혜련, 위진 시대 진(晉)나라 부자 석숭(石崇)의 이야기를 끼워 넣는 센스까지, '이래서 이백을 시의 신선이라고 부르는구나' 절로 이해가 된다.

스무 살 무렵, 이백의 이 글을 처음 읽었을 때에는 봄날 거나한 캠핑의 한 장면과 함께 '노세노세 젊어서 노세'라는 가사가 떠올랐다. 대학원 석사·박사 논문자격시험을 준비하며 읽었을 때에는 점과 같은 인간의 유한한 인생이 덧없다고 느껴지면서 슬픔이 밀려왔다. 세월은 자기 나이만큼 속도감을 느끼는 법이라고 했는데, 취업·결혼·육아·승진 등을 위해 동분서주 달리다보면 금방 중년이 될 것만 같았다. 제대로 살아보지도 못한 것 같은데 벌써 귀밑머리 희끗해지겠지. 그래서 성인으로 추앙받는 공자도 '불사주야(不舍晝夜)'라고 탄식하지 않았던가.

그리고 10년의 세월이 더 흐른 지금 수업을 준비하면서 다시 읽어보니 글의 구석구석이 눈에 들어온다. 특히 석숭(石崇)의 금곡원(金谷園) 이야기로 글의 마무리를 맺는 것이 심상치 않다. 금곡원은 위진시대 최고 부자였던 석숭의 초호화별장으로 오늘날 허난성 뤄양 서쪽에 위치하고 있다. 석숭이 어느 정도로 부자였는지에 대해서는 『세설신어(世說新語)』에도 자세히 기록되어 있는데, 특히 왕개(王凱)와의 '사치 배틀'은 한심할 지경이다. 귀한 양초를 땔감으로 사용하고, 25km짜리 비단장막을 담장에 두를 정도로 부유했던 석숭은 종종 자신의 별장에서 호화로운 파티를 열고 명사들을 초대하여 시를 짓는 놀이를 즐겼다. 이때 시를 짓지 못했던 사람은 벌로 술 세 말을 마셔야 했는데 이를 '금곡주수(金谷酒數)'라고 한다. 생전 온갖 부귀영화를 다 누렸던 석숭인데 결국 후대 사람들이 기억하는 것은 '금곡주수'라고 이백은 경고하고 있다. 결국 영원 가운데 잠시 왔다가 사라지는 것이 인간의 삶이라면, 나는 무엇으로 기억될 것인가.

미션 중간고사·취업·미래에 대한 불안함을 잠시 내려놓고, 왕희지와 이백처럼 '봄'을 주제로 한 글쓰기를 해보자.

【ex1】 잠시라도 내 마음속의 얼음조각을 녹여줄 수 있는 지금의 햇살 한줄기, 양쪽 길가 옆으로 서있는 나무들에게서 떨어지는 꽃 한 송이가 반갑다.

【ex2】 교수님이 벚꽃놀이를 다녀온 후 감상문을 쓰라고 말씀하셨다. 학교에 다녀와서 무거운 짐들을 내려놓고 벚꽃놀이를 하기 위해 집 앞을 나

섰다. 오래 된 집에 살아서 집 앞에 벚꽃나무들이 햇빛에 비춰지는 모습이 꽤 아름다웠다. 혼자 밥도 먹고 혼자 술도 먹는데 혼자 벚꽃놀이는 못 할까 생각하며 당당히 갔다.

【ex3】봄이라는 주제로 글쓰기를 과제로 받았을 때 글을 어떻게 써내려가야 할지, 무엇부터 시작해야 할지 몰라 우왕좌왕했다. 평소에 봄이라는 계절은 1년이 지나면 돌아오는 당연한 섭리였기 때문에 봄을 당연하게 생각한 것 같다.

【ex4】어떤 연관성 없는 지독하게 우중충한 글을 적으리라 다짐했었다. 하지만 문득 내 마음을 흔든 건... 나는 지금 이 순간을 즐기고 있었다.

【ex5】벚꽃보다 네가 더 예쁘다는 오글거리는 말은 하지도 못하고...사귀자는 말은 가슴속에서 나오지 못했다. 그렇게 그날 벚꽃놀이는 끝나 버렸고 점차 끝나가는 봄처럼 그녀와도 점차 멀어 졌다.

【ex6】병원에 입원해 계신 아빠와 산책. 내가 친구들하고 신나게 놀고 있을 때, 아빠의 어깨는 얼마나 무거우셨을까.

〈봄〉

가천대학교 동양어문학과 오자영

매년 돌아오는 4계절, 그 시작을 알리는 '봄'.

하루의 계획은 아침에, 일주일의 계획은 월요일에, 일 년의 계획은 봄에 세우라는 말이 있는 것처럼 봄은 우리에게 '새로운 시작'을 의미하는 한없이 따뜻하고 따뜻한 설렘을 안겨주는 계절이다. 그러나 다가올 일 년을 미처 계획하기도 전에, 이 아름답고 가슴 벅찬 계절을 마음껏 즐기기도 전에 떨어지는 꽃잎처럼 진 아이들이 있었으니, 바로 세월호 해양사고의 희생자인 250여명의 안산 단원고등학교 학생들이다. 흔히들 자신의 전성기를 '내 인생의 봄'이라고 표현한다. 나도 아직 겪어보지 못한 나의 인생의 봄을, 그 아이들의 인생에서는 영원히 겪어보지 못할 가라앉아버린 꿈으로만 남겨졌다는 그 사실 때문에 돌아오는 매 봄마다 나는 억장이 무너져야만 했다. 살아서 돌아와 주었다면 올해 20살이 되어 삼삼오오 모여 꽃놀이를 갔을 그 아이들은 대체 왜 부모님의 품에조차도 안길 수 없는 세상에서 가장 긴 수학여행을 떠나야만 했을까. 순수한 마음으로 아이들을 기리는 추모를 왜 더 이상 추모라고 할 수 없게 되어버린 것일까. 대체 언제부터 이 사고를 바라보는 사회의 시선이 아이들이 남겨진 바다 속 깊은 물보다도 차가워 진 것일까. 잘잘못을 따진지도 벌써 햇수로 3년째.

해도 해도 모자라 이제는 손가락질을 받는 대상이 희생자 가족이 되어버렸다는 사실도, 해가 갈수록 변질되어가는 순수한 추모의 본질도, 이를 정치적으로 악용하는 도대체가 이해를 해보려고 해도 도무지 이해가 안 되는 그러한 세력들은 아이들 앞에서 과연 떳떳할 수 있을까.

그러나 내가 아이들에게 알려주고 싶은 것은 이러한 이상한 사회가 나와 같이 머리가 아닌 심장으로 사고를 기억하는 사람들의 마음을 멋대로 밟아버릴 수는 없다는 사실이다. 우리는 너희들을 기억할 것이고, 너희들은 우리들 마음에 영원히 기억되어 질 것이야. 그러니 혹시라도, 아직까지도 그 차가운 물속에서 살아 돌아갈 수 없었던 사실을 원망하고 있다면 이제는 부디 마음을 풀고 언제까지나 너희 가족들과 우리들 마음속에 살아주렴. 하고, 한명, 한명 차가운 손을 보듬어주며 말해주고 싶다.

이제 남은 것은 우리 어른들인데, 과연 우리는 아이들이 이 사회에 남겨준 숙제를 잘 풀어 나가고 있는 것인지 궁금하다. 어쩌면 우리는 숙제의 목적조차 간과하고 있는 것이 아닌지 정말 답답할 따름이다. 사고 시 국정원에 보고해야하는 절차는 왜 2년 전보다 더 복잡해진 것인지, 당장 눈앞에서 침몰하고 있는 배에서 인명구조가 최우선되어야할 상황에 구조된 인원이 몇 명인지 정확하게 세야 했던 인원파악이 우선시 되었던 이유는 무엇인지. 도대체 어디부터 잘못된 것인지, 또 물어야 한다면 도대체 누구에게 물어야 하는지조차 불분명한, 아무것도 변한 것이 없는 이 사회에서 살아간다는 게 정말 부끄럽기 짝이 없다.

살아가야 한다면, 지켜주지 못한 그 아이들을 위해서 우리가 살아가야 한다면 적어도 이런 식으로는 살면 안되는 게 아닌가.

사고가 일어났던 2014년, 1주기였던 2015년에도, 그리고 얼마 전이였던 참사 2주기 2016년 4월 16일에도 어김없이 비가 왔다. 단순히 우연으로 내린 비라 하기엔 영원히 10대로 남아있을 그 아이들이 흘린 눈물이 너무나도 많다. 사실 사고 2주기가 있었던 저번 주 내내 감정적이지 않으려고 노력했지만 우연히 본 지인의 카카오톡 문구에 결국 울컥하고 말았다.

'지겹다는 말은 하지 마세요. 자식이 어떻게 지겨울 수가 있습니까?'

잊어서는 안 되고 잊혀서도 안 될 것이다.
세월호 희생자들의 명복을 빕니다.

가을이 오면 「전적벽부」&「후적벽부」

봄 하면 왕희지의 '유상곡수 놀이'와 이백의 '금곡주수 놀이'가 떠오르 듯이, 가을 하면 역시 소식의 '적벽주유 놀이'이다. 아침저녁으로 제법 선선한 바람이 불어오기 시작하는 달 밝은 밤이면 '흰 천과 바람만 준 비되면 어디든 갈 수 있어'라는 드라마 〈꽃보다 남자(2009)〉의 대사처 럼, 소식을 흠모했던 수많은 지식인들은 술과 약간의 안주를 준비하여 강가에 조각배를 띄운 채 가을의 정취를 마음껏 즐겼다. 소식이 대표적 인 혐한파였던 것과는 별개로 고려·조선시기 우리 조상들은 특히나 '소동파 앓이(蘇熱)'에 흠뻑 빠졌으니, 그 미려한 문장도 일품이었겠지만 시를 짓거나 못 지었다고 해서 벌주를 마실 필요가 없었기에 부담이 덜 한 이유도 있었을 것이다.

> 임술년 가을 7월 16일,
> 나 소식은 친구들과 함께 적벽 아래에서 배를 띄우고 놀았다.
> 맑은 바람 서서히 불어오고 물결은 잔잔했던 날
> 술잔 들어 손님에게 권하며 시경의 「월출」을 낭송하고 「관저」를 읊었다.[11]
> 잠시 후 동산위로 달이 떠올라 북두칠성과 견우성 사이를 배회할 무렵
> 자욱한 흰 안개가 강물을 가로지르니 물빛과 하늘빛이 맞닿아 있었다.
> 조객배 떠가는 대로 몸을 내맡기고 망망한 강물 위를 가로지르는데
> 넓고 넓은 것이 허공을 타고 바람을 모는 것 같아 그 머물 바를 모르겠고
> 둥실둥실 흘러가는 것이 속세를 버리고 고독하게 홀로 서서
> 날개 돋아 신선되어 날아가는 듯하다.
> 壬戌之秋, 七月旣望, 蘇子與客泛舟, 遊於赤壁之下.
> 淸風徐來, 水波不興, 擧酒屬客, 誦明月之詩, 歌窈窕之章
> 少焉, 月出於東山之上, 徘徊於斗牛之間

---

11 『詩經-陣風-月出』과 『詩經-周南-關雎』

白露橫江, 水光接天, 縱一葦之所如, 凌萬頃之茫然

浩浩乎, 如馮虛御風, 而不知所止

飄飄乎, 如遺世獨立, 羽化而登仙

이에 술을 마시며 즐거워져서 뱃머리를 두드리며 노래를 불렀다.
'계수나무 노와 목련 상앗대로 물 위에 비친 달그림자 치며,
달빛 흐르는 강물을 거슬러 가네.
아득한 내 마음이여! 하늘 끝 그리운 이 보고싶구나!'
손님 가운데 퉁소를 잘 부는 사람이 있어 노랫가락에 맞춰 반주를 해주는데
그 소리가 우~하고 울려퍼졌으니
원망하는 듯 사모하는 듯 흐느껴 우는 듯 하소연하는 듯 했고,
여음이 부드럽고도 가늘게 이어서 실가닥처럼 끊어지지 않으니
깊은 골짜기에 사는 용이 춤을 추고 외로운 배에 탄 과부가 우는 듯 했다.
나는 슬픈 안색을 하고 옷깃을 바로 여민 후 단정히 앉아서 손님에게 물어봤다.
'어찌하여 그 소리가 그토록 슬픕니까?'
손님이 대답하기를
'"달은 밝고 별빛 드문데 까치는 남쪽으로 날아가네"
이는 조조의 시 「단가행」이 아닙니까?[12]
서쪽으로는 하구를 동쪽으로는 무창을 바라보니
산과 강물이 서로 얽혀있고 초목은 울창한 것이 푸르고 푸른데
이는 그 옛날 조조가 주유에게 곤란을 당하던 곳이 아닙니까?
조조가 형주를 격파하고 강릉을 점령한 후 물줄기를 따라 동쪽으로 내려가던 중
강가에서 술잔을 기울이며 긴 창을 옆에 두고 시를 지었던 것이니
진실로 한 시대의 영웅이었건만 지금은 어디에 있단 말입니까?
하물며 나와 그대는 강가의 어부와 나무꾼처럼 물고기·새우·고라니·사슴
과 함께 지낼 뿐입니다.
조각배 저으며 바가지 술잔을 서로 권하며
하루살이 같이 짧은 목숨을 천지간에 기탁했을 뿐이니

12 조조(曹操)의 악부시, 「단가행(短歌行)」

진실로 망망한 바다 가운데 떠 있는 좁쌀 한 알 같습니다.

우리네 인생이 한순간인 것이 슬프고 강물의 무궁함이 부럽기만 합니다.

하늘을 나는 신선과 함께 멀리 노닐고 밝은 달 끌어안으며 영원히 살고 싶은데

이는 쉽게 얻을 수 없다는 것을 알고 있기에 여음을 가을바람에 실은 것입니다.'

於是飲酒樂甚, 扣舷而歌之

歌曰: 桂櫂兮蘭槳, 擊空明兮泝流光, 渺渺兮予懷, 望美人兮天一方

客有吹洞簫者, 倚歌而和之

其聲嗚嗚然, 如怨如慕, 如泣如訴, 餘音嫋嫋, 不絶如縷

舞幽壑之潛蛟 泣孤舟之嫠婦

蘇子愀然正襟, 危坐而問, 客曰: 何爲其然也

客曰: 月明星稀, 烏鵲南飛, 此非曹孟德之詩乎?

西望夏口, 東望武昌, 山川相繆, 鬱乎蒼蒼, 此非孟德之困於周郎者乎?

方其破荊州, 下江陵, 順流而東也, 舳艫千里, 旌旗蔽空, 釃酒臨江, 橫槊賦詩

固一世之雄也, 而今安在哉?

況吾與子, 漁樵於江渚之上, 侶魚蝦而友麋鹿

駕一葉之扁舟, 擧匏樽以相屬, 寄蜉蝣於天地, 渺滄海之一粟

哀吾生之須臾, 羨長江之無窮, 挾飛仙遨遊, 抱明月而長終

知不可乎驟得, 託遺響於悲風.

이 말을 듣고 나는 다음과 같이 대답했다.

'그대는 저 물과 달을 아십니까?

흘러가는 것이 이와 같지만 다 흘러가버리는 것은 아니며

차고기우는 것이 저와 같지만 결코 줄어들거나 늘어나지 않습니다.

그 변하는 관점에서 보자면 천지라는 것은 한 순간도 같은 모습이 없었고

변하지 않는 관점에서 보자면 만물과 우리네 인생은 무궁무진한 것이니

또 무엇을 부러워하겠습니까?

게다가 천지 사이의 모든 물건은 모두가 주인이 있지만

진실로 내 것이 아니라면 털끝 하나라도 가질 수 없는 것입니다.

하지만 강물 위에 부는 맑은 바람과 산 위에 솟은 밝은 달 만큼은

귀로 들으면 음악이며 눈으로 보면 아름다운 경치이니

이를 가져도 금지하는 사람이 없고 아무리 사용해도 사라지지 않는 것들입니다. 이는 조물주가 끝없이 가지고 있기에 나와 그대가 함께 누릴 수 있는 것이지요'.

蘇子曰 : 客亦知夫水與月乎?

逝者如斯, 而未嘗往也

盈虛者如彼, 而卒莫消長也

蓋將自其變者而觀之, 則天地曾不能以一瞬

自其不變者而觀之, 則物與我皆無盡也

而又何羨乎, 且夫天地之間, 物各有主

苟非吾之所有, 雖一毫而莫取

惟江上之淸風, 與山間之明月

耳得之而爲聲, 目遇之而成色

取之無禁, 用之不竭, 是造物者之無盡藏也, 而吾與子之所共樂

손님은 내 말을 듣고 기뻐 웃음지으며
다시 술잔을 씻어 술을 따랐다.
안주는 이미 없어진지 오래고 술잔과 빈 접시만 어지럽게 흩어져 있다.
배안에서 서로를 베고 누우니 동쪽이 밝아오는 것도 알지 못했다.

客喜而笑, 洗盞更酌

肴核旣盡, 杯盤狼藉.

相與枕藉乎舟中, 不知東方之旣白

소식, 「전적벽부(前赤壁賦)」

이 해 시월 보름날, 설당에서 임고정까지 걸어서 가는데
손님 두 명이 나를 따라와 함께 황니 고개를 넘었다.
이미 서리와 이슬이 내려 나뭇잎은 모두 떨어졌고 사람 그림자가 땅 위에 아른거렸다.
고개 들어 밝은 달 바라보고 사방의 경치를 둘러보며 걸어가면서 서로 노래 부르며 화답했다.
잠시 후 나는 탄식했다.

'손님이 있건만 술이 없고, 술이 있다한들 안주가 없으니,
달 밝고 바람 맑은 이 좋은 밤을 어찌 그냥 보낼까?'
손님 중 한 명이 말했다.
'오늘 해질 무렵 그물을 드리워 물고기 한 마리를 잡았는데
입이 크고 비늘이 가는 것이 꼭 송강의 농어같이 생겼더랬지요.
그런데 술은 어디서 구해야 할지'
집에 돌아와 아내에게 이야기했더니, 아내가 말하기를
'마침 술 한 말이 있는데, 담궈 둔 지 오래된 것입니다.
당신이 갑자기 찾으실 것에 대비해 둔 것이지요'
그리하여 술과 생선안주를 준비하여 다시 적벽 아래에서 배를 띄우고 노닐었다.
是歲十月之望, 步自雪堂, 將歸於臨皐, 二客從予, 過黃泥之坂
霜露旣降, 木葉盡脫
人影在地, 仰見明月
顧而樂之, 行歌相答
已而歎曰：有客無酒, 有酒無肴, 月白風淸, 如此良夜何？
客曰：今者薄暮, 擧網得魚, 巨口細鱗, 狀似松江之鱸, 顧安所得酒乎？
歸而謀諸婦, 婦曰：我有斗酒, 藏之久矣, 以待子不時之須
於是, 攜酒與魚, 復游於赤壁之下

강물은 소리 내며 흘러가는데 깎아지른 듯한 절벽이 천척이나 되는 듯 했다.
시간이 얼마나 흘렀다고 그새 강산의 경치를 알아보지 못한단 말인가!
산이 더욱 높아지니 달이 작아보였고, 강물이 줄어 바닥의 돌들이 그대로 드
러났다.
이에 나는 옷자락을 걷고 올라가
험한 바위도 밟아보고, 무성한 풀숲도 헤쳐보고,
호랑이와 표범같이 생긴 바위 위에 앉아보기도 하고,
뱀과 용같이 생긴 나뭇가지 위에 올라가 매가 둥지를 튼 가지를 잡아당겨보
기도 하고,
하백의 궁전이 있을법한 물속도 내려다보았다.
두 손님은 나를 따라오지 못했다.
그런데 갑자기 긴 휘파람소리가 나더니 초목이 진동하고

산이 울리고 골짜기에 메아리치면서 바람이 일고 물이 용솟음쳤다.

나 또한 쓸쓸하고 슬프고 숙연하고 두려워져

그 오싹한 기운에 더 이상 머무를 수 없었다.

다시 돌아와 배 위에 올라 강 한가운데 배를 내버려두고

흘러가다 멈추는 곳에서 멈추도록 했다.

때는 거의 한밤 중, 사방을 둘러보니 적막하다.

그때 학 한 마리가 강물을 가로질러 동쪽에서 날아오는데

날개가 수레바퀴처럼 크고 검은 치마에 흰 저고리를 입은 듯한 모습에

끼룩끼룩 길게 소리 내어 울면서 내가 타고 있던 배를 스쳐 서쪽으로 날아갔다.

잠시 후 손님들은 떠나고 나 또한 잠이 들었다.

江流有聲, 斷岸千尺, 山高月小, 水落石出

曾日月之幾何, 而江山不可復識矣

予乃攝衣而上, 履巉巖披蒙茸

踞虎豹登虯龍, 攀栖鶻之危巢, 俯馮夷之幽宮. 蓋二客不能從焉

劃然長嘯, 草木震動, 山鳴谷應, 風起水涌

予亦悄然而悲, 肅然而恐, 凜乎其不可留也

反而登舟, 放乎中流, 聽其所止而休焉

時夜將半, 四顧寂寥,

適有孤鶴, 橫江東來, 翅如車輪, 玄裳縞衣, 戛然長鳴, 掠予舟而西也

須臾客去, 予亦就睡.

꿈에서 한 도사가 옷자락을 펄럭이며 임고정 아래를 지나 나에게 읍하며 말했다.

'적벽에서의 놀이가 즐거우셨습니까?'

내가 그의 이름을 물어봤으니, 그는 고개를 숙인 채 대답하지 않았다.

'아! 알겠습니다! 간밤에 울면서 저를 스쳐 지나가신 분이 아니십니까?'

도사는 돌아보며 웃었고, 나 또한 놀라서 잠에서 깼다.

문을 열고 내다보았으나 어디로 갔는지 알 수 없었다.

夢一道士, 羽衣翩僊, 過臨皐之下, 揖予而言曰 : 赤壁之遊樂乎?

問其姓名, 俛而不答.

嗚呼噫嘻, 我知之矣, 疇昔之夜, 飛鳴而過我者, 非子也耶?

道士顧笑, 予亦驚悟.
開戶視之, 不見其處.

소식, 「후적벽부(後赤壁賦)」

▼ 후베이성 황저우의 '동파적벽'

소식이 두 편의 「적벽부」를 지었던 시기는 오대시안(烏臺詩案) 필화 사건으로 후베이성 황저우(黃州)로 유배간지 3년째 되던 해인 1082년, 그의 나이 47살 때이다. 「전적벽부」는 음력 7월 16일에 지어진 것이고, 「후적벽부」는 그로부터 3개월 후인 10월 15일에 지어진 것이니, 요즘 시기로 바꿔 말하자면 제법 선선한 바람이 불어오기 시작하는 초가을과 갑자기 바람이 차가워지는 늦가을의 기록이다. 장소는 '주유가 조조의 백만 대군을 격파한 적벽'으로 잘못 알고 있었기 때문에 후대 사람들은 이곳을 '황주적벽(黃州赤壁)' 또는 '동파적벽(東坡赤壁)'이라고도 부른다.

아무런 배경을 모른 채 두 편의 「적벽부」만 보고 있노라면 유배를 가서도 정신 못 차리고 마냥 베짱이같이 놀기 좋아하는 한량이 연상된다. 본인의 처지를 제대로 아는지 모르는지 친구들과 밤새 술 마시며 뱃놀이를 즐기고, 심지어 술이 없다며 부인에게 칭얼거리기도 한다. 그러나 사실 이러한 상태에 이르기까지 소식은 3년의 시간동안 적잖은 마음고생과 단련의 과정을 거쳐야만 했다.

북송시대의 정치가·문학가·화가·서예가였던 소식은 요리·의학·건축 등에도 조예가 깊었던 천재로, 류종목 선생님의 '팔방미인'이라는 평가가 딱 어울린다. 그는 급진적인 왕안석의 신법을 반대했으며, 지방 관리로 일하며 백성들의 아픔과 어려움에 관심이 많았고, 다방면에 왕성한 호기심을 보였던 학자로 스스로를 '끊임없이 용솟음치는 샘물'에 비유하기도 했다. 단 한 가지 단점이라면 너무 해맑은 성격이랄까. 주변의 분위기나 상황을 고려하지 않은 채 하고 싶은 말을 꼭 뱉어내야 직성이 풀리는 성품을 지녔기에, 아버지 소순(蘇洵)도 이를 걱정하여 그 이름을 수레앞턱장식인 '식(軾)'이라고 지은 것이며(소순 「名二子說」), 첫 번째 부인 왕불도 늘 휘장 뒤에서 남편이 손님과 나누는 대화를 듣고 있다가(幕後聽言) 어떤 사람인지를 분별해줬을 정도(소식 「亡妻王氏墓地銘」)였다. 소식은 자신을 발탁해 준 구양수의 예언대로 20대 초반

▲ 안견, 〈적벽부도〉(ⓒ국립중앙박물관)

부터 문단에서 이름을 날렸지만, 왕안석의 신법을 반대하는 상소문을 여러 차례 올렸기에 정치적으로는 자의반 타의반 지방관직을 전전할 수밖에 없었다.

그리고 신법당과의 악연은 마침내 '오대시안(烏臺詩案) 필화사건'으로 터졌으니 (1079년, 소식 나이 44살) 소식이 썼던 시와 글에 황제와 정부를 비난하는 내용이 담겼다는 것이다.[13] 8월에 수감되어 12월에 풀려나기까지 136일 동안 소식은 언제 사형선고가 내려질지 모른다는 불안감에 떨어야 했다. 소식의 글재주를 아꼈던 선인태황태후(宣仁太皇太后)와 여러 대신들의 요청으로 겨우 사형은 면했지만, 그를 기다리고 있던 것은 '후베이성 황저우 유배령'이었다. 12월 26일 매서운 날씨만큼이나 무거운 마음으로 황저우로 떠났을 때 소식의 기분은 어땠을까. 활발하고 매사 낙천적이었던 소식이었지만 이때 받았던 정신적인 충격으로 그 좋아하던 글쓰기도 멈추고 다음과 같이 말했다. '문을 닫고 외부와의 출입을 끊은 채 놀란 혼백을 가다듬고 물러나 엎드려 있었다.'

작가들은 글쓰기 작업을 통해 자신의 존재가치를 느낀다고 하니 오대시안은 소식의 정체성을 뒤흔들었던 큰 충격이었음을 보여준다. 그러나 소식은 쓰촨성의 평범한 중산층 가문 출신으로 스스로가 가정경제의 원천이었기에 마냥 방 안에서 웅크리고 있을 수도 없는 노릇이었

---

13 정세진, 「오대시안에 연루된 문장에 대한 고찰」, 『중국어문학』 제63집, 2013.

다. 이를 안타깝게 여긴 지인의 도움으로 황저우성 동쪽 산비탈을 빌려 직접 경작하며 가족을 부양했으니, 우리가 이름보다 익숙하게 알고 있는 '동파(東坡)'라는 호는 바로 이때 만들어진 것이다. 그래도 시간이 약인지라 3년의 세월이 흐르자 어느 정도 마음이 추슬러지고 없는 살림에 손님들을 초대하여 웃을 여유도 생겼다.

> 그대는 저 물과 달을 아십니까?
> 흘러가는 것이 이와 같지만
> 다 흘러가버리는 것은 아니며
> 차고기우는 것이 저와 같지만
> 결코 줄어들거나 늘어나지 않습니다.
> 그 변하는 관점에서 보자면
> 천지라는 것은 한 순간도 같은 모습이 없었고
> 변하지 않는 관점에서 보자면
> 만물과 우리네 인생은 무궁무진한 것이니
> 또 무엇을 부러워하겠습니까?
> 게다가 천지 사이의 모든 물건은 모두가 주인이 있지만
> 진실로 내 것이 아니라면
> 털끝 하나라도 가질 수 없는 것입니다.
> 하지만 강물 위에 부는 맑은 바람과
> 산 위에 솟은 밝은 달 만큼은
> 귀로 들으면 음악이며 눈으로 보면 아름다운 경치이니
> 이를 가져도 금지하는 사람이 없고
> 아무리 사용해도 사라지지 않는 것들입니다.
> 이는 조물주가 끝없이 가지고 있기에
> 나와 그대가 함께 누릴 수 있는 것이지요.

강물이 흘러간다고 달의 모습이 변했다고 슬퍼할 이유가 없다. 내가 애쓰고 노력해도 안 되는 일들이 있으니 그냥 지금 이 순간을 받아들이

고 우주의 흐름에 나를 편안히 맡길 뿐. 일찍이 도연명이 「귀거래사」에서 말했던 '조화의 기운을 타고 일생을 맡기리니(聊乘化以歸盡)'와 같은 맥락이다.

결국 어떠한 관점으로 세상을 보는가가 중요한 것이다. 고난 가운데서 단련되고 역경 속에서 훌륭한 작품이 탄생한다는 식상한 표현을 쓰고 싶지는 않지만, 어려운 경험이 나를 '진짜 어른'으로 성숙시키는 것은 맞는 것 같다. 5년 동안의 황저우 유배생활은 이후에도 이어지는 정치적인 부침을 초월하게 만드는 힘이 되었다. 그는 이후 잘 나가는 관직에 잠시 올랐다고 마냥 즐거워하지 않았고 더 열악한 오지인 후이저우(惠州 : 광둥성 중부)와 단저우(儋州 : 하이난성 북부)로 유배 가서도 피하지 않고 즐길 줄 알았다.

당시에는 죽을 것 같이 힘들었던 일들도 시간이 흐르면 내 속사람을 단단하게 만드는 축복이었음을 고백할 때가 있다. 이 또한 지나가리라(Hoc quoque transibit), 라고 소식이 토닥토닥 위로를 건네는 듯하다.

> 마음이 아플 때
> 기뻐질 수 있는 한마디
> 마음이 기쁠 때
> 슬퍼질 수 있는 한마디
> 이것 또한 지나가리라
> 슬픔이 찾아와 나를 집어 삼킬 때
> 마음에 새기라 이것 또한 지나가리라
> 행운이 찾아와 행복이 넘쳐날 때
> 감사히 외치리라
> 이것 또한 지나가리라
> 사랑이 떠나가 삶이 사라져갈 때
> 가슴에 말하라 이것 또한 지나가리라

걱정이 날아가 기쁨이 찾아올 때
가슴에 새기리라

우크렐레 피크닉, 〈이것 또한 지나가리라(2011)〉

미션 「전적벽부」와 「후적벽부」에서 유래된 사자성어를 찾아보도록 한다.

늦가을의 소리를 들어본 적이 있나요? 「추성부」

영화 〈봄날은 간다(2001)〉는 음향감독인 남주인공과 지방방송국아나운서인 여주인공이 소리 채집 여행을 함께 떠나는 것으로 시작된다. 대나무 밭의 바람소리, 고요한 산사의 눈 오는 소리, 봄 햇살에 얼음이 녹는 개울물 소리, 파도처럼 흔들리는 보리밭의 바람 소리는 영화의 주제보다도 인상 깊게 남아 있다. 드라마 〈또, 오해영(2016)〉의 남주인공은 이보다 한 층 더 섬세하게 동해와 서해의 파도 소리를 구별하는가 하면, 햇빛이 들어오는 소리까지 만들어 낸다. 햇빛 쏟아지는 창가에 서 있는 여인을 배경으로 '빛 들어오는 소리가 빠졌잖아!'라고 외치는 남주인공. 생각해보면 분명 창문을 열면 햇빛과 함께 쏟아져 들어오는 소리들이 있다. 옆집 아기의 울음소리, 아저씨 기침소리, 오토바이 소리, 고장 난 에어컨·냉장고·노트북 삽니다 등등. 매일 무심하게 흘리고 내가 듣고 싶은 소리만 들었기 때문에 안 들렸을 뿐이다.

북송시대 문단의 맹주였던 구양수도 그런 섬세한 감각을 가졌던 남자였다. 늦가을 밤 홀로 책을 읽다가 문득 들린 빗소리 같고, 바람소리같고, 갑자기 폭풍우가 쏟아지는 듯하다가, 무엇인가에 부딪친 쇳붙이들이 울리는 소리 같기도 하고, 병사들이 적진에 침투하기 직전 숨죽이며 내달리는 소리와 같은 가을에서 겨울로 넘어가는 순간의 소리. 하지만 같은 장소, 다른 감성. 이토록 다채로운 늦가을의 소리를 동자는 듣지 못한다. '나뭇가지에서 나는 소리 말고는 아무것도 안 들리는데요'라는 동자의 무심한 대답처럼 모두가 가을의 소리를 들을 수 있는 것은 아니다.

> 나 구양수가 밤에 책을 읽고 있는데
> 서남쪽으로부터 어떤 소리를 들었다.
> 깜짝 놀라 그 소리에 귀를 기울여 듣고 말했다.

'이상하구나!'
처음에는 빗소리와 바람소리가 같더니
갑자기 물결이 솟구쳐 올라 부딪치는 소리 같다가
마치 한밤중에 파도가 일어나고 비바람이 몰려드는 듯
그것이 사물에 부딪쳐 쨍그렁거리며 쇠붙이가 울리는 듯하며
적진으로 돌진하는 병사들이 재갈을 물고 내달리듯
호령 소리는 들리지 않고
사람과 말이 달리는 소리만 들리는 것 같구나'
내가 동자에게 물었다
"이것이 무슨 소리냐? 나가서 살펴 보거라"
동자가 대답했다.
"별과 달은 밝게 빛나고 은하수는 하늘에 걸렸는데
사방을 둘러봐도 인적은 없으니, 나뭇가지 사이에서 나는 소리인 듯합니다"
歐陽子方夜讀書, 聞有聲自西南來者, 悚然而聽之, 曰：“異哉!”
初淅瀝以蕭颯, 忽奔騰而澎湃, 如波濤夜警, 風雨驟至.
其觸於物也, 縱縱錚錚, 金鐵皆鳴,
又如赴敵之兵, 銜枚疾走, 不聞號令, 但聞人馬之行聲.
予謂童子“此何聲也? 汝出視之.”
童子曰“星月皎潔, 明河在天, 四無人聲, 聲在樹間.”

나는 말했다.
"아아! 슬프다! 이것이 가을의 소리인데 어찌 벌써 왔단 말인가!
가을의 모습이란
그 색은 우울하여 안개가 하늘 높이 오르며 구름이 걷히고
그 모습은 맑아 하늘이 높고 날씨가 쾌청하며
그 기운은 살이 저미도록 차가워서 피부와 뼈 속까지 파고들고
그 의미는 쓸쓸하여 산천이 적막해지는 것이다.
때문에 가을이 소리로 변하면 울부짖는 듯 일어나는 것이다
초목은 푸르고 푸르러 무성함을 다투고 나무는 울창하게 우거져 사람들을
즐겁게 해주지만
가을의 기운이 스치기만 하면 색이 변하고 잎이 떨어진다

가을이 사물을 망가뜨리고 시들게 하는 것은
그 기운이 남긴 위력 때문이다.
무릇 가을은 형벌을 관장하는 '형관'으로, 절기로는 음에 속한다
병기의 형상이고 5행 가운데 금에 해당되니 이는 천지의 존엄한 기운으로
파괴를 주로 하고 있다.
하늘은 사물에 대해 봄에 솟아나고 가을에 열매 맺게 한다
음악으로 비유하자면 '상성'인데 서방의 음에 속하고 '이칙'은 7월의 음률이다
상(商)은 슬프다는 뜻이니
사물이 낡으면 슬프고 마음이 아파오는 것이다
이(夷)는 죽는다는 뜻으로
사물이 지나치면 죽음에 이르는 것이다
아! 풀과 나무처럼 감정이 없는 것도 때가 되면 시들고 떨어지는구나
인간은 동물 중에서도 영혼이 있는 존재이니
온갖 근심이 마음 가운데 느껴지고 여러 일들이 그 몸을 괴롭게 한다
마음속에서 움직이는 것이 있다면 반드시 그 정신을 흔드는 법이다
그런데도 그 힘이 모자란 것을 생각하고
그 지혜로 이를 수 없는 것을 걱정하니
점점 혈기왕성했던 모습이 시들고 검었던 머리도 희끗해지는 것이다
어찌하여 쇠붙이처럼 단단한 것도 아니면서
초목과 영화를 다투려 하는가!
누가 인간에게 해를 끼친 것이며, 어찌하여 가을의 소리를 원망하는가"
동자는 아무 대답 없이 고개를 떨군 채 졸고 있다.
사방에서 찌륵찌륵 벌레우는 소리만 들여오는데
나의 탄식을 더해주는 것 같다
予曰"噫嘻悲哉! 此秋聲也, 胡爲而來哉?
蓋夫秋之爲狀也
其色慘淡, 煙霏雲斂
其容淸明, 天高日晶
其氣慄冽, 砭人肌骨
其意蕭條, 山川寂寥.
故其爲聲也, 凄凄切切, 呼號憤發. 草綠縟而爭茂, 佳木蔥籠而可悅

草拂之而色變, 木遭之而葉脫

其所以摧敗零落者, 乃其一氣之餘烈.

夫秋, 刑官也, 於時爲陰

又兵象也, 於行爲金, 是謂天地之義氣, 常以肅殺而爲心.

天之於物, 春生秋實.

故其在樂也商聲, 主西方之音, 夷則爲七月之律.

商, 傷也, 物既老而悲傷. 夷, 戮也, 物過盛而當殺.

嗟乎, 草木無情, 有時飄零. 人爲動物, 惟物之靈.

百憂感其心, 萬事勞其形. 有動於中, 必搖其精.

而況思其力之所不及, 憂其智之所不能,

宜其渥然丹者爲槁木, 黟然黑者爲星星.

奈何以非金石之質, 欲與草木而爭榮?

念誰爲之戕賊, 亦何恨乎秋聲!"

童子莫對, 垂頭而睡. 但聞四壁蟲聲唧唧, 如助余之歎息.

구양수, 「추성부」

▲ 김홍도, 〈추성부도〉(ⓒ삼성리움미술관)

본래 이 글의 주제는 장년에서 노년으로 향하고 있던 한 남자가 느꼈던 '인생의 무상함'이다. 만물이 극도로 왕성한 시기를 거친 후 서서히 죽음을 향해 다가가는 것처럼, 허둥지둥 하루하루를 보내다보면 어느새 인생의 겨울에 이른다는 사실을 그는 52살 늦가을에 이르러서야 깨닫게 된다. 당연히 동자는 인생의 초봄에 해당하는 어린이에 해당되니, 이해도 공감도 할 수 없을 것이다.

하지만 나이가 들었다고 반드시 이에 비례해서 성숙하고 겸손한 모습을 갖추는 것은 아니라는 사실을 우리는 잘 알고 있다. 한 해 한 해 쌓이는 연륜과 더불어 세상의 모든 소리를 겸허하게 듣고자하는 관심, 열린 마음, 배려가 있어야 다양한 소리들이 내 귀와 마음으로 쏟아져 들어올 것이다. 잠시 이어폰을 빼고 내가 듣고 싶은 소리가 아닌 그저 들리는 소리에 조용히 귀를 기울여 보는 것은 어떨까. 세월에 떠밀린 '어쩌다 어른'이 아니라, 지금의 내 나이에 맞는 '진정한 어른'으로 성장하고 싶다.

미션(1) 『이야기 그림 이야기 : 옛 그림의 인문학적 독법』(이종수, 돌베개, 2010), 『그림, 문학에 취하다』(고연희, 아트북스, 2011), 『시를 담은 그림, 그림이 된 시』(윤철규, 마로니에북스, 2016)를 읽어본 후 옛 사람들이 '그림을 읽는다'고 말했던 까닭에 대해 생각해 보도록 한다.

미션(2) 팀을 나누어 지난 몇 시간에 걸쳐 읽은 왕희지·이백·소식·구양수의 작품 중 하나를 골라 '시의도(詩意圖)'를 그려보자.

▲ 학생들(손수지, 조미향, 전보영)이 그린 「후적벽부」 시
의도(소식 일행이 탄 조각배를 스쳐가는 학(도사)의 표
정이 살아 있으며, 송나라 사대부의 머리모양에 대한 고
민, 임고정과 설당을 자세히 그린 섬세함이 돋보인다)

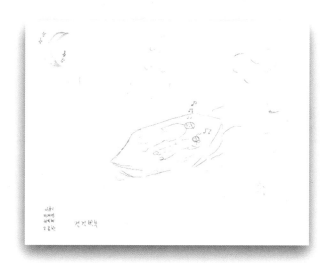

▲ 학생들(이훈기, 이재영, 고종한, 권익현)이 그린 「전
적벽부」 시의도(소식 일행의 유유자적한 태도가 돋
보이지만, 달을 보름달로 표현하지 못한 점이 다소
아쉽다)

4. 고전산문과 국가

> 백성이 가장 귀하고,
> 종묘사직이 그 다음이며,
> 군주가 가장 가볍다.
> 이 때문에 백성의 마음을 얻으면 천자가 되고
> 천자의 마음을 얻으면 제후가 되며
> 제후의 마음을 얻으면 대부가 된다.
> 제후가 사직을 위태롭게 하면 갈아치운다.
> 희생제사에 쓸 동물을 기르고 곡식을 준비하며 때에 맞춰 제사를 지냈는데도
> 가뭄과 수해가 일어나면 사직을 갈아치운다.
>
> 民爲貴, 社稷次之, 君爲輕.
> 是故得乎丘民而爲天子, 得乎天子爲諸侯, 得乎諸侯爲大夫.
> 諸侯危社稷, 則變置.
> 犧牲既成, 粢盛既潔, 祭祀以時, 然而旱乾水溢, 則變置社稷.

맹자, 『맹자 - 진심』 中

예나 지금이나 나라의 근본은 국민인데, 이는 정치지도자들이 쉽게 잊는 바이기도 하다. 맹자는 국가와 위정자의 역할이 어떠해야 하는가를 언급하면서 가장 가벼운 군주가 가장 귀한 백성을 소중히 여기지 않는다면 그 군주는 바꿔도 된다고 주장했으니 바로 '역성혁명(易姓革命)'의 이론적 토대가 되는 구절이다. 정도전은 25살 되던 해 아버지와 어머니가 연이어 돌아가시면서 4년 동안 시묘살이를 하던 중 동창 정몽주에게서 『맹자』를 선물 받아 정독하는데, 이때 백성이 근본이라는 맹자의 민본사상에 큰 충격을 받는다. 배우 조재현이 열연한 대하드라마 〈정도전(2014)〉에서 이방원이 '고개 숙이고 신하가 돼라'며 정도전을 회유하고 협박하는 장면에서도 정도전은 '백성이 가장 귀하고 사직은 그

다음이고 군주가 가장 가볍다'는 맹자의 가르침을 근거로 끝까지 자신
의 뜻을 굽히지 않는다.

> 정도전 : 지금 임금은 이씨가 물려받았지만 재상은 능력만 있으면 성씨에 구애
> 받지 않습니다. 이 나라의 성씨를 모두 합쳐서 뭐라고 부르는지 아십
> 니까?
> 이방원 : 뭐요?
> 정도전 : 백성입니다.
> 이방원 : 나라의 주인은 왕이오.
> 정도전 : 틀렸습니다, 나라의 주인은 백성입니다.
> 이방원 : 그럼 그대가 생각하는 나라의 임금은 뭐요?
> 정도전 : 백성을 위해 존재하는 도구입니다.
>
> 드라마 〈정도전〉 50회 中

물론 지금 우리는 더 이상 봉건시대 속에서 살고 있지는 않지만 '주
권은 국민에게 있고, 모든 권력은 국민으로부터 나온다'는 헌법의 주권
재민(主權在民)은 여전히 같은 맥락이다. 21세기가 시작된 지 한참 지난
지금도 위정자들은 국민으로부터 권력을 위임받았다는 사실을 잊은 채
국민을 개, 돼지, 또는 레밍에 비유하기도 한다. 그러나 김종필 전총리
의 표현처럼 국민의 본래 실체는 '호랑이'이다. 호랑이들은 평소에는 잠
잠하지만 결정적인 순간에 이르러서는 '인과 의를 해치는 잔적(殘賊)은
더 이상 왕이 아닌 그냥 한 사내일 뿐이므로 다른 왕을 세울 수 있다'는
전국시대 맹자의 논리를 근거로 발톱을 드러낸다. 지난 국정농단 사건
부터 벚꽃대선에 이르는 일련의 과정들은 최근에 드러났던 호랑이들의
발톱이었다.

어쩌다보니 '공무원 공화국'이 되어버린 대한민국에서 한번이라도 공
무원이 되기를 꿈꾼 적이 있다면, 국민을 섬기는 위치가 무엇인지 국민

이 잔적(殘賊)하다고 느끼는 것이 무엇인지 고민해 봐야 한다. 이번 파트는 유종원, 범중엄, 구양수가 국가와 위정자의 역할에 대해 고민한 흔적들이다.

독사보다 무서운 것은? 「포사자설」

등나라 문공이 나라를 어떻게 다스려야 하는지 묻자, 맹자가 대답했다.
"농사는 늦출 수 없는 것입니다.
시경에 이르기를 '낮에는 띠풀 베어오고 밤에는 새끼를 꼬아 빨리 지붕을 이어야 수확할 수 있다네'라고 했으니, 무릇 백성들이란
일정한 생업이 있으면 안정된 마음을 가지게 되고,
일정한 생업이 없으면 안정된 마음을 가질 수 없는 법입니다. (중략)
풍년에는 곡식이 남아돌아 세금을 많이 내라 해도 수탈한다고 여기지 않을텐데 오히려 적게 가져가고
흉년에는 땅에 거름줄 것도 부족한데 그 숫자를 꼬박꼬박 채워서 가져갑니다.
백성들이 원망스럽게 눈을 흘기고,
일 년 내내 허덕이며 고생하고도
그들의 부모조차 제대로 부양하지 못한 채
빚을 내서 세금을 채워 내느라
연로한 어르신과 아이들을 굶겨 죽인다면,
이런 나라의 왕을 어찌 백성의 부모라 할 수 있겠습니까?"
滕文公, 問爲國
孟子曰民事, 不可緩也
詩云晝爾于茅, 宵爾索綯, 亟其乘屋, 其始播百穀
民之爲道也有恒産者, 有恒心, 無恒産者, 無恒心 (중략)
樂歲, 粒米狼戾, 多取之而不爲虐, 則寡取之
凶年, 糞其田而不足, 則必取盈焉
爲民父母, 使民盼盼然將終歲勤動
不得以養其父母

又稱貸而益之

使老稚轉乎溝壑, 惡在其爲民父母也

맹자, 『맹자 - 등문공』 中

'항산(恒産)이 없으면, 항심(恒心)도 없다.'

뉴스에서는 청년실업률(15~29살)이 연일 최고치를 갱신했다고 발표하고 있지만, 현재 대한민국에서 청년들만 취업이 어렵다고 말할 수 있을까? 20~30대 뿐만 아니라, 슬슬 회사를 떠날 준비를 해야 하는 40~50대, 계속 일을 해야 생활을 유지할 수 있는 60대 이상의 어르신들까지, 대한민국의 모든 세대는 꾸준히 일할 수 있는 일자리가 절실한 상황이다. 비정규직의 생활은 당연히 불안정한 마음을 초래한다. 항산이 없어 불안정한 상태에서 각종 세금과 의료보험·국민연금 등 준조세로 허덕이는 사회를 훗날 역사는 지금을 뭐라고 기록할까. 그저 못난 개인의 탓으로만 돌려야만할까.

소득이 없는 백수상태여도 건강보험은 반드시 내야하며, 지역가입자의 경우에는 그 애매한 기준으로 인해 논란이 되어온 지 오래다. 국민연금은 납부예외를 신청할 수 있지만 '나의 가난'을 각종 서류로 자세하게 증명해야 하는 굴욕감도 함께 따른다. 15년 이상 된 겨우 굴러가는 자동차에도 자동차세와 보험료는 일정 이상 존재하며, 없는 살림에 허리띠 졸라매며 저축한 돈에는 상당 액수의 이자소득세가 부과되어 있다. 퇴근 후 힘들어 술 한 잔 해도 주류세와 교육세가 포함되어 있으니, 대한민국에서 성인 어른으로 살아가기는 이래저래 녹록치 않다. 그리고 이러한 현상은 유종원이 살던 중당시기에도 그다지 다르지 않았다.

영주(永州)의 들에서 나는 기인한 뱀은 검은 바탕에 흰 무늬가 있는데, 풀과 나무가 닿으면 다 죽었고, 사람을 물면 치료할 방법이 없었다. 그러나 이를 말려 '포(脯)'로 만들어서 약으로 먹으면, 대풍창(문둥병)이나 연원(팔다리가 굽는 병)과 루나(임파선 종양)를 낫게 할 수 있으며, 썩은 피부를 회복시키거나 삼시충(三尸蟲)을 죽이기도 한다.

처음에는 어의가 왕명에 의해 모으되 일 년에 두 마리를 거두고, 이 뱀을 잡을 수 있는 이를 모집하되 마땅히 그의 조세로 쳐주니, 영주지방 사람들이 분주히 다투어 나섰다.

永州之野産異蛇, 黑質白章, 觸草木盡死, 以齧人無禦之者.

然得而腊之以爲餌, 可以已大風攣踠瘻癘, 去死肌 殺三蟲.

其始, 太醫以王命聚之, 歲賦其二. 募有能捕之者 當其租人, 永之人爭奔走焉.

장씨라는 자가 삼대에 걸쳐 이 일의 이익을 전담해왔는데, 그에게 물었더니 다음과 같이 대답했다.

"제 할아버지가 이 뱀에 물려 죽었고, 제 아버지도 그 때문에 죽었습니다. 지금 내가 물려받은 지가 12년이 되었는데, 여러 번 죽을 뻔 했습니다"

그런데 이 말을 하는 그의 모습이 무척 슬퍼 보였다.

이에 나는 그를 안타깝게 여기며 말했다.

"그대는 이 일이 고통스러운가? 내가 담당관리에 고하여 그대의 일을 바꿔주고, 대신 원래대로 세금을 내게 하면 어떠하겠는가?"

有蔣氏者, 專其利三歲矣. 問之則曰 "吾祖死於是, 吾父死於是. 今吾嗣爲之十二年, 幾死者數矣." 言之, 貌若甚戚者.

余悲之且曰 "若毒之乎, 余將告於涖事者更若役, 復若賦 則何如?"

나는 장씨가 크게 기뻐할 줄 알았는데, 그는 되려 크게 슬퍼하여 왈칵 눈물을 쏟으면서 말했다.

"나리께서 저를 불쌍히 여겨 도와주시려는 것인지요? 그러나 제가 뱀을 잡는 고통은 세금을 내는 것만큼 심하지는 않습니다. 만약 제가 뱀 잡는 일을 하지 않았다면 더 힘들었을 것입니다. 저희 가족이 이 마을에 삼대에 걸쳐 살면서 오늘까지 60여 년이 되었지요.

그런데 이웃의 생활은 날로 궁핍해져서, 그 땅의 소출을 다 바치고 그 집의 수입이 고갈되고 나면, 울부짖으며 이리저리 떠돌다가 굶주리고 갈증 나서 쓰러지기도 하고, 비바람을 맞고 추위와 더위를 견디지 못하여, 독한 전염병에 걸려 신음하다가 죽은 이들이 서로 깔고 누울 정도로 많았습니다. 이로 인해 예전에 저희 할아버지와 함께 살던 이웃들은 지금 열에 하나도 안 남았고, 제 아버지와 함께 살던 이웃들은 지금 열에 두셋도 안 남았으며, 저와 함께 12년을 살던 이웃들도 지금 열에 네다섯 정도 남아있을 뿐입니다. 모두들 죽거나 떠났지만, 저는 그나마 뱀을 잡아서 남을 수 있었던 것이지요. 사나운 관리들이 우리 마을에 와서, 동서로 떠들어 대고 남북으로 마구 휘저어, 와자지껄 놀라게 하니 개와 닭이라도 할지라도 편안히 쉴 수가 없습니다. 하지만 저는 천천히 일어나 항아리를 보고, 뱀이 그대로 있으면 느긋하게 눕고, 조심스럽게 먹이를 먹이며, 때 맞춰 뱀을 바치고, 물러나 그 땅에 있는 것을 달게 먹으며 제 수명을 다합니다. 대개 한 해에 죽을 고비가 두어 번이요, 그 나머지는 지낼 만합니다. 어찌 이웃들이 날마다 마주하는 고통과 같겠습니까? 지금 비록 뱀을 잡다가 죽더라도 이웃들의 죽음과 비교하면, 한참 나중이니 또한 어찌 고통스럽다고 여기겠습니까?"

蔣氏大戚, 汪然出涕曰

"君將哀而生之乎, 則吾斯役之不幸, 未若復吾賦不幸之甚也.

嚮吾不爲斯役, 則久已疾矣. 自吾氏三世居是鄉, 積於今六十歲矣.

而鄉隣之生日蹙, 殫其地之出, 竭其廬之入, 號呼而轉徙, 饑渴而頓踣, 觸風雨, 犯寒暑, 呼噓毒疠, 往往而死者 相藉也.

曩與吾祖居者, 今其室十無一焉, 與吾父居者 今其室十無二三焉, 與吾居十二年者, 今其室十無四五焉. 非死則徒爾, 而吾以捕蛇獨存.

悍吏之來吾鄉, 叫囂乎東西, 隳突乎南北, 譁然而駭者, 雖雞狗不得寧焉.

吾恂恂而起, 視其缶, 而吾蛇尚存, 則弛然而臥. 謹食之, 時而獻焉, 退而甘食其土之有, 以盡吾齒. 蓋一歲之犯死者二焉, 其餘則熙熙而樂. 豈若吾鄉隣之旦旦有是哉. 今雖死乎此 比吾鄉隣之死, 則已後矣, 又安敢毒耶?"

나는 장씨의 말을 듣고서 더욱 마음 아팠다.

공자께서 '가혹한 정치가 호랑이보다 무섭다'고 말씀하신 적이 있다. 나는 일찍이 이 말을 의심했었는데, 지금 장씨를 보니 오히려 믿을 수 있게 되었다. 아! 세금의 혹독함이 독사보다 더 심하다는 것을 누가 알겠는가?

때문에 나는 이 '설'[14]을 지어, 백성들의 풍속을 살피는 자들이 터득하기를 기다리는 것이다.

余聞而愈悲. 孔子曰'苛政猛於虎也'吾嘗疑乎是, 今以蔣氏觀之, 猶信.

嗚呼, 熟知賦斂之毒, 有甚是蛇者乎?

故爲之說, 以俟夫觀人風者得焉.

유종원, 「땅꾼 장씨의 이야기(捕蛇者說)」

중당시기 정치가이자 문학가였던 유종원은 어려서부터 총명함으로 유명했으며 21살에 진사시험에, 연이어 박학굉사과에 합격하는 등(한유 「柳子厚墓誌銘」) '두각'을 드러냈다. 감찰어사·예부원외랑 등 요직을 거쳤던 그의 초반부 벼슬길은 그야말로 승승장구였다. 특히 예부원외 랑을 지내던 시절 백성을 수탈하는 세금제도를 목도하며 정치개혁의 필요성을 절감하게 되었다. 이에 왕숙문(王叔文)과 함께 개혁을 추진하 고자 했으나 실패로 끝나면서 멀리 귀양을 떠나게 되었으니 이것이 그 유명한 '이왕팔사마 사건(二王八司馬事件)'이다. 이후 유종원은 소주자사 (邵州 : 후난성 邵陽)·영주사마(永州 : 후난성 永州)·유주자사(柳州 : 광 시쫭족자치구 柳州) 등의 지방직을 전전하다가 끝내 중앙정계로 복귀하 지 못한 채 46세의 나이에 풍토병으로 사망하게 되는데, 이 글은 영주 사마로 좌천되었을 시절(805~814 : 32살~41살)에 지은 글이다. 당시 융 저우에는 특산물이자 만병통치약으로 유명했던 '검은 바탕에 흰 무늬가 있는 독사'를 1년에 두 마리만 바치면 모든 세금을 면제해 준다는 황제 의 특명이 존재했다. 때문에, 융저우 백성들은 죽음을 무릅쓰고 앞 다 투어 이 일을 하고자 했으니, 독사보다 무서운 것은 바로 가혹하고 부 당한 세금이었다.

동양에서 조세제도의 기초는 북위(北魏) 시작되어 수나라를 거쳐 당

---

14 '설(說)'은 '논(論)'과 큰 차이는 없다. 다만, '설'은 '논'보다 자신의 의사를 좀 더 자세하고 여유 있게 표현하기 때문에 문체가 유연하고 사실적인 느낌을 가지게 한다.

나라 초기에 구축된 조·용·조(租庸調)인데, 조(租)는 농토에 부과하는 토지세를, 용(庸)은 부역으로서 제공하는 노동력을, 조(調)는 지역의 특산물을 바치는 공납을 말한다. 본래는 국가와 백성의 쌍무적인 관계에서 출발했으나, 안사의 난이라는 혹독한 시련의 시기를 거친 중당시기에 이르러서는 국가가 백성 보다 우위에 있는 일방적 관계로 전락하게 되었으며, 형평성 문제와 이를 징수하는 관리들의 부패 문제는 더욱 심각해졌다. 토지의 크기에 따라 부과되는 조(租)는 전란으로 인해 유랑하는 난민이 많아지며 붕괴되었고, 지역 특산물을 바치는 조(調)는 재산이 아닌 가구 당 부과되었기에 처음부터 문제가 많았으며, 노동력을 제공하는 용(庸)은 갖은 방법을 동원해서 회피하려는 교묘한 꼼수가 늘어났으니 오늘날 병역의 의무를 생각하면 쉽게 이해가 될 것이다. 이에 중당시기에 이르러 여름과 겨울 두 차례에 걸쳐 세금을 내는 '양세법(兩稅法)'으로 바뀌었는데 막상 이를 실행해보니 은닉재산이나 동산에는 세금을 부과하지 않았고 이를 징수하는 관리가 부정을 저지를 소지가 많았다. 그런데 이런 부조리한 세금제도를 한 번에 벗어날 수 있는 방법이 있다면? 우리가 중당시기 융저우에 태어났어도 장씨와 같은 선택을 했을 것이다.

유종원이 유배생활을 했던 곳에는 어김없이 그를 기리는 사당이 있다. 10년의 유배생활을 했던 후난성 융저우의 '유자묘(柳子廟)' 안쪽에는 유종원의 상이 있는데 그 위에 '백성을 이롭게 하라(利民)'라는 글귀가 적혀있다. 또한 4년을 머무르다가 세상을 떠났던 광둥성 류저우의 '유후사(柳侯祠)'의 현판에는 '빛은 차갑고 얼굴색은 바르다(芒寒色正)'라고 적혀 있다. 이 둘을 종합해 보자면 겉으로는 차갑고 강직한 인상이었지만 마음은 누구보다 따뜻했음을 말해준다. 그는 자신도 유배라는 힘든 상태임에도 불구하고 백성의 아픔과 고통을 외면하지 않았고, 늙은 어머니를 모시는 친구 유우석을 안타까워하며 대신 더 멀리 구이저우성으로 귀양가겠다고 간청할 정도로 속이 깊었다.

어느 시대에나 조세의 부당함은 늘 존재했으며 특히 부자일수록 부패와 탈세와 꼼수가 만연하고 서민들만 들들 볶이는 것도 한결같다. 관건은 정책을 결정하는 위정자와 이를 집행하는 관리들이 얼마나 백성들의 삶에 깊이 공감하는지에 있을 것이다. 국민을 개·돼지·들쥐에 비유하며 그저 세수나 충원할 하찮은 존재로 여긴다면 우리사회가 갈 길은 아직 멀기만 하다.

미션 유종원은 왕숙문의 영정혁신(永貞革新) 개혁에 참가하기 직전에, 감찰어사(監察御史 : 803~805)를 지낸 적이 있다. 유종원의 또 다른 유명한 우언문(寓言文) 「나무 심는 사람 곽탁타 이야기(種樹郭槖駝傳)」를 읽고 이 글에서 말하고자 하는 요점이 무엇인지 생각해 보자.

곽탁타는 원래 이름이 무엇인지는 아무도 모른다.

곱사병을 앓아 등이 솟아 구부정하게 다니는 것이 낙타와 비슷하여 사람들이 그를 '타'라고 불렀다.

그런데 곽탁타는 이를 듣고 '참 좋구나! 나에게 그런 이름을 지어준 것이 딱 알맞아'라고 말하며 좋아했다. 이로 인해 원래 이름을 버리고 그 자신도 스스로를 '타'라고 불렀다.

곽탁타가 사는 마을은 '풍악향'이라고 하는데, 장안 서쪽에 있다.

탁타의 직업은 나무 심는 것이었는데, 감상하고 즐기기 위한 귀족들과 부자들에서부터 과일장수에 이르기까지 모두 앞 다투어 그를 맞이하며 모셔갔다. 그가 심은 나무를 보면, 옮겨 심어도 죽지 않고, 무성하게 자라서 열매를 일찍 많이 맺으니, 다른 나무 심는 자들이 몰래 엿보고 모방하려해도 똑같이 할 수가 없었다.

郭槖駝, 不知始何名. 疾僂, 隆然伏行, 有類槖駝者, 故鄉人號之曰駝.

駝聞之曰甚善, 名我固當. 因捨其名, 亦自謂槖駝云.

其鄉曰豊樂, 鄉在長安西.

駝業種樹, 凡長安豪家富人, 爲觀遊及賣果者, 皆爭迎取養.

視駝所種樹, 或移徙無不活, 且碩茂, 蚤實以蕃.

他植者, 雖窺伺倣慕, 莫能如也.

어떤 사람이 그 비결을 물으니 대답하기를

"제가 나무의 수명을 늘리고 무성하게 할 수 있는 것이 아닙니다.

그저 나무가 가진 천성을 잘 따르게 도와 그 본성을 다하도록 하는 것이지요.

무릇 나무의 본성이란

그 뿌리는 뻗어나기길 바라고, 그 북돋움은 고르길 바라며, 그 흙은 옛 것이

길 바라고, 그 다짐은 단단하길 바랍니다. 이미 그렇게 한 후에는 건드려서도

안 되고 걱정해서도 안 되며 떠나가서 다시 돌아보지 말아야 합니다. 나무를

처음 심을 때에는 자식을 돌보듯 하고, 심고 나서는 내버린 듯 한다면, 그

천성이 온전해져 본성을 다하게 됩니다.

저는 나무가 자라는 것을 방해하지 않을 뿐이지, 크고 무성하게 할 수 있는

것이 아닙니다.

그 열매 맺음을 억제하거나 감소시키지 않을 뿐이지, 일찍 많이 열리게 할

수 있는 것도 아닙니다.

그런데 다른 나무 심는 자들은 그렇게 하지 않습니다.

뿌리는 구부러지게 놔두고, 흙은 새것으로 바꿔버리며, 북돋움이 지나치거나

모자랍니다.

때로는 이와 반대되는 자들도 있는데 나무를 사랑함에 지나치게 아끼거나

나무를 걱정함에 지나치게 부지런한 경우입니다. 아침에 보고 저녁에 어루만

지며 떠났다가 또 와서 살펴봅니다.

심한 경우엔 손톱으로 껍질을 긁어 살아있는지 말라죽었는지를 확인해보고

뿌리를 흔들어서 흙이 성기게 덮였는지 조밀하게 덮였는지 관찰합니다.

그래서 나무의 본성이 날마다 멀어지게 되니

이는 나무를 아끼는 것이 아니라 해치는 것이며,

걱정하는 것이 아니라 원수가 되는 것입니다.

그 방법이 저와 다를 뿐이지, 어찌 제가 능력이 뛰어나서 이겠습니까"

有問之, 對曰

槖駝非能使木壽且孶也, 以能順木之天, 以致其性焉爾.

凡植木之性, 其本欲舒, 其培欲平, 其土欲故, 其築欲密.

旣然已, 勿動勿慮, 去不復顧, 其蒔也若子, 其置也若棄, 則其天者全而其性得矣

故, 吾不害其長而已, 非有能碩而茂之也,

不抑耗其實而已, 非有能蚤而蕃之也.

他植者則不然.

根拳而土易, 其培之也若不過焉, 則不及焉.

苟有能反是者, 則又愛之太恩, 憂之太勤.

旦視而暮撫, 已去而復顧

甚者, 爪其膚, 以驗其生枯, 搖其本, 以觀其疎密.

而木之性, 日以離矣, 雖曰愛之, 其實害之, 雖曰憂之, 其實讐之.

故, 不我若也, 吾又何能爲矣哉?

이에 내가 물었다. "그대의 도로 백성들을 다스리는 일에 적용해도 되겠습니까?"

곽탁타가 대답했다.

"저는 나무 심는 것만 알 뿐, 백성들 다스리는 일은 제 직업이 아닙니다. 하지만 마을에 살면서, 관리들이 굉장히 번거롭게 명령을 내리는 것은 보았습니다.

마치 백성을 굉장히 아끼는 듯한데, 결국은 화를 불러옵니다.

아침저녁으로 관리가 와서 소리치기를

'관에서 너희들의 밭갈이를 재촉하라 했고, 너희들이 열심히 심도록 만들어, 거두는 것을 감독하고, 빨리 고치에서 실을 뽑게 하고, 빨리 베를 짜서 천을 만들게 하며, 자식을 낳아 키우고, 가축들도 잘 기르게 하라고 명했다'

그리고는 북을 치며 백성들을 모으고, 딱딱이를 두드리며 백성들을 부르니, 저희같은 아랫것들은 아침저녁으로 음식을 준비하여 관리들을 위로하느라 쉴 틈이 없습니다.

어찌 저희 삶을 풍요롭게 하고 본성을 편안하게 하겠습니까?

때문에 저희들은 병들고 지쳐만 갑니다.

제가 하는 일과 또한 비슷한 부분이 있는 것이지요.

問者曰以子之道, 移之官理可乎?

駝曰我知種樹而已, 理非吾業也.

然吾居鄉, 見長人者好煩其令, 若甚憐焉, 而卒以禍

旦暮吏來而呼曰官命促爾耕, 勖爾植, 督爾穫

蚤繰而緒, 蚤織而縷, 字而幼孩, 遂而雞豚.

鳴鼓而聚之, 擊木而召之,

吾小人, 具饔飧以勞吏者, 且不得暇.

又何以蕃吾生而安吾性邪, 故, 昞且怠.

若是則與吾業者, 其亦有類乎?

나는 기뻐하며 말했다.

"정말 훌륭합니다! 나무 기르는 방법을 물어봤는데, 백성들 돌보는 방법까지
알게 되었습니다! 그대에 대한 전기를 기록하여 관리의 경계로 삼겠습니다."

問者喜曰, 不亦善夫, 吾問養樹, 得養人術, 傳其事, 以爲官戒也.

유종원, 「나무 심는 사람 곽탁타 이야기(種樹郭橐駝傳)」

백성들과 함께 즐거워하라 「취옹정기」

(맹자) (왕께서 음악을 좋아하신다하니 여쭙겠습니다)
"혼자 음악을 즐기는 것과 다른 사람과 함께 즐기는 것 중 어느 것이 더 즐겁
겠습니까?"
(제나라 선왕) "함께 즐기는 것이지요"
(맹자) "소수의 몇몇과 즐기는 것과 다수의 사람들과 즐기는 것 중 어느 것이
더 즐겁겠습니까"
(선왕) "여럿이 함께 즐기는 것이지요"
(맹자) "그렇다면 제가 지금 왕께 음악과 사냥을 예로 들어 즐거움에 대해
말씀드리고자 합니다.
만약 지금 왕께서 음악을 연주하시는데 백성들이 그 악기소리를 듣고 머리
아파하며 콧등을 찌푸리면서 '우리 왕께서는 이토록 음악을 좋아하신다면서
어찌 우리를 이 지경에 이르게 하셨는가. 아버지와 아들이 서로 만나지 못하

고 형제와 처자가 뿔뿔이 흩어졌구나'라고 말한다면,

만약 지금 왕께서 사냥을 하시는데 백성들이 왕의 사냥행차를 보고 머리 아
파하며 콧등을 찌푸리면서 '우리 왕께서 이토록 사냥을 좋아하신다면서 어찌
우리를 이 지경에 이르게 하셨는가. 아버지와 아들이 서로 만나지 못하고 형
제와 처자가 뿔뿔이 흩어졌구나'라고 말한다면,

이는 다름이 아니라, 왕께서 백성들과 함께 즐기지 않았기 때문입니다.

만약 지금 왕께서 음악을 연주하시는데 백성들이 그 악기소리를 듣고 기뻐하
며 즐거운 얼굴로 말하기를 '우리 왕께서 평안하신가봐. 그렇지 않고서야 어
찌 이런 음악을 연주할 수 있겠어'라고 말한다면,

만약 지금 왕께서 사냥을 하시는데 백성들이 왕의 사냥행차를 보고 기뻐하며
즐거운 얼굴로 말하기를 '우리 왕께서 평안하신가봐. 그렇지 않고서야 어찌
사냥을 나가실 수 있겠어'라고 말한다면,

이는 다름이 아니라, 왕께서 백성들과 함께 즐겼기 때문입니다.

만약 왕께서 백성들과 함께 즐기신다면, 왕도정치를 이룰 수 있을 것입니다."

曰 "獨樂樂, 與人樂樂, 孰樂?"

曰 "不若與人"

曰 "與少樂樂, 與衆樂樂, 孰樂?"

曰 "不若與衆"

"臣請爲王言樂. 今王, 鼓樂於此, 百姓聞王鐘鼓之聲, 管籥之音, 擧疾首蹙頞而相
告曰, 吾王之好鼓樂, 夫何使我至於此極也? 父子不相見, 兄弟妻子離散!

今王, 田獵於此, 百姓聞王車馬之音, 見羽旄之美, 擧疾首蹙頞而相告曰, 吾王之
好田獵, 夫何使我至於此極也, 父子不相見, 兄弟妻子離散! 此無他, 不與民同樂也.

今王, 鼓樂於此, 百姓聞王鐘鼓之聲, 管籥之音, 擧欣欣然, 有喜色而相告曰, 吾
王庶幾無疾病與, 何以能鼓樂也?

今王, 田獵於此, 百姓聞王車馬之音, 見羽旄之美, 擧欣欣然, 有喜色而相告曰,
吾王庶幾無疾病與, 何以能田獵也? 此無他, 與民同樂也.

今王, 與百姓同樂, 則王矣.

맹자, 『맹자 - 양혜왕』 中

정부나 공공기관의 슬로건으로 즐겨 사용되는 '여민동락(與民同樂)'의 출처는 바로 『맹자』이다. 맹자가 장포(莊暴)라는 제나라 신하를 통해 선왕을 만날 기회가 있었는데, 선왕의 취미가 음악이라는 것을 알고 질문을 던지는 것에서 시작된다. 선왕은 멋쩍어하며 자신이 좋아하는 것은 우아한 클래식이 아니라 유행가라고 대답하자, 맹자는 장르가 중요한 것이 아니라 혼자 또는 함께, 소수 또는 다수와의 감상 논리로 접근하면서 그 유명한 여민동락 이론을 펼친다.

구양수의 산문 「취옹정의 이름을 지으며(醉翁亭記)」은 맹자의 여민동락 이론을 실생활과 연결시켜 해석한 것이기에 기본적인 맥락은 동일하다. 한림학사지제고(翰林學士知制誥)를 지내던 시절 소식을 발탁한 것으로도 널리 알려진 구양수는 세 살 때 아버지를 여의고 홀어머니 밑에서 모래 위에 갈대로 글씨를 쓰면서(歐母畵荻) 성장했다. 그는 열 살 때 한유의 글을 빌려다 읽고는 큰 깨달음을 얻어 '공부하는 사람은 마땅히 한유를 본받아야 한다'는 생각을 굳혔으며 과거시험에 급제한 이후, 범중엄(范仲淹)·한기(韓琦)·부필(富弼) 등 마음이 맞는 동료들과 함께 정치개혁(慶曆新政 : 1041~1048)을 주도하기도 했다. 개혁의 주요 내용은 '관리들의 기강 쇄신'이었니 당연히 보수파의 반대와 공격이 만만치 않았을 것이다. 결국 구양수는 범중엄을 변호하는 과정 가운데(1045년, 구양수 나이 38살) 입에 올리기도 문란한 풍기문란죄(張生案事件)'에 연루되어 추저우(滁州 : 지금의 안후이성 滁縣)로 유배를 당하니 무려 10년의 세월동안 이어졌다. 구양수는 훗날 '10년의 풍파에 괴로워했고, 구사일생으로 함정에서 빠져나왔다'라고 고백하고 있으니 이때의 마음고생이 얼마나 심했는지를 짐작할 수 있다. 오늘 소개할 「취옹정의 이름을 지으며」는 '장생안 사건'으로부터 2년 후, 저주태수를 지내던 시절(1047년, 구양수 나이 40살) 지은 글이다. 역대 평론가들이 극찬을 아끼지 않았던 이 글은 맹자가 주장했던 여민동락의 생생한 재현이자 삶으로 드러난 고전이라고 말할 수 있다.

저주는 온통 산으로 둘러싸여져 있다.
그 중에서도 서남쪽에 있는 여러 봉우리들은 숲과 계곡이 특히 아름다워,
멀리서 바라보아 울창하게 그윽하고 빼어난 것이 바로 '낭야산'이다
산길을 6~7리쯤 걸어 올라가면 물소리가 졸졸 차츰 크게 들려오니,
두 봉우리 사이에서 쏟아져 나오는 것이 바로 곧 '양천'이다
봉우리를 도니 산길 구불구불,
날개를 활짝 펼친 새처럼 정자가 있는데 샘물 가까이 있는 것이 바로 '취옹정'
이다.
이 정자를 지은 자는 누구인가? 산에 사는 승려 '지선'이었다.
이 정자에 이름을 붙인 사람은 누구인가? 태수 스스로가 지은 것이다.
태수는 손님들과 함께 이 정자에 와서 술을 마시곤 하였는데,
조금만 마셔도 취하고 나이도 제일 많은지라 스스로를 '취옹(醉翁)'이라 불렀다.
<u>취옹의 뜻은 술에 있지 아니하고 산수지간에 있었으니</u>
<u>산수가운데 노니는 즐거움을 마음에서 얻어 술에 기탁한 것이었다.</u>
環滁皆山也, 其西南諸峰, 林壑尤美, 望之蔚然而深秀者, 瑯王耶也
山行六七里, 漸聞水聲潺潺, 而瀉出于兩峰之間者, 釀泉也
峰回路轉, 有亭翼然, 臨于泉上者, 醉翁亭也
作亭者誰, 山之僧智仙也
名之者誰, 太守自謂也.
太守與客, 來飲于此, 飲少輒醉而年又最高, 故自號曰醉翁也
<u>醉翁之意不在酒, 在乎山水之間也</u>
<u>山水之樂, 得之心而寓之酒也.</u>

해 떠오르면 숲속의 안개비가 걷히고
저녁 구름이 돌아오면 바위구멍이 어두워지는데
어둡고 밝아지는 변화는 바로 산 속의 아침과 저녁 풍경이다.
들판에 꽃이 피어 그윽한 향기 나고
초목은 빼어나 무성하게 울창하고

바람과 서리는 높고도 깨끗하며
수량이 줄어들어 바닥을 드러낸 바위들은 바로 산 속의 사계절 경치이다.
매일 아침 산에 올라 저녁에 돌아왔으니
사계절의 풍광이 저마다 다른지라 즐거움은 끝이 없었다.
若夫日出而林霏開, 雲歸而巖穴暝, 晦明變化者, 山間之朝暮也
野芳發而幽香, 佳木秀而繁陰, 風霜高潔, 水落而石出者, 山間之四時也
朝而往, 暮而歸, 四時之景, 不同而樂亦無窮也

짐 지고 가는 자는 길에서 노래부르고
지나는 사람들은 나무 밑에서 쉬는데 이르러서도
앞서가는 자가 부르면 뒤에 가는 자는 대답한다
어르신을 모시고 아이들을 데리고 끊임없이 이어지는 사람들은
바로 저주 백성들이 놀러 나온 것이다.
계곡에 내려가서 물고기를 잡으니 물이 깊어서 물고기는 살지고
샘물이 향기롭기에 술맛이 맑고도 차갑다.
산나물과 들나물로 만든 안주를 잡다하게 앞에 벌여 놓은 것은 바로 태수가
베푼 연회이다
연회에서 술 마시는 즐거움에 대해 말하자면 현악기와 관악기 연주는 없지만
활쏘는 자들은 과녁을 맞히고, 바둑을 두는 자는 이기려 하고, 벌주 잔과 산
가지가 어지럽게 뒤섞이고, 일어났다 앉았다가 시끌벅적한 것은 모인 손님들
이 즐거워하기 때문이다.
창백한 얼굴에 머리가 하얗게 센 늙은이가 그 사이에 쓰러져 있는데
바로 태수가 취해서 쓰러진 모습이다.
至於負者歌于途, 行者休于樹, 前者呼, 後者應
傴僂提攜, 往來而不絶者, 滁人遊也
臨溪而漁, 溪深而魚肥, 釀泉爲酒, 泉香而酒洌
山肴野蔌, 雜然而前陳者, 太守宴也
宴酣之樂, 非絲非竹, 射者中, 奕者勝, 觥籌交錯, 起坐而諠譁者, 衆賓歡也
蒼顔白髮, 頹乎其間者, 太守醉也

어느 사이에 석양이 서산에 있고 사람들의 그림자는 어지럽게 흩어지니,

태수가 돌아갈 채비를 함에 손님들도 따라 돌아가는 것이다
숲속이 어둑어둑 해지자 여기저기 새소리가 들리는데
놀러 나온 사람들이 사라져 새들이 즐거워하기 때문이다.
하지만 새들은 숲속에서 노니는 즐거움은 알아도 사람들의 즐거움은 알지
못하고,
사람들은 태수를 따라 놀러 나온 즐거움은 알아도 태수가 그들의 즐거움을
자기 즐거움으로 삼는다는 것은 알지 못한다.
술이 취해서는 백성들과 함께 즐거워할 줄 알고
술에서 깨어나서는 글로써 그 마음을 표현해낼 수 있는 이는 바로 태수이다
태수는 누구인가? 바로 여릉 출신의 구양수이다!

已而夕陽在山, 人影散亂, 太守歸而賓客從也

樹林陰翳, 鳴聲上下, 遊人去而禽鳥樂也

然而禽鳥知山林之樂, 而不知人之樂

人知從太守遊而樂, 而不知太守之樂其樂也

醉能同其樂, 醒能述以文者, 太守也

太守謂誰, 廬陵歐陽修也!

구양수, 「취옹정의 이름을 지으며(醉翁亭記)」

　　VR 안경을 쓰고 있는 상태에서 화면은 중국 안후이성의 지도를 보여
준다. 황산(黃山)으로 대표되는 수려한 산악지대로 유명한 안후이성, 그
중에서도 동쪽에 위치한 추저우(滁州)는 물의 고장인 장쑤성과도 인접
해 있다. 다시 화면은 온통 산으로 둘러싸인 추저우를 비춰주다가 그
중에서도 서남쪽으로 시선을 돌려 등산객의 시각으로 낭야산을 올라간
다. 헉헉 가쁜 숨소리와 함께 졸졸졸 계곡 물소기가 점점 크게 들리는
가운데 양천 샘물을 발견하고 목을 축이기도 한다. 그리고 얼마간 더
올라갔을까, 갑자기 새가 날개를 펼친 듯한 정자가 하나 나타나는데 바
로 '취옹정'이다.
　　이제 태수와 함께 산을 오르는 북송시대 추저우 백성 중 하나가 되어

보자. 재작년인가 새로 오신 태수님은 변경(開封)에서 무슨 남사스러운 죄를 지어 이곳으로 왔다는 소문이 들리지만, 어쨌든 우리 백성들을 살뜰하게 보살펴 주셨고 그 결과인지 연이어 풍년이 들면서 살림살이가 좀 나아졌다. 기쁜 마음에 온 동네 사람들이 함께 태수님과 함께 낭야

▲ 안후이성 추저우 낭야산의 취옹정

산 취옹정에 오른다. 시냇가에 돗자리를 깔고 태수님이 준비해 준 음식도 먹고, 직접 물고기를 잡아 양천으로 빚은 술과 함께 마시니 이곳이 천국인가 싶다. 귀를 즐겁게 하는 음악이 없어서 좀 아쉽긴 하지만, 바둑도 두고 투호도 던지면서 놀고 있는 와중에 태수님은 대낮부터 벌겋게 술에 취해 벌써 쓰러지셨다.

이제 다시 구양수의 시선으로 돌아오도록 한다. 그는 백성들 사이에서 취해 쓰러지고 함께 즐길 정도로 권위가 없는 소탈한 사람이었다. 하지만 백성들과 등산하면서 술 마시며 노는 것이 놀이의 끝은 아니었다. 억울한 마음에 술에 취하고 산수에 취하고 싶어 이제 마흔밖에 안 된 나이에 스스로의 호를 '취옹(醉翁)'이라고 짓고 정자 이름도 '취옹정'이라고 불렀다. 그렇지만 지식인이기에 괴롭고 억울해도 글 속에 자기 감정을 다 쏟아내서는 안 되며 유가의 도(道)를 담아야 한다고 생각했다. 기-승-전-문이재도(文以載道). 이는 마지막까지 놓고 싶지 않았던 문인(당시 사대부)의 자존심, 정치인으로서 마음가짐이었을 것이다. 구양수는 최악의 시간 속에서 탄생한 최고의 글을 신세한탄으로 끝내지 않고 '백성과 더불어 함께 즐긴다'는 멋드러진 유가사상의 이상향으

로 풀었다.

한 학생이 '중국 문인들의 삶은 왜 모두 끝이 좋지 않나요?'라고 질문한 적이 있다. 생각해보니 잘 나가는 관직에서 자손들과 오순도순 천수를 누린 문인들은 그렇게 많지 않은 것 같다. 이들은 대부분 가난·모함·유배 가운데 괴로워했지만 그 속에서도 허벅지를 찌르면서 떨쳐일어나 자신의 울분을 글로 승화시켰기에 우리가 영원히 기억하고 있는 것이 아닐까.

다시 '여민동락'의 주제로 돌아오도록 한다. 18대정부의 대통령은 혼자 밥을 먹고, 혼자 드라마를 보고, 혼자 올림머리하기를 즐겼다. 그리고 터진 국정농단 사건. 연이은 불통을 지켜보던 국민들은 더 이상 참지 못하고 '이게 나라냐!'를 외치며 광장으로 몰려나왔고 유례없는 대통령 탄핵과 조기대선으로 이어졌다. 이를 통해 볼 때 여민동락의 핵심은 '소통'이다. 지금 청와대는 사전 예약만 하면 누구나 관람할 수 있는 곳으로 바뀌었으며 50년 동안 삼엄하게 통제되었던 청와대 앞길은 누구나 걸을 수 있도록 개방된 상태이다. 운이 좋으면 여민관 집무실 창가에서 관람 온 국민들에게 인사하는 대통령도 만날 수 있다고 한다. 안보에 대한 우려, 정치적인 쇼라고 비난하는 목소리도 있지만, 여민관에 계시는 동안 지금 품고 계신 여민(與民)의 그 마음 끝까지 변치 않으시기를! 대통령 집무실의 명칭이 여민인지 위민(爲民)인지는 중요치 않다. 그 명칭에 걸 맞는 행동들로 채워지길 바랄 뿐이다.

먼저 걱정하고 나중에 기뻐하라 「악양루기」

다시 VR안경을 쓰고 이번에는 후난성 북쪽 동정호로 가보도록 한다. 동정호는 중국문화의이해 수업에서 배웠듯이 후난성과 후베이성을 가르는 기준이 되는 '천하제일의 호수'로, 그 크기는 서울시 면적의 5배 정도이다. 동정호하면 제일 먼저 떠오르는 악양루는 황학루(黃鶴樓)·등왕각(滕王閣)·봉래각(蓬莱閣)과 함께 4대 누각으로 꼽히며, 웨양시 서문(西門)에 위치하고 있는 3층 높이의 누각이다. 악양루는 두보의 「악양루에 올라(登岳陽樓)」, 이백의 「하십이와 함께 악양루에 올라(與夏十二登岳陽樓)」 등의 시로 인해 이미 유명해진 누각이다.

앞에서 서술했듯이 구양수는 범중엄을 변호하다가 귀양을 갔으며 우연의 일치인지 모르겠지만 「악양루기」와 「취옹정기」는 지어진 시기 또한 비슷하다. 범중엄은 실력과 인품, 문과 무를 겸했던 북송시대의 명재상이자 사대부의 롤모델(role model)로 널리 알려져 있다. 그러나 그또한 경력신정을 주도하는 등 소신 있는 정치주장을 펼치다가 평생에 걸쳐 세 차례 귀양길에 올랐다. 이 글을 지을 무렵 범중엄은 은주지주(鄞州 : 허난성 鄞州)로 귀양 가 있었는데, 마침 친구 등자경(滕子京)도 좌천당해 파릉태수(巴陵 : 후난성 岳陽)로 있던 상황이었다. 과거급제 동

▲ 후난성의 악양루와 동정호

기이자 서하(西夏)의 침략에 맞서 함께 싸웠던 전우이기도 한 두 사람은 비록 지방의 한직에 밀려나 있었지만 개인의 사적인 감정을 접은 채 올바른 행정을 펼치기에 여념이 없었다. 등자경은 먼저 웨양 백성들의 삶을 안정시킨 후 유적지 악양루를 증축하고 그 완공을 기념하기 위해 범중엄에게 한편의 글을 부탁했으니, 이때 지은 글이 바로 「악양루에 올라(岳陽樓記)」이다.

송나라 인종 경력 4년 봄,
친구 등자경이 좌천되어 파릉군의 태수가 되었는데,
그 이듬해가 되자 정치가 제대로 행해지고 백성들이 화목해져
온갖 폐지되었던 제도들이 모두 다시 회복되었다
이에 악양루를 다시 수리하여 예전보다 규모를 크게 한 후
당나라의 현인과 지금 사람의 시와 부를 새기고,
나에게 글을 지어 기록해달라고 부탁하였다.
慶曆四年春, 子京謫守巴陵郡, 越明年, 政通人和, 百廢具興

乃重修岳陽樓, 增其舊制, 刻唐賢今人詩賦于其上, 屬予作文以記之

내가 보기에 파릉의 아름다운 경치는 동정호에 모여 있는 것 같다
먼 산을 머금고 긴 강을 삼켜 넓고 넓은 것이 끝이 없는 듯하다
아침햇살과 저녁석양이 모두 다르고 천태만상으로 변화한다
이것이 바로 악양루의 장관으로 옛 사람들이 이미 상세하게 기록해 두었다
그런즉 호수 북쪽으로는 무협까지 통하고
남쪽으로는 소수와 상수까지 이르렀는데
유배 온 관리들과 시인들이 이곳에 자주 모이니
그들이 자연경관을 바라보는 감정은 각양각색이겠지
予觀夫巴陵勝狀, 在洞庭一湖,

銜遠山, 呑長江, 浩浩蕩蕩, 橫無際涯, 朝暉夕陰, 氣象萬千

此則岳陽樓之大觀也, 前人之述備矣

然則北通巫峽, 南極瀟湘, 遷客騷人, 多會于此

覽物之情, 得無異乎?

만약 그 장마비가 부슬부슬 몇 달 동안 내려 개지 않으면
음산한 바람이 울부짖으며 흐린 물결은 공중으로 일어나는데
해와 별도 빛을 숨기며, 산악도 형체를 감추는 듯
상인들과 나그네도 다니지 않고 돛이 기울고 노가 부러진다
어둑어둑 해 질 무렵이 되면
호랑이가 부르짖고 원숭이가 울어대는데
이 때 악양루에 오르면 멀리 고향을 그리워하는 마음이 일고
참소를 당하고 비난당했던 기억에
눈에 보이는 것마다 쓸쓸해지고 감정이 북받친다
若夫霪雨霖霏, 連月不開, 陰風怒號, 濁浪排空
日星隱曜, 山岳潛形, 商旅不行, 檣傾楫摧, 薄暮冥冥, 虎嘯猿啼
登斯樓也, 則有去國懷鄉
憂讒畏譏, 滿目蕭然, 感極而悲者矣

하지만 화창한 봄날에 오르면, 햇볕이 따스하고 물결은 잔잔하며
하늘빛과 물빛이 하나로 이어져 푸르고 푸르다.
물가에 갈매기 날개치며 모여들고 금빛 물고기들 헤엄쳐 노닐며
강가 언덕 위의 지초와 난초의 향기가 은은하게 퍼진다.
이따금 구름이 하늘가에서 피어오르고
밝은 달빛이 멀리 천리 밖까지 비치며
물위의 달빛은 금빛으로 일렁이며 구슬이 잠겨 있는 듯하다
어부들의 노랫소리 서로 오고가니 이 즐거움에 어찌 끝이 있으랴
이때 누각에 오르면 마음이 탁 트이고 정신이 맑아져 모든 영욕이 잊혀진다
술잔 들고 강바람 맞으니 그 기쁨이 가득하구나!
至若春和景明, 波瀾不驚, 上下天光, 一碧萬頃
沙鷗翔集, 錦鱗游泳, 岸芷汀蘭, 郁郁青青
而或長煙一空, 皓月千里, 浮光躍金, 靜影沈璧
漁歌互答, 此樂何極
登斯樓也, 則有心曠神怡, 寵辱俱忘, 把酒臨風, 其喜洋洋者矣

아, 내 일찍이 옛날 어진 이들의 마음을 구했지만
그들은 이러한 두 가지 태도와는 달랐다, 어째서인가?
그들은 경치가 좋다고 기뻐하지 않았고
자신의 처지가 불우하다고 슬퍼하지 않았으며
높은 자리에 거하면 백성들을 걱정했고
멀리 귀양가면 임금을 걱정했으니
나가서도 걱정, 물러나서도 걱정이었다
그렇다면 이들은 언제 즐거움을 누렸을까?
이들은 분명
'천하 사람들이 걱정하기 전에 먼저 걱정하고,
천하 사람들이 모두 즐거워한 이후에 즐거워한다'고 대답했을 것이다
아! 이분들이 안 계셨다면 내가 누구를 따르겠는가!
嗟夫, 予嘗求古仁之心, 或異二者之爲, 何哉
不以物喜, 不以己悲
居廟堂之高, 則憂其民, 處江湖之遠, 則憂其君
是進亦憂, 退亦憂, 然則何時而樂耶?
其必曰先天下之憂而憂, 後天下之樂而樂歟
噫! 微斯吾誰!

범중엄, 「악양루에 올라(岳陽樓記)」

　이 작품에서 가장 유명한 부분은 마지막의 '먼저 걱정하고 나중에 누린다(先憂後樂)'는 구절로 특히 공직자의 기본자세나 마음가짐을 언급할 때 자주 인용된다. 주룽지(朱鎔基) 전 총리의 좌우명이기도 했으며, 우리나라의 높은 고위공직자들이 신년사나 취임사를 발표할 때 단골로 등장하는 구절이다. 하지만 후대 사람들이 이 글을 명문장이라고 극찬하는 이유를 조금만 생각해 본다면 그것은 화려한 수식이 아닌, 글과 실제 행동이 일치한데서 나온 '진정성' 때문이다. 범중엄은 어린 시절의 가난을 기억하며 평생토록 청렴했으며 황제에게도 직언을 서슴지 않는

강직한 성품으로 문·무를 겸비했던 '사대부의 모범'으로 꼽힌다. 동서고금을 막론하고 사람들은 '먼저 앞서서 근심하고 맨 마지막에 즐길 줄 아는 리더'가 나오길 늘 고대해왔다. '노룩패스(no-look pass)'나 '장화의전(長靴儀典)' 유형의 리더들은 지금까지 차고 넘칠 정도로 많았으니 이제는 진정한 선우후락의 리더가 등장하길 바란다.

미션 포사자당·탁타당·여민동락당·선우후락당 등의 정당을 결성하고, 각 당의 대표와 참모진의 입장에서 대통령 선거를 위한 공약집을 만들어보자.

5. 고전산문과 삶, 그리고 죽음

언제부턴가 서점 여행코너의 상당부분이 귀농귀촌으로 채워지고 있으며, 특히 제주도 이주와 관련된 책자는 눈에 띄게 많아졌다. 제주도로 내려간 사람들의 대체적인 스토리는 '서울에서 억대 연봉으로 잘 나갔지만 마음의 공허함을 느껴오던 중 인간적인 삶을 살기 위해 제주도로 내려와 정착했다'는 것이었다. 지금은 한풀 꺾인 추세라고 말하지만, 여행에서의 낭만과 팍팍한 현실이 지속되는 한 그 인기는 수그러들지 않은 것 같다. 2010년대에 들어서면서 만들어진 새로운 신조어 '헬조선'은 우리사회에 이토록 많은 문제들이 산재해 있었는지 돌아보게 만들었고, 더욱 이상향을 꿈꾸기를 부추겼다. 하지만 어느 시대인들 불공평과 부조리가 없었을까.

어찌 오두미에 허리를 굽히랴 「귀거래사」

나 지금 일어나 가려네, 이니스프리로
거기 싸리와 진흙으로 오막살이 짓고
아홉 이랑 콩밭과 꿀벌통 하나
그리고 벌들이 윙윙거리는 속에서 나 혼자 살려네
And a small cabin build there, of clay and wattles made;
Nine bean-rows will I have there, a hive for the honey-bee
And live alone in the bee-loud glade.

그리고 거기서 평화를 누리려네, 평화는 천천히 물방울같이 떨어지리니
어스름 새벽부터 귀뚜라미 우는 밤까지 떨어지리니
한밤중은 훤하고 낮은 보랏빛
그리고 저녁때는 홍방울새들의 날개 소리

And I shall have some peace there, for peace comes dropping slow,
Dropping from the veils of the morning to where the cricket sings;
There midnight's all a glimmer, and noon a purple glow,
And evening full of the linnet's wings.

나 일어나 지금 가려네, 밤이고 낮이고
호수의 물이 기슭을 핥는 낮은 소리를 나는 듣나니
길에 서 있을 때 나 회색빛 포도(鋪道) 위에서
내 가슴 깊이 그 소리를 듣나니
I will arise and go now, for always night and day
I hear lake water lapping with low sounds by the shore;
While I stand on the roadway, or on the pavements grey,
I hear it in the deep heart's core.

William Butler Yeats, 피천득 번역, 「이니스프리의 섬(The Lake Isle Of Innisfree)」

전공수업보다도 영문과 교실을 더 자주 드나들었던 학부 시절, 선생님은 아일랜드 시인 예이츠의 시 「이니스프리의 섬」에 대해 '서양의 귀거래사'라고 소개해 주셨다. 이 시는 예이츠가 23살(1888년)에 지은 것으로, 복잡한 런던 시내를 걷다가 갑자기 어린 시절을 보냈던 추억의 장소 이니스프리 섬이 문득 떠오른 것에서 시작된다. 결국 인간 또한 자연의 일부분이기에 동서고금을 막론하고 마음속 깊은 곳에 전원에 대한 그리움을 동일하게 담고 있는 것이리라.

하지만 두 작품의 주제는 비슷할지언정 도연명이 「귀거래사」를 짓게 된 배경은 예이츠에 비해 다소 복잡하다. 시대의 불안함, 벼슬생활의 고단함, 가족부양에 대한 의무감과 이를 벗어나고자 하는 갈등 등으로 범벅된 「귀거래사」는 41살의 나이에 과감하게 사표를 던지면서 지은 사(辭)이다.

그 옛날 도연명이 살았던 중국 위진남북조 동진(東晉)에서 송(宋)으로 넘어가던 시기도 지금 못지않은 지옥이었다. 370년 동안 중원을 포함한 북쪽에서는 다섯 오랑캐가 16개의 나라를 세우고 망하기를 반복했고, 삶의 터전을 잃은 한족은 남쪽으로 내려왔지만 이곳에서도 또한 자고 일어나면 왕조가 바뀌기를 반복했다. 벼슬길에 나가고 싶어도 공정한 선발제도가 없었으며 타인의 주관적인 평판에 따라 등급을 나누는 구품중정제(九品中正制)가 만연했기에 '기회는 평등하지 않았고, 과정은 공정하지 않았으며, 결과는 정의롭지 않았다.'

도연명의 본명은 '잠(潛)'이며 이름보다 널리 알려진 연명은 자(字)이다. 그의 증조할아버지는 서진(西晉)의 명장이었던 '도간(陶侃)'이었고, 할아버지 '도무(陶茂)'는 무창태수(武昌太守)를, 아버지 '도일(陶逸)'은 안성태수(安城太守)를 지내는 등 그럭저럭 괜찮은 가문이었으나 아버지가 일찍 돌아가시면서 가세가 기울어졌다. 다른 사람의 간섭을 싫어하고 자유로운 것을 좋아했던 도연명의 성격은 벼슬과 맞지 않았지만 생계를 위해 작은아버지의 힘을 빌려 관직에 진출했다. 29살의 강주좨주(江州祭酒)를 시작으로 41살의 팽택령(彭澤令) 이르기까지 그는 나가고 물러나기를 여러 차례 반복했다.

결정적인 사건은 장시성 펑저(彭澤)에서 현령을 지내던 시절에 일어났다. 안 그래도 벼슬과 자신이 맞지 않는다고 생각하고 있던 차에 새파랗게 어린 상관이 순시를 나온다는 전갈을 받고 '내 어찌 오두미(五斗米 : 얼마 안 되는 박봉의 월급)를 얻기 위해 소인에게 허리를 굽히겠는가!'라고 외치며 그는 과감하게 사표를 던졌다. 이때 지은 「귀거래사」는 10여년 남짓 관직 생활에서 느꼈던 괴로운 심경과 함께, 앞으로 펼쳐질 귀농귀촌 생활에 대한 기대를 담고 있다.

歸去來兮	돌아가리라!
田園將蕪胡不歸	전원이 황폐해 지려는데 어찌 아니 돌아가리.
旣自以心爲形役	이미 스스로 마음이 몸의 부리는 바가 되었거니,
奚惆悵而獨悲	무엇이 서러워 홀로 슬퍼하고 있으리.
悟已往之不諫	이미 지난 것은 탓 할 수 없음을 깨달았으니,
知來者之可追	앞일을 따라감이 옳은 것임을 알도다.
實迷途其未遠	사실 길은 어긋났으나 그리 멀어진 건 아니니,
覺今是而昨非	지금이 바른 길이며 지난날이 틀렸음을 알게 되었도다.
舟遙遙以輕颺	배는 흔들흔들 가볍게 떠서가고,
風飄飄而吹衣	바람은 산들산들 옷자락을 날리누나.
問征夫以前路	지나는 이에게 앞길을 물어서 가니,
恨晨光之熹微	새벽빛이 희미한 것이 한스럽기만 하다.
乃瞻衡宇	드디어 집이 멀리 보이니,
載欣載奔	기쁜 마음에 뛰어서 가네.
童僕歡迎	머슴아이 반가이 맞이하고,
稚子候門	어린 아이들 문 앞에 기다리고 있네.
三徑就荒	세 갈래 오솔길은 잡초에 묻혔어도,
松菊猶存	소나무와 국화는 그대로 남아 있네.
携幼入室	어린 놈 데리고 방으로 들어서니,
有酒盈樽	술항아리 가득히 술이 채워져 있네.
引壺觴以自酌	술병과 잔 가져다가 혼자 따라 마시며,
眄庭柯以怡顔	뜰 안 나무 가지를 바라보며 기쁜 얼굴을 하네.
倚南窗以寄傲	남쪽 창에 기대어 거만을 떨어보니,
審容膝之易安	작디작은 방이지만 편안함을 알겠도다.
園日涉以成趣	정원을 매일 거닐어 정취가 생겨나고,
門雖設而常關	문은 달려 있으나 늘 닫아 두고 있네.
策扶老以流憩	지팡이 짚고 이리저리 거닐다가 쉬기도 하고,
時矯首而遐觀	때로는 고개 들어 멀리 바라본다.
雲無心以出岫	구름은 무심히 골짝에서 피어오르고,

鳥倦飛而知還　　새도 날다가 지치면 돌아올 줄을 아네.
景翳翳以將入　　해도 뉘엿뉘엿 넘어가려 하는데,
撫孤松而盤桓　　외로운 소나무 어루만지며 자리 뜰 줄 모르네.

歸去來兮　　　　돌아왔도다!
請息交以絶遊　　사귐도 그만두고 어울림도 끊으리라.
世與我而相違　　세상과 나는 서로 어긋나기만 하니,
復駕言兮焉求　　다시 벼슬길 올라서 무엇을 얻겠는가.
悅親戚之情話　　친척들과 정담을 즐기고,
樂琴書以消憂　　거문고와 서책을 즐기며 근심을 삭이리.
農人告余以春及　농부가 나에게 봄이 왔음을 알려주니,
將有事於西疇　　서쪽 밭에 나가서 할 일이 있겠구나.
或命巾車　　　　때로는 천막을 두른 수레를 몰기도 하고,
或棹孤舟　　　　때로는 외로운 나룻배 노를 저었다.
旣窈窕以尋壑　　깊고 깊은 골짜기 찾아가고,
亦崎嶇而經丘　　험하고 가파른 언덕길도 지났다네.
木欣欣以向榮　　나무들은 무성하게 가지를 뻗고,
泉涓涓而始流　　샘물은 졸졸 흘러내린다.
善萬物之得時　　만물이 제철을 만나 보기가 좋건마는,
感吾生之行休　　나의 삶 가다 멈출 생각에 가슴이 벅차구나.

已矣乎　　　　　아서라!
寓形宇內復幾時　세상에 머물 날이 다시 얼마이랴!
曷不委心任去留　마음을 어찌 가고 머무는 순리에 맡기지 아니하랴!
胡爲乎遑遑欲何之　어디로 가려고 그리 서두르는가?
富貴非吾願　　　부귀는 내가 바라던 바도 아니었고,
帝鄕不可期　　　하늘나라는 기약할 수 없는 일.
懷良辰以孤往　　날씨 좋다 싶으면 홀로 나가 거닐다가
或植杖而耘籽　　가끔 지팡이 세워 두고 김매고 북돋우네.
登東皐以舒嘯　　언덕에 올라가서 노랫가락 읊조리고,

臨淸流而賦詩	맑은 시냇가 마주대하며 시도 지어보네.
聊乘化以歸盡	자연의 조화에 따르다가 돌아가면 되는 것이거늘
樂夫天命復奚疑	천명을 누렸으면 그만이지, 무엇을 더 의심하리.

도연명, 「돌아가리라(歸去來辭)」

도연명의 삶은 이 글을 지은 41살을 기준으로 양분된다. 그런데 도연명은 귀농귀촌 이후 꿈꾸던 대로 '시골에 조그만 집을 짓고 텃밭을 가꾸며 가족들과 알콩달콩' 행복하게 살았을 지 의문이 생긴다. 그의 또다른 유명한 산문 「오류선생전(五柳先生傳)」을 보면 살림은 가난했지만 마음만큼은 그런대로 평안했던 것 같다. 하지만 그가 남긴 126수의 시들을 자세히 살펴보면 '새벽에 일어나 검불 쳐내고 달빛 등진 채 괭이 메고 돌아오는' 등 농사일은 녹록치 않았고, 화재에 집에 다 타버려 온 가족이 몇 년 동안 임시거처에서 살기도 하는 등 예기치 못한 사건사고도 많았다.[15]

만만치 않다는 걸 누가 모를까. 그럼에도 지금의 대한민국에서도 농촌으로 떠나는 이들이 늘고 있다. 도시에서의 직장생활을 접고 고향으로 돌아가는 50~60대의 U턴, 고향은 아니지만 도시에서 가까운 농촌으로 이주하는 J턴, 도시토박이들이 생면부지의 농촌으로 향하는 I턴까지 그 유형도 다양해졌다.

이토록 귀농귀촌에 관심을 갖는 이유에 대해 고백하자면, 나는 '제주이민실패자'이다. 잠깐 머물렀던 좋은 기억만을 가진 채 내가 어떤 성향의 사람인지도 잘 모르고 덥석 서울 생활을 정리하고 제주로 향하는 배에 이삿짐을 실었다. 세월호와 오하마나호 중 어느 배가 더 저렴한지 밤새도록 검색하고 비교했던 기억, 배 위에서 흩날리던 눈발을 맞았던

---

15 송용준 역, 「도연명 시선」, 지식을만드는지식, 2012.

기억, 집에서 바다가 보인다며 즐거워했던 등이 아직도 눈에 선하다. 도연명은 그 자신이 전원생활과 잘 맞는 것을 알고서 선택한 경우였지만, 나는 내 자신에 대해 잘 알고 있다고 '착각'하고 있었다. 막상 시골에서 살아보니 나는 백화점, 대형마트, 밤새 꺼지지 않는 화려한 도시의 불빛, 프랜차이즈의 커피와 햄버거를 너무 좋아하는 사람이었다. 어떤 직장인이든 가슴 한 구석에 사표 한 장은 다 품고 다닌다. 그리고 어느 날 토끼몰이를 하듯 퇴로를 차단당한 채 '이거라도 받고 나갈 것인지, 아니면 더 버티다가 험한 꼴 보고 나갈 것인지' 명예퇴직을 권고당할 날이 올 수도 있다. 그때 가슴 속에 품었던 사표를 내기 전 스스로에게 자문해 봤으면 좋겠다. 나는 어떤 사람인가, 나는 무엇을 좋아하며 무엇을 싫어하는 사람인가, 나는 나 자신에 대해 진짜 잘 알고 있는가, 나만의 최종병기는 무엇인가. 그 후에 도연명처럼 결정을 해도 늦지 않을 것 같다.

군자가 있는 곳에 무슨 누추함이 있겠는가 「누실명」

> 승민 : 엄마는 이 집이 지겹지도 않아? 평생 여기 살면서 고생만 하고.
> 승민 엄마 : 집이 지겨운 게 어딨어, 집은 그냥 집이지.
>
> 영화 〈건축학개론(2012)〉 中

국민첫사랑 '수지'를 각인시킨 영화 〈건축학개론(2012)〉에서 개인적으로 가장 인상 깊었던 인물은 능청스러운 친구 납득이가 아니라 남주인공 승민이의 어머니였다. 승민이 엄마가 억척스럽게 순대국밥집을 일구면서 평생 쓸고 닦으며 살았던 그 집은 말처럼 그냥 집이었을까?

결혼 전까지 나는 부모님의 그늘 아래에서 썩 대단하지는 않았지만 그렇다고 부족하거나 불편하지도 않았던 아파트 생활을 해왔다. 이후 펼쳐진 집과의 전쟁. 은행 빚으로 가득했던 신혼집, 두 명이 누워있으면 꽉 찼던 원룸, 전세금 때문에 마음 고생했던 몇 번의 전셋집, 몇 년 새 껑충 뛰어버린 아파트 값에 차선책으로 선택한 지금의 빌라에 이르기까지, 집에 대한 슬픔과 애환은 이립(而立)해서 살아나가기 위해 몸부림치는 대한민국의 부부라면 누구나 거치는 가시밭길이다.

'좋은 집'이란 과연 어떤 집을 지칭하는 것일까? 기왕이면 강남에 위치했으면 좋겠고, 화장실이 2개 정도 딸린 30평대 이상의 크기에, 유명 건설사에서 새로 분양한 복잡한 이름의 아파트를 우리사회에서는 좋은 집이라고 정의내리고 있을까? 초등학생들 사이에서 '휴거'·'주거'·'빌거'라는 신조어가 유행하고 있다는 뉴스를 접할 때, 2년 마다 반복되는 이사와 집 문제로 마음이 상할 때, 이번 생애에서는 내 집을 마련하지 못할지도 모른다는 불안감이 스멀스멀 밀려올 때, 나에게 잔잔한 위로를 주는 글이 있다. 스무 살 처음 이 글을 만났을 때는 그 짧고 간결한 맛에 반했고, 지금은 또 다른 감성으로 읽히는 「누추한 집에 새기는 글(陋室銘)」은 여전히 '내 인생의 중국고전산문 1위'이자 '인생 산문'이다.

산은 높음에 있지 아니하니 신선이 있으면 유명하고
물은 깊음에 있지 아니하니 용이 있으면 영험하다.
여기 이 집은 누추하나
오로지 나의 덕으로 향기롭다.
이끼 흔적은 돌계단까지 올라와 파랗고
마당의 풀빛은 대발 속에 들어와 푸르다.
담소하는데 벗할 큰 선비가 있고
왕래하는데는 천박한 사람들이 없다.
소박한 거문고 가락을 조율하며
불경을 펼쳐 독서삼매경에 젖을만하다.

귓가에 윙윙거리는 시끄러운 음악도 없고
번거로운 공문서가 몸을 수고롭게 만들지도 않는다.
이곳이 남양땅 제갈량의 초가집이며
서촉땅 양운의 정자로구나!
공자께서도 말씀하셨지,
'군자가 머무는데 무슨 누추함이 있겠는가!'라고.

山不在高, 有仙則名

水不在深, 有龍則靈

斯是陋室, 惟吾德馨

苔痕上階綠, 草色入簾靑

談笑有鴻儒, 往來無白丁

可以調素琴, 閱金經

無絲竹之亂耳, 無案牘之勞形

南陽諸葛盧, 西蜀子雲亭

孔子云, '何陋之有?'

유우석, 「누추한 집에 새기는 글(陋室銘)」

　　중국산문의 장르 가운데 하나인 '명(銘)'은 본래 금속기물이나 돌비석에 새긴 글을 말하며, 자신을 경계하기 위한 글이나 다른 사람의 공적을 찬양하는 글 등의 확대된 뜻으로 쓰기기고 한다. 제목을 정확하게 풀이하자면 '누추한 집에 들어와 살면서 내 마음에 새긴 글, 좌우명' 정도가 되겠다. 유우석은 앞서 언급한 유종원의 친구이다. 두 사람 모두 이왕팔사마 사건에 연루되어 유배가게 되었을 때, 유종원이 유우석을 대신해서 더 멀리 유배가겠다고 간청했던 사연으로도 유명하다. 결국 유우석은 낭주사마(후난성 常德), 연주자사(광둥성 淸遠), 화주지현(안후이성 馬鞍山) 등의 지방직을 전전하게 되는데, 이 글은 안휘성의 화주지현으로 유배 갔을 때 지은 것이다. 중당시기 '지현'이라는 벼슬은 그야말로 보잘 것 없는 한직이었다. 그가 중앙정계에서 밀려났다는 소문을 들었기 때문에 누구 하나 환영해주지도 않는 분위기였다. 상사는 유우석을 골탕 먹이려는 속셈인지 처음에는 세 칸짜리 관사를 주더니, 점점 더 좁고 형편없는 거처로 옮길 것을 명한다. 결국 마지막에 그가 생활했던 거처는 침대 하나, 책상 하나, 의자 하나가 놓여 있는 정말로 초라하고도 작은집이었다. 보기에도 한숨부터 나왔겠지만, 유우석의 기개만큼은 여전히 살아있다. '나는 썩 괜찮은 사람이니 볼품없는 집에 살아도 상관없다!'라고 '쏘쿨'하게 받아치고 있으니 말이다. 영화 〈베테랑 (2015)〉의 표현을 빌리자면 다음과 같다. '우리가 돈이 없지, 가오가 없냐!'

결국 좋은 집은 강남의 타워팰리스나 뉴욕의 팬트하우스처럼 화려하고 으리으리한 집이 아니라, 그 안에 누가 살고 있는지가 결정한다는 근거 있는 자신감이다. 유우석은 그 안에 살고 있는 사람으로 인해 빛나는 집이 좋은 집이라고 깔끔하게 정의를 내려주고 있다.

평범한 직장인이 서울에서 소형 아파트를 한 채 사려면 13년 동안 숨만 쉬고 살면서 꼬박 월급을 모아야 한다고 한다. 2016년 2월 통계이니 지금은 더 긴 시간이 소요될 것이다. 정말이지 평생의 숙원이 따로 없다. 누군가는 우리 부부에게 '그 나이에 집 한 채 없냐'며 타박하기도 하고, 누군가는 '그냥 유목민의 마인드로 살라'며 조언하기도 한다. 어떤 사람은 몸 하나 간신히 눕힐 작은 공간에서 살고 있는데, 어떤 사람은 700채나 소유하며 세를 놓고 있다.[16] 자본주의 사회에서 능력 있어서 많은 재산 보유한 것이 뭐가 잘못인가 싶기도 하지만, 초등학생들의 장래희망 1위가 '건물주'라는 사회를 과연 정상이라고 말할 수 있을까. 지금 우리에게 집은 휴식과 충전을 위한 삶의 공간인가 재산증식을 위한 소유물인가, 집을 집답게 만드는 요소는 무엇일까, 내가 살고 있는

---

16 「전국 집부자 1위, 700채 소유 … 두 살배기 집주인도」(SBS 2017.8.30)

집에는 어떤 가치가 담겨 있는가, 유우석의 글은 여전히 나에게 여러 질문을 던지고 있다.

미션 『한국의 고택기행』(1)(2)(이진경, 이가서, 2013/2015)을 읽고 우리 조상들이 집에 어떤 가치를 담았는지 살펴보도록 한다. 또한 가까운 시일 내에 이 중 하나를 방문해 본 후, 내가 살고 있는 집에 어떤 가치를 담을지 생각해 보도록 한다.

〈군자가 있는 곳이면 어찌 누추함이 있겠는가〉

가천대학교 동양어문학과 배나현

사실 처음 유우석의 누실명(陋室銘) 접했을 때는 아득했다. 뽀포모포를 배운지 한 달이 채 되지 않았기 때문이다. 누실명 속 한자들은 마치 광인일기에서 주인 공이 글자들을 "식인"으로 본 것처럼 날 잡아먹을 것만 같았다. 교수님께서 주신 낭독파일 속의 나이든 아저씨의 음성도 그저 웃길 뿐이었다. 하지만 외워야 했기에 샤워할 때, 옷 입을 때와 등하교할 때도 언제나 낭독파일을 수백 번 들으며 낭독을 연습했다. 주변에선 하나둘씩 외워서 통과하고 있었지만 개의치 않고 계속 정진했다. 낭독시험은 여러 번 도전할 수 있었는데 몇몇 아이들처럼 더 잘하고 싶어서 더 연습해서 계속 도전했다. 그렇게 한 달여를 고생한 끝에 드디어 누실명의 감성이 내게로 들어왔다.

특히나 마지막 문구인 "공자 말하길, (군자가 있는 곳이면) 어찌 누추함이 있겠는가?" 라는 문구가 마음에 와 닿았다. 주변의 환경과 물질적인 상황이 어떻든 마음먹기 나름이라는 것이다. 이 문구가 나온 건 공자가 제자 안회가 안빈낙도 하는 하는 걸 보고 한 말이다. 유우석 또한 남루한 거처에서의 자신을 군자로 치부하고 이 산문을 지음으로써 스스로를 격려했다. 그의 말대로 비천한 관료들과는 어울리지 않아도 되고 온갖 머리 아픈 서류를 보지 않아도 됐다. 어딘가에 묶여 노예가 되는 삶이 아닌 누실(陋室)에 살면서 현실을 충분히 즐기며 살았던 것이다. 나는 대학교 4학년이지만 28살이다. 나의 누실(陋室)을 이야기 하려면 초등학교 3학년으로 20년을 거슬러 올라간다. (개인 사정이 담겨 있으므로 중략) 현실이 작고 남루한 곳일지라도 그 자체에 행복을 느끼는 법을 어머니의 삶의 자세로 배우게 되었다. 그래서 나 또한 내 집이 좁고 남루하다고 생각하지 않았다. 어려운 시절을 함께 버텨온 우리 가족과 담소를 나누고 때론 다투기도 하는 아늑한 이 집이 있어서 아무것도 부러운 것이 없다. 아마 이런 어머니의 덕(德) 덕분에 나의 누실(陋室)에서 봄이 되면 벚꽃을 보고, 여름엔 창문 앞 나무에 앉은 새를 볼 수 있으며, 가을엔 제철 음식을 먹고, 겨울엔 누구보다 더 따뜻하게 지낼 수 있었던 것이 아니었을까? 어머니의 삶의 자세를 누실명의 명(銘)처럼 마음속에 새겨서 나의 교훈으로 삼고 있다. 어머니는 그렇게 내게 공자의 말씀처럼 경전(經典)같은 분이시다.

명예가 높지 않아도 덕(德)이 있다면 이름이 난다.
돈이 많지 않아도, 마음이 풍성하면 행복하다.
이곳은 비록 누추한 집이지만, 오직 우리 가족의 덕(德)에서 뿜는 향기로 누추하지 않다.
봄이면 푸른 새싹 나무 위까지 올라와 초록빛을 띠고,
풀빛은 창문을 통해 푸른빛을 띤다.
함께 담소하는 사람들 중에는 화목한 가족들만 있고,
왕래하는 사람들 중에 빚쟁이는 없다.
피아노를 치고 책도 읽을 수 있다.
빚쟁이의 쾅쾅쾅 문 두드리는 소리가 귀를 어지럽게 하는 일도 없고,
법원의 새빨간 딱지가 마음을 피로하게 하는 일도 없다.
이 집은 도곡동 타워팰리스에 비할 만하고, 부산 해운대의 센텀시티에 비할 만도 하다.
어머니 말씀하시길, '어찌 누추함이 있겠는가?'라고 하셨다.

어디에 살든 어머니가 내게 가르쳐준 삶을 즐길 수 있는 마음가짐은 내 마음속에 새겨져 있기 때문이다. 지금 내가 있는 곳이 고아한 누실(陋室)이다.

하늘 끝에 있을 너에게 「제십이랑문」

인생은 고개 하나를 넘으면 더 높은 산이 냇물을 하나 건너면 더 깊은 강이 기다리고 있는 것 같다. 수능 시험, 취업, 결혼, 육아, 승진 등 어느 것 하나 쉽지 않은 과정들이지만, 제일 힘든 것은 앞으로 겪게 될 '죽음으로 인한 이별'일 것 같다. 집에서 키우던 강아지와 고양이에서부터 집안 어른들과 친구들, 그리고 다른 이들의 죽음에 익숙해질 무렵이면 내 차례가 될 것이다. 누구나 죽음에 대해서는 막연하게 먼 훗날에 닥칠 일로 생각하지만, 사실 추모공원에 한 번이라도 가본다면 생각보다 이른 나이에 맞이한 수많은 죽음들을 목도하게 된다.

메멘토 모리(Memento mori), 죽음을 기억하라.

중국고전산문 가운데 죽음 앞에서 남기는 유언장·묘지명(墓誌銘)·제문(祭文) 등은 중요한 하나의 장르였다. 이 가운데 묘지명은 죽은 이에 대한 찬양·칭송·추념·추도의 글을, 제문은 죽은 이에 대한 애도의 마음을 표현하는 글을 일컫는데, 우리가 살펴볼 한유의 「십이랑의 영전에 고하며(祭十二郞文)」는 제문에 속한다.

중당시기 고문운동을 이끌었던 한유는 사실 묘지명과 제문으로 인해 그 문장력을 인정받은 케이스이다. 한유는 792년(25살)에 진사과에 급제한 이래 국자박사·형부시랑·경조윤·이부시랑 등의 벼슬을 역임했으나 사실 그의 가족이 넉넉한 생활을 할 수 있었던 결정적인 이유는 묘지명과 제문을 써주고 받은 부수입 때문이었다. 이로 인해 한유의 문집『창려선생집(昌黎先生集)』40권 중 무려 12권에 이르는 분량이 묘지명과 제문으로 가득 채워져 있다. 본래 묘지명이나 제문은 먼 친척이나 친구들이 써주는 것이 원칙이었지만, 지금도 그렇듯이 유가족들은 기왕이면 유명한 문장가가 써주길 원했다. 때문에 글솜씨가 훌륭하면 잘 모르는 사이여도 이를 의뢰받는 경우가 많았으며, 당연히 후한 사례비도 뒤따랐다. 혹자는 모르는 사람들의 묘지명이나 제문을 써주는 한유에 대해 '무덤에 아첨해서 돈을 번다'고 비난하기도 했지만, 오히려 한유에 의해 묘지명과 제문의 품격이 한층 높아졌음은 부인할 수 없는 사실이다. 한유는 겉만 화려하게 꾸미는 문장이 아닌, 고인에 대한 애정의 마음을 품고 글을 썼다. 특히 「유종원 묘지명(柳子厚墓誌銘)」와 「십이랑의 영전에 고하며」 등의 작품이 유명한데, 우리는 이 중 후자를 살펴보도록 한다.

모년 모월 모일
막내 숙부 나 한유는
네가 세상을 떠났다는 소식을 들은 지 7일 만에야
슬픔을 머금고 정성을 다해서
건중에게 멀리 시수를 가지고 가서
너 십이랑의 영전에 바치게 하면서 고한다
年月日, 季父愈, 聞汝喪之七日乃,
能銜哀致誠, 使建中遠具時羞之奠, 告汝十二郎之靈

아, 내 어려서 고아가 되어
성장하기까지 아버님을 알지 못했고
오직 형님과 형수님만 의지하며 지냈다
하지만 중년의 나이에 형님마저 남방에서 돌아가셨을 때
너와 내가 나이가 어렸으며
나는 형수님을 따라 하양으로 돌아가서 형님의 장례를 치렀다
그 후 강남으로 가서 생활했는데
외롭고 쓸쓸해서 하루도 서로 떨어진 적이 없었다
내 위로 형님이 세 분 계셨으나 불행히 모두 일찍 돌아가셨으며
조상을 이를 후손으로 손자로는 너뿐이었고 아들로는 나뿐이었다
양대에 걸쳐 한 몸뿐이라서
홀몸에 그림자도 외로웠다
형수님께서 일찍이 너를 어루만지시고 나를 가리키며 이르시기를

'한씨 집안에 양대에 걸쳐 너희들뿐이구나'
당연히 너는 너무 어려 기억하지 못했을 것이다
내가 비록 그때를 기억하고 있지만
당시에는 그 말의 슬프고도 깊은 뜻을 이해하지 못했다
嗚呼, 吾少孤, 及長, 不省所怙, 惟兄嫂是依
中年, 兄歿南方, 吾與汝俱幼 從嫂歸葬河陽,
旣又與汝就食江南, 零丁孤苦, 未嘗一日相離也
吾上有三兄, 皆不幸早世, 承先人後者, 在孫惟汝, 在子惟吾
兩世一身, 形單影隻, 嫂嘗撫汝指吾而言曰, 韓氏兩世惟此而已
汝時尤小, 當不復記憶, 吾時雖能記憶, 亦未知其言之悲也

내 나이 열아홉에 경성으로 올라오면서
그 후 4년이 지나서야 집에 돌아가 너를 보았다
또다시 4년의 시간이 흐른 후
하양에 가서 성묘를 하다가
형수님의 영구를 모시고 와 안장하는 너를 우연히 만났다
그로부터 2년 후 내가 변주에서 동승상을 보좌하고 있을 때
네가 찾아와서 만난 적이 있었다
1년간 머무르다가 돌아가 처자를 데려오겠다고 했었지
하지만 이듬해에 승상께서 돌아가셔서
내가 변주를 떠나게 되어 네가 올 수 없었다
이 해에 내가 서주에서 군무 처리를 도우면서
너를 부르러 사람을 보내려고 했는데 내가 갑자기 관직을 그만두게 되었다
그래서 네가 또 올 수 없었지
네가 나를 따라 동쪽으로 온다 하더라도
동쪽 역시 객지이므로 오래 머물 수 없을 것이라 생각했다
오랫동안 안정된 생활을 하고자 한다면
서쪽으로 돌아가는 것이 가장 좋다고 생각했다
그 곳에서 가정이 안정되면 너를 데리러 가려고 했다
아, 네가 나를 버리고 세상을 떠날 줄 누가 알았겠는가
너와 내가 모두 나이가 젊었기에 서로 비록 잠시 떨어져 있다 해도

마침내 오랫동안 함께 살게 될 것이라고 생각했다
그래서 너를 버려두고 경사에서 객지 생활을 하며 얼마 되지 않는 녹봉을
구했던 것이다
정말 이렇게 될 줄 알았다면, 비록 높은 관직을 준다고 해도
너를 버리고는 하루라도 나가지 않았을 것이다
吾年十九, 始來京城, 其後四年, 而歸視汝,
又四年, 吾往河陽省墳墓, 遇汝從嫂喪來葬
又二年, 吾佐董丞相於汴州, 汝來省吾, 止一歲, 請歸取其孥
明年, 丞相薨, 吾去汴州, 汝不果來
是年, 吾佐戎徐州, 使取汝者始行, 吾又罷去, 汝又不果來
吾念汝從於東, 東亦客也, 不可以久
圖久遠者, 莫如西歸, 將成家而致汝
嗚呼, 孰謂汝遽去吾而歿乎
吾與汝俱少年, 以爲雖暫相別, 終當久相與處
故捨汝而旅食京師, 以求斗斛之祿
誠知其如此, 雖萬乘之公相, 吾不以一日輟汝而就也

작년에 맹동야가 너 있는 곳으로 간다고 했을 때
내가 너에게 편지를 쓰기를
'내 나이 아직 사십도 되지 않았는데
눈이 침침하고 머리는 반백이 되었으며 치아도 흔들린다
숙부와 형님들은 모두 건강하시다가 일찍 돌아가셨는데
나처럼 쇠약한 사람이 어찌 오래 살 수 있겠는가
내가 너에게 갈 수 없고 너는 오고 싶어 하지 않으니
내가 조만간 세상을 떠난다면
너는 끝없는 슬픔을 품게 될 것이다'라고 적었다
그런데 나이 어린 자가 죽고, 나이 많은 자가 살아남으며
건강한 자가 먼저 죽고, 병약한 자가 온전할 줄을 누가 알았겠는가
아, 이것이 사실이란 말인가, 꿈이란 말인가
전해온 소식이 사실로 느껴지지 않는구나
사실이라면 형님의 훌륭한 덕행이 그 후사를 요절하게 했단 말인가

젊고 건강한 자가 일찍 죽고
나이 많고 쇠약한 자가 살아 온전하다니 도무지 믿을 수가 없구나
만약 꿈이라면 전해온 소식은 사실이 아닐 것이다
동야의 편지와 경란의 보고가 어찌 내 곁에 있단 말이냐

去年, 孟東野往 吾書與汝曰,

吾年未四十, 而視茫茫, 而髮蒼蒼, 而齒牙動搖

念諸父與諸兄, 皆康彊而早世, 如吾之衰者, 其能久存乎

吾不可去, 汝不肯來, 恐旦暮死, 而汝抱無涯之戚也

孰謂少者歿而長者存 彊者夭而病者全乎

嗚呼, 其信然邪, 其夢邪, 其傳之非其眞邪

信也, 吾兄之盛德而夭其嗣乎

汝之純明而不克蒙其澤乎

少者彊者而夭歿, 長者衰者而存全乎, 未可以爲信也

夢也, 傳之非其眞也

東野之書, 耿蘭之報, 何爲而在吾側也

아, 사실이었구나
형님의 훌륭한 덕행으로도 그의 후사가 일찍 죽었구나
너처럼 순결하고 총명한 사람이 가업을 계승해야 하는데
선조들의 그 은덕을 받을 수가 없었구나
천명이라는 것은 헤아리기 어렵고 하늘의 뜻은 이해하기 어렵구나
이치라는 것은 추측할 수 없고 목숨도 알 수 없는 것이로다
그렇다 하여도 금년 들어서 나는
희끗희끗하던 머리가 희게 변하고
흔들리던 치아 중에 어떤 것은 빠져 나갔다
체력도 날로 쇠해져가고
의지와 기개도 날로 쇠미해지니
너를 따라 죽을 날도 얼마 남지 않은 듯하다
사람이 죽어서 감각이 있다면, 우리가 떨어져 지낼 날이 며칠이나 되겠는가
죽어서 감각이 없다면, 너와 헤어져 슬퍼할 날이 며칠이나 되겠는가
그러니 오히려 슬퍼하지 않을 날이 영원할 것이다

네 아들은 이제 열 살이고, 내 아들은 겨우 다섯 살이다
나이가 어리고 건강한 사람이 일찍 죽는다면
어찌 이 같은 어린아이들이
또 어른이 될 수 있기를 기대할 수 있겠는가
슬프고, 슬프도다!
嗚呼, 其信然矣, 吾兄之盛德而夭其嗣矣
汝之純明宜業其家者, 不克蒙其澤矣
所謂天者誠難測, 而神者誠難明矣, 所謂理者不可推, 而壽者不可知矣
雖然, 吾自今年來, 蒼蒼者或化而爲白矣, 動搖者或脫而落矣
毛血日益衰, 志氣日益微, 幾何不從汝而死也
死而有知, 其幾何離, 其無知, 悲不幾時, 而不悲者無窮期矣
汝之子始十歲, 吾之子始五歲
少而彊者不可保, 如此孩提者, 又可冀其成立邪
嗚呼哀哉, 嗚呼哀哉

지난번에 네가 편지에서
'요즘 각기병에 걸렸는데 가끔 통증이 심합니다'라고 말했었지
그런데 그때 나는 '그 병은 강남사람들 사이에서 흔한 것이니 걱정하지
않아도 된다'라고 대답했었지
아,
네가 그 병 때문에 죽었다는 말인가
아니면 다른 병이 생겨 이런 지경에 이르렀단 말인가
너의 편지는 6월 17일에 쓴 것인데
동야는 네가 6월 2일에 세상을 떠났다고 하고
경란의 보고에는 날짜가 적혀있지 않다
아마 동야가 심부름 보낸 사람이 집안사람에게 정확한 날짜를 물어보지
않았고
경란의 보고에서는, 날짜 언급하는 것이 예의라는 것을 몰랐던 것 같다
동야가 내게 편지를 보내면서 심부름꾼에게 날짜를 물어봤을 때 그가
아무렇게나 대답한 듯하다
그러한가, 그렇지 않은가?

내가 건중을 보내 네 제사를 지내고
네 아들과 유모에게 조문하도록 했다.
네 아들과 유모가 먹을 것이 있어 상례를 마칠 때까지 기다릴 수 있다면
상례가 다 끝난 후 그들을 데려오겠다
만약 상례를 다 마칠 수 없다면 바로 그들을 데려오고
하인들을 남게 하여 너의 상례를 마무리 지으려 한다
내가 무덤을 옮길 형편이 된다면 너를 선조들의 곁에 안치하여
내 원하는 바를 마칠 것이다

汝去年書云, 比得軟脚病, 往往而劇

吾曰, 是疾也, 江南之人, 常常有之, 未始以爲憂也

嗚呼, 其竟以此而殞其生乎, 抑別有疾而致斯乎

汝之書, 六月十七日也, 東野云, 汝歿以六月二日, 耿蘭之報無月日

蓋東野之使者, 不知問家人以月日

如耿蘭之報, 不知當言月日

東野與吾書, 乃問使者, 使者妄稱以應之耳

其然乎, 其不然乎

今吾使建中祭汝, 弔汝之孤, 與汝之乳母

彼有食, 可守以待終喪, 則待終喪而取以來

如不能守以終喪, 則遂取以來

其餘奴婢, 並令守汝喪

吾力能改葬, 終葬汝於先人之兆, 然後惟其所願

아, 네가 병이 난 때도 나는 알지 못하고
네가 죽었는데도 그 날짜조차 정확히 모르는구나
살아 있을 때는 너와 함께 생활하지 못했고
죽어서는 네 곁에서 나의 슬픔을 다 할 수도 없었다
입관할 때 옆에 있지도 못했고 하관할 때 구덩이에 가보지도 못했다
나의 행실이 신명에게 죄를 지어 너를 요절하게 만들었고
효성스럽지도 자애롭지도 않았다
서로 도우며 살지도 죽음을 지키지도 못했다
너는 하늘 저 끝에서

나는 땅끝 저 모퉁이에서
살아서는 네 그림자도 내 몸에 의지하지 못했고
죽어서는 영혼도 꿈속에서 나와 만나지 못했다
모든 것이 내 탓이니, 누구를 원망하리요
저 푸른 하늘이여, 내 슬픔에 끝이 있겠는가
이제 나는 인간세상에서 아무런 낙이 없구나
고향으로 돌아가 작은 땅을 마련하고
이수와 영수가에서 여생을 보내고 싶구나
내 아들과 네 아들을 가르치며 성장하기를 바라고
내 딸과 네 딸을 기르며 시집보내길 바라니 내 바람은 이뿐이다.
嗚呼, 汝病吾不知時, 汝歿吾不知日
生不能相養以共居, 歿不能撫汝以盡哀
斂不憑其棺, 窆不臨其穴
吾行負神明, 而使汝夭, 不孝不慈
而不能與汝相養以生, 相守以死
一在天之涯, 一在地之角
生而影不與吾形相依, 死而魂不與吾夢相接
吾實爲之, 其又何尤
彼蒼者天, 曷其有極
自今以往, 吾其無意於人世矣
當求數頃之田, 於伊潁之上, 以待餘年
敎吾子與汝子, 幸其成
長吾女與汝女, 待其嫁, 如此而已

아, 말은 다 마쳤건만 슬픔은 끝이 없구나
너는 내 마음을 아느냐 모르느냐
슬프도다
삼가 흠향해다오
嗚呼, 言有窮而情不可終
汝其知也邪, 其不知也邪

嗚呼哀哉

尚饗

이 글은 당나라 정원(貞元) 19년(803년) 한유가 감찰어사를 지내던 시절에 지은 글이다. 십이랑은 한유의 조카 한노성(韓老成)을 말하는데, 이들은 어려서 서로를 의지하며 자랐기에 특히 한유에게 충격으로 다가왔다. 모르는 사람에게도 진심을 다해 글을 썼던 한유였으므로 특히 십이랑을 위해 쓴 제문에는 한 글자 한 글자 정성을 다했을 것이다. 다른 제문처럼 화려한 운율이나 꾸밈이 전혀 없으면서도 진정성 하나로 슬픔을 진솔하게 표현하고 있는 점에서 '제문 중의 으뜸(祭文中千年絶調)'으로 꼽힌다. 함께 자랐던 형제자매들도 결혼 후 자기 가정을 이루면 소원해지는 것이 일반적인 현상이라고 한다.[17] 한유와 한노성 역시 성인이 된 이후에는 만나기조차 어려웠지만 애틋한 우애만큼은 절절했기에 '글자마다 눈물(一字一淚)'이라는 평가가 딱 알맞다. 때문에 남송의 문인 안자순(安子順)은 이 글을 「출사표」·「진정표」와 함께 3대 명문장으로 꼽았고, 소식은 '이 글을 읽고 눈물을 흘리지 않는 자는 우애가 없는 사람이다(讀韓退之祭十二郞文而不墮淚者, 其人必不友)'라고 말하기도 했다.

오는 데는 순서가 있지만 가는 데는 순서가 없다. 건강하다고 오래 사는 것도 아니고 병약하다고 일찍 가는 것도 아니다. 할아버지, 할머니, 부모님, 형제자매, 친구들, 나. 사람들은 영원히 살 것만 같은 마음으로 끝없이 욕심을 부리지만 사실 우리는 하루하루 죽음을 향해 가까

---

17 「장·노년층, 위급상황 때 형제·자매보다 친구·이웃에 더 의지」(헤럴드경제 2017.7.30)

워지고 있다는 사실을 기억해야 한다.

메멘토 모리, 죽음을 기억하며 산다는 것은 역설적이게도 보다 삶을 진지하게 성찰하고자하는 의지이기도 하다. 유한한 존재임을 자각하고 내 삶을 조용히 돌아볼 때, 무엇이 중요하고 무엇이 내려놓아야 할 것인지 우선순위가 뚜렷하게 보일 것이다.

미션(1) 자신의 묘지명을 지어보고, 이를 발표해 보도록 한다.

미션(2) 지금까지 수업시간에서 함께 읽어본 문장들을 살펴볼 때, 역대 중국의 지식인들이 지향했던 말하기와 글쓰기의 모범은 무엇이라고 정의내릴 수 있는가?

2부

중국고전산문과 현대중국

역대 중국의 지식인들이 추구한 '말하기와 글쓰기의 지향점'은 무엇이었을까? 이것이 1부의 주제였다면, 이제 시작하는 제2부의 주제는 이를 기반으로 동시대를 살아가고 있는 중국인들의 말하기와 글쓰기에 대한 이해이다. 여기서 말하는 중국인이란 가깝게는 내 주변의 중국 국적의 친구들, 주변에서 흔히 만나는 결혼이주여성들, 회사일로 상대하는 중국기업의 바이어 등 실로 다양하겠지만, 일단 범위를 좁혀 언론을 통해 들려오는 정치지도자들의 말하기와 글쓰기에 초점을 맞추고자 한다. 이들의 생각이 현재, 그리고 미래 중국의 운명을 좌우하기에 가볍게 넘길 수 없기 때문이다.

또한 중국에 관심을 가지고 공부하는 한 사람으로서 누군가가 지금의 중국에 대해 물어볼 때 설명해 주고 간단하게라도 내 생각을 덧붙일 수 있는 정도의 수준이 제2부의 또 다른 목표라고 할 수 있다.

예를 들어 2017년 5월 문재인 대통령의 중국특사로 이해찬 전 국무총리가 파견되었을 때 회담 자리배치 문제로 인해 외교적 결례가 아니냐는 갑론을박이 있었다.

사실 이에 앞서 결정적인 사건이 더 있었다. 4월 초 트럼프 대통령과

▲ 2017년 5월 19일,
이해찬 중국특사를 접견하는 시진핑 국가주석(ⓒSBS)

시진핑 주석이 처음 만났던 '마라라고 회담'에서 북핵 문제에 대해 논하던 중 한반도에 대한 시진핑 주석의 역사관이 드러났기 때문이다. 트럼프 대통령은 월스트리트저널과의 인터뷰에서 다음과 같은 발언으로 한국인들을 깜짝 놀라게 만들었다.

'시 주석이 중국과 한국의 역사 이야기를 했다. 지난 수 천 년 동안 많은 전쟁을 벌였고, 한국은 실제로 중국의 일부였다더라'[1]

대한민국 국민의 한 사람으로서, 나아가 중국어문학을 전공하는 한 사람으로써 일련의 이러한 현상들을 어떻게 분석해야 하는가? 만약 내가 그 자리에 있었다면 어떻게 대처함으로써 우리도 자존심을 회복하고 중국도 이에 수긍하며 두 나라의 관계를 진전시킬 수 있었을까? 제나라의 명재상이자 외교가였던 안영(晏嬰)이 그 자리에 있었다면 저 난감한 상황을 어떠한 촌철살인 유머로 받아쳤을까?[2]

---

1 「트럼프 "시진핑이 그러는데 한국은 중국의 일부였다더라"」(경향신문 2017.4.17)
2 「굴욕외교 탈출기, 제나라 안자에게 배워라」(오마이뉴스 2008.6.5)
　그 첫 번째 일화는 이렇다.
　안자(晏子)가 초(楚)나라에 사신으로 갔다. 안자는 키가 작았는데, 안자를 깔본 초나라 사람이 대문 옆에 있는 쪽문으로 안자를 안내하였다. 안자가 들어가지 않고 말하기를 "개(犬)나라에 온 사신은 개문으로 들어가겠지만, 나는 초나라에 온 사신이니 이 개문으로 들어갈 수는 없다"고 하였다. 이에 안내하는 자는 길을 바꿔 안자를 대문으로 들어가게 하였다.
　초왕을 알현하자 초왕은 "제나라엔 사람이 없는가"하고 물었다. 안자가 대답하기를 "제나라 임치(臨淄)는 칠천오백 호(戶)의 큰 도읍입니다. 사람들이 소매를 벌리면 장막이 되고, 땀을 뿌리면 비가 되고, 거리엔 어깨와 발꿈치가 서로 부닥칠 지경입니다. 그런데 어찌 사람이 없다 하겠습니까" 라고 대답했다.
　그러자 초왕이 말하기를 "그런데 어찌 그대를 사신으로 보냈는고" 라고 물었다. 이에 안자가 다시 이렇게 대답하였다.
　"제나라에서는 사신을 보낼 때 각각 그 나라의 주인에게 걸맞게 현명한 왕에게는 현명한 사신을 보내고 변변치 못한 왕에게는 변변치 못한 사신을 보냅니다. 저 안영은 제나라에서 가장 변변치 못하여 초나라에 사신으로 오게 된 것입니다."
　두 번째 일화는 이렇다.
　안자가 장차 초나라에 사신으로 가게 되었다. 초나라 왕이 이를 듣고 좌우 신하에게 공자께서 말씀하셨다.

'시경 삼백 편을 다 암송한다 할지라도

정치를 맡겼을 때 제대로 처리하지 못하고

외국에 사신으로 나갔을 때 전문적으로 응대하지 못한다면

많이 외웠다한들 무슨 소용이 있겠는가.'

子曰, 誦詩三百,

授之以政, 不達,

使於四方, 不能專對,

雖多, 亦奚以爲?

『논어 - 자로』(5)

　　여기서 말하는 시삼백은 단순히 시만 의미하기 보다는 중국인들이 자랑스러워하는 전통문화 중 하나인 '고전'으로 볼 수 있다. 즉 중국 지식인들은 말을 하거나 글을 쓸 때 예로부터 고전(시와 산문, 소설, 속담 등)을 인용하여 자신의 생각을 뒷받침해왔음을 알 수 있으며, 이는 단

일러 말하기를 "안영은 제나라에서 언변이 능한 사람이다. 이제 그가 오려하고, 나는 그를 망신주고 싶은데, 어찌 할 것인가"라고 묻자, 신하가 대답하였다.

"그가 오게 되면 신은 한 사람을 묶어 왕 앞을 지나가도록 하겠습니다. 그러면 왕께서 '무엇하는 자이냐' 하시면 '제나라 사람입니다'하고 답할 것입니다. 그러면 다시 왕께서 '무슨 죄이냐' 하시면 '도둑질을 하였습니다'라고 답하도록 하겠습니다."

안자가 이르자 초왕이 안자에게 술을 하사하였다. 안자가 술을 즐길 때, 두 관리가 한사람을 묶어 왕에게 이르렀다. 왕이 말하기를 "묶인 자는 어찌 된 자인가" 하자 대답하길 "제나라 사람인데, 도둑질을 하였습니다"라고 하였다. 왕이 안자를 바라보며 말하길 "제나라 사람들은 본래 도둑질을 그렇게 잘합니까" 하였다. 안자가 자리에서 일어나 이렇게 답하였다.

"제가 들어 알고 있기로, 귤이 회수 이남에서 나면 귤이 되고, 회수 이북에서 나면 탱자가 됩니다. 잎은 비슷하지만 열매의 맛은 같지 않으니 그 까닭이 무엇이겠습니까? 물과 풍토가 다르기 때문입니다. 지금 백성들이 제나라에서 태어나 자라면 도둑질을 하지 않는데, 초나라에 오면 도둑질을 하니, 초나라의 풍토가 백성으로 하여금 도둑질을 잘하게 하는 것이 아닙니까?" 이에 왕이 웃으며 말하길 "성인과는 더불어 농담하며 놀릴 바가 아니니, 과인이 도리어 병을 얻었습니다" 하였다.

순히 중국어를 잘하는 것 이상의 지식과 분석력이 요구됨을 의미한다. 일반적으로 중국인들은 직설적인 표현을 피하면서 우회적으로 돌려서 표현하기를 즐기고 문화적 자긍심이 매우 강하다고 알려져 있는데, 고전을 활용하면 이 두 가지를 모두 충족할 수 있다.

예로부터 중국의 정치지도자들 역시 말하기와 글쓰기에서 고전을 자유자재로 인용하며 자신의 주장을 공고히 해왔다. 특히 지금 중국공산당총서기이자 국가주석인 시진핑의 고전사랑은 유별난데, 고전을 '인생의 첫 단추'나 '중화민족의 문화적 유전자'에 비유하면서 고전교육을 한층 더 강화하는 한편(단추교육관), 그 자신도 수많은 말하기와 글쓰기에서 천의무봉으로 고전을 인용하고 있는 중이다. 그중에서도 특히 시와 산문을 즐겨 인용하고 있는 상황 가운데, 우리는 '고전산문'에 초점을 맞출 예정이다. 먼저 현대 중국에서 고전산문이 어떻게 활용되는지 몇 가지 예를 살펴보도록 한다.

【ex1】추이텐카이(崔天凱) 중국 외교부부부장(현재 주미중국대사)이 소식의 「장량에 대해 논하다(留候論)」 앞부분을 친필로 써서 액자로 만든 후, 대한민국 천영우 외교통상부차장에게 선물했던 일화(2010.6)

옛날 호걸들에게는 보통 사람을 능가할 만한 절개와 지조가 있었다. 인간의 감정으로는 도저히 참을 수 없는 일이 일어났을 때, 보통사람은 수치를 당하는 상황에서 칼을 뽑아들고 일어나 몸을 날려 싸우지만 이것은 큰 용기라고 할 수 없다. 천하에 큰 용기를 지닌 사람은 갑자기 큰일을 당해도 놀라지 않고 까닭 없이 해를 입어도 화내지 않으니 이는 그 품은 바가 크고 그 뜻이 원대하기 때문이다.
장량이 황석공에게서 병법서를 받은 적이 있는데 이는 매우 기이한 일이었지만 진나라 시절 살던 은자가 나타나 장량을 시험해 본 것이 아니었겠는가? 성현께서 은밀히 뜻을 나타내는 이유는 세상 사람들을 경계시키기 위한 큰 뜻이 숨어 있는 법이다. (후략)

古之所謂豪傑之士, 必有過人之節. 人情
有所不能忍者, 匹夫見辱, 拔劍而起, 挺身
而鬪, 此不足爲勇也.
天下有大勇者, 猝然臨之而不驚, 無故加
之而不怒, 此其所挾持者甚大, 而其志甚
遠也.
夫子房, 受書於圮上之老人也, 其事甚怪,
然亦安知其非秦之世, 有隱君子者, 出而
試之? 觀其所以, 微見其意者, 皆聖賢相
與驚戒之義. (후략)

소식, 「장량에 대해 논하다(留侯論)」中

▲ 2010년 6월 17일, 추이톈카이 중국 외교
부부부장이 천영우 외교통상부제2차관에게
선물한 붓글씨 액자(ⓒ연합뉴스)

2010년 3월 26일 백령도 근처 해상에서 우리 해군 초계함이 피격되
어 침몰한 '천안함 사건'이 발생했다. 그로부터 3개월의 시간이 지나도
록 아무런 진전이 없자, 한국대표단은 중국정부의 협조를 구하기 위해
베이징을 방문하기에 이른다. 당시 단장이었던 천영우 외교통상부제2
차관에게 중국 외교부부부장 추이톈카이는 직접 쓴 친필 액자를 하나
선물했다. 그는 자신이 평소 좋아하는 글귀를 한국 친구에게 개인적으
로 선물한 것일 뿐이라고 했지만 그 말을 곧이곧대로 믿을 사람은 아무
도 없을 것이다. 당시 중국정부가 한국정부에 말하고자 했던 속내는 무
엇이었을까? 이를 알기 위해서는 일단 소식이 쓴 「유후론」이 어떤 글인
지 알아야 한다.

앞서 제1부에서는 소식이 황저우 유배시절 지은 「적벽부」를 살펴봤
지만, 사실 소식은 날카로운 인물품평론으로도 유명하다. 「유후론」은
인물품평론 가운데 '장량(張良)이 유방을 도와 천하를 통일할 수 있었던
배경'에 대해 설명하고 있다. 일반적으로 장량은 소하 · 한신과 함께 한
나라를 건국했던 '한초삼걸(漢初三傑)'로 권력에 연연하지 않은 채 박수

칠 때 떠날 줄 알았던 처세술로도 유명하다. 소식은 장량이 유방을 만나기 전에 경험했던 황석공(黃石公)과의 에피소드를 집중적으로 다루면서 이때 얻은 병법서로 시대를 바꾸는 지략가가 되었음을 언급하고 있는데, 곧 작은 분노와 혈기를 누르고 어떠한 상황에서든 자기감정을 다스릴 수 있으면 결국 큰 공을 세울 수 있다는 내용이다. 인용된 구절은 「유후론」의 첫 부분에 등장한다.

다시 본론으로 중국정부가 말하고자 한 뜻은 무엇이었을까? 지금 갑작스러운 상황이 일어나 많이 놀랐고, 북한을 제대로 압박하지 않는 중국정부의 애매한 태도 때문에 속상하겠지만, 인내하고 기다리면 좋은 일이 생길 수도 있을 것이다. 장량처럼 참고 기다리라는 말인 즉 중국은 천안함 사건을 확대하지 않기를 바란다, 사건에 깊이 개입하고 싶지 않다, 협조는 어렵겠다 등으로 풀이할 수 있다.

【ex2】 사드배치에 대한 왕이 외교부장의 로이터통신과의 인터뷰 '사드는 유방을 노린 항우의 칼춤'(2016.2)

> 항왕은 그날 패공을 머물게 하여 함께 술을 마셨다. 항왕과 항백은 동쪽을 향해 앉고 아보는 남쪽을 향해 앉았다. 아보는 바로 범증이다. 패공은 북쪽을 향해 앉고 장량은 서쪽을 향해서 항왕을 보시고 앉았다. 범증이 항왕에게 여러 차례 눈짓을 하며 차고 있던 허리의 옥고리를 들어 유방을 죽이라고 암시한 것이 세 번이었지만, 항왕은 잠자코 응하지 않았다. 범증이 일어나 나가서 항장을 불러 말했다.
> "군왕은 사람의 됨됨이가 모질지 못하니, 그대가 들어가 앞에서 장수를 기원하고 장수 기원이 끝나면 칼춤을 청하고, 기회를 틈타 앉은 자리에서 패공을 쳐서 죽이라. 그렇지 않으면 너희들은 모두 장차 포로가 될 것이다"
> 항장은 즉지 들어가 장수를 빌었다. 장수를 기원하는 일이 끝나자 말했다.
> "군왕과 패공께서 주연을 여시는데 군영에서 즐거움 될 만한 것이 없으니 칼춤을 청하옵니다"

항왕이 말했다. "좋다!"

항장이 칼을 뽑아들고 일어나 춤을 추자 항백 역시 칼을 뽑아들고 일어나 춤을 추며 자기 몸으로 패공을 막아주니 항장이 유방을 공격할 수가 없었다. (후략)

項王卽日因留沛公與飮. 項王, 項伯東嚮坐, 亞父南嚮坐. 亞父者, 范增也. 沛公北嚮坐, 張良西嚮侍. 范增數目項王, 擧所佩玉玦以示之者三, 項王黙然不應. 范增起, 出召項莊, 謂曰 "君王爲人不忍, 若入前爲壽, 壽畢, 請以劍舞, 因擊沛公於坐, 殺之. 不者, 若屬皆且爲所虜." 莊則入爲壽, 壽畢, 曰 "君王與沛公飮, 軍中無以爲樂, 請以劍舞." 項王曰 "諾." 項莊拔劍起舞, 項伯亦拔劍起舞, 常以身翼蔽沛公, 莊不得擊. (후략)

사마천, 『사기 - 항우본기』 中

이야기의 배경은 항우의 40만 군대는 홍문에, 유방의 10만 군대는 패상에 주둔하고 있는 상황이다. 수적으로는 항우의 군대가 압도적일지 몰라도 범증은 유방의 군대가 함양에서 보인 일사분란한 모습에 불안함을 느끼며 이참에 유방을 유인하여 죽일 것을 건의했다. 유방을 호랑이 굴에 초대하는 것까지는 성공했으나 마음이 여린 항우는 어쩐지 유방을 죽이라는 신호를 차마 보내지 못한다. 보다 못한 범증은 항우의 사촌동생 항장에게 칼춤을 핑계로 유방을 죽이라고 지시했으나, 항백과 번쾌의 도움으로 유방은 결국 잔치에서 빠져나와 목숨을 구한 장면이다. 위의 예문은 『사기 - 항우본기』 가운데 백미로 꼽히는, 역사상 가장 실패하고 성공한 술자리로 알려진 '홍문연(鴻門宴)'의 하이라이트이다. 왕이 외교부장이 말한 '항장이 칼춤을 추는 진짜 이유는 패공(유방)을 죽이려는데 있다(項壯舞劍, 意在沛公)'라는 말은 어떤 일을 할 때 실제 목적이 다른 곳에 숨겨져 있음을 비유할 때 사용되며, 각각 유방은 중국을, 항우는 미국을, 항우의 명을 받은 항장은 한국을, 칼춤은 한반도 사드배치를 의미한다. 항우가 항장에게 칼춤을 추도록 시킨 것은 단순한 연회의 즐거움이 아니라 유방을 죽이려는 목적이 숨겨져 있었듯이, 미국이 굳이 한국에 사드를 배치하는 것은 북한을 제재하기 위한 것이 아니라 사실 엑스벤드(X-band) 레이더를 통해 중국의 주요도시를 내 집 안방처럼 탐지하려는 의도를 지니고 있다는 뜻이다.

왕이 외교부장은 또한 같은 인터뷰에서 '사마소의 야심은 길 가는 사람들이 다 안다(司馬昭之心, 路人皆知)'고 말했는데 이는 『삼국지-위지-고귀향공기(高貴鄕公紀)』에서 유래된 구절로, 속이 너무 뻔히 드러나서 모두가 다 알고 있는 상황을 묘사할 때 쓰는 말이다. 사마소는 위나라 대신 사마의의 둘째 아들로 공공연히 황제 자리를 노렸던 인물이다. 사마소의 권력욕을 모르는 이가 없었듯이 한반도 사드배치의 실제 의도는 중국 견제에 있음을 모두가 안다는 의미이다.

결국 7월 31일 북한의 대륙간 탄도미사일 시험발사로, 사드 발사대 4기를 임시배치하기로 결정이 났다. 왕이 외교부장의 표현대로 한중관계에는 다시 찬물이 끼얹어졌으니 이래저래 중국과 강대국 사이에서 얽힌 문제를 풀어나가기는 쉽지 않을 듯하다.

이렇게 고전을 활용하여 에두르며 품격을 높이는 중국식 화법에 대

▲ 2016년 2월 12일, 독일 뮌헨에서 로이터통신과 인터뷰중인
왕이 외교부장(ⓒ경향신문)

비하여 세계 각국의 지도자들 역시 미리 중국고전을 공부하고 준비하는 일이 잦아졌다. 한 예로 오바마 전 미국 대통령도 2009년 7월 제1회 미중전략경제대화(US‐China Strategic and Economic Dialogue) 개막식에서 양국 간의 왕래를 강조하면서 『맹자‐진심』의 '산에 난 오솔길도 사람들이 이용하기 시작하면 큰 길로 변하지만, 사람들이 이용하지 않으면 다시 풀로 가득 덮여버린다(山徑之蹊間, 介然用之而成路, 爲間不用則茅塞之矣)'라는 구절을 인용한 바 있는데,[3] 이는 중국의 환심을 사기 위한 외교적 수사였다. 실제로 당시 200여 명의 방미단을 이끌었던 왕치산(王岐山) 부총리와 다이빙궈(戴秉國) 국무위원은 오바마·힐러리·가이트너가 경쟁하듯 인용하는 중국고전을 들으며 얼굴에 미소를 지었다고 한다. 그러나 언급되지 않은 뒷 구절 '그런데 지금 그대의 마음은 풀로 뒤덮여 무성하도다(今茅塞子之心矣)'까지 확대해서 보자면, 중국을 꾸짖는 의미로도 해석할 수 있는 다의성을 내포하고 있다. 중국식 화법

3　오바마 대통령 : 'Thousands of years ago, the great philosopher Mencius said : "A trail through the mountains, if used, becomes a path in a short time, but, if unused, becomes blocked by grass in an equally short time." Our task is to forge a path to the future that we seek for our children -- to prevent mistrust or the inevitable differences of the moment from allowing that trail to be blocked by grass; to always be mindful of the journey that we are undertaking together.'
힐러리 클린턴 국무장관 : 'A well-known Chinese saying speaks of a sacred mountain in northern China near Confucius' home. It says : "When people are of one mind and heart, they can move Mt. Tai." (중국속담 : 人心齊, 泰山移 사람의 마음이 모이면 태산도 옮길 수 있다) + (희곡 『조씨고아』 : 逢山開道, 遇水造橋 산을 만나면 길을 내고, 물을 만나면 다리를 놓는다)
티모시 가이트너 재무장관 : 'The actions taken by the United States and China made a substantial contribution to our collective success in blunting the force of the crisis and restoring confidence. And both countries have made clear our commitment to maintain strong policy responses until recovery is firmly in place. At this moment of crisis, we acted together!' (『손자병법‐구지』 : 風雨同舟 폭풍우 속에서 같은 배를 타다) + (소설 『관장현형기』 : 有福同享, 有難同當 복은 함께 누리고 어려움은 같이 풀어나간다)

에 중국식으로 맞받아친 모습이다.

　중국과 미국의 힘겨루기 사이에 끼어있는 한국은 이래저래 두 나라의 눈치를 볼 수밖에 없는 상황이다. 김용옥 선생님의 주장대로 트럼프 대통령이나 시진핑 주석과의 만남이 '천자를 알현하러 가는 것'은 아니니,[4] 중국식 화법과 미국식 화법을 자유자재로 구사하며 동등한 국가로서 자존감을 세우는 것이 급선무일 것이다. '시 삼백편을 외우고도 정치를 맡겼을 때 제대로 통달하지 못하고 외국에 사신으로 나가서 전문적으로 처리하지 못한다면 외운 시가 비록 많다한들 무슨 소용이 있겠는가'라는 공자의 일침은 중국이 굴기(崛起)할수록 주변국에서 더욱 철저히 준비해야 함을 보여준다.

　여기서는 비록 정치인들로 한정 지었지만, 사실 보통의 교육을 받은 중국인들이라면 역사가 오랜 나라에서 태어나 이에 익숙할 뿐만 아니라 교육과정에 있어서도 인문학적 기본기가 탄탄한 편이다. 중국인들은 유치원 과정에서부터 이백과 두보의 시를 접하고, 일상대화에서도 심심치 않게 고전의 한 두 구절쯤은 이야기 할 수준이며, 초등학교 - 중학교 3학년까지 의무교육 9년 동안 외워야 하는 고전작품만 120편에 달한다. 이를 자유롭게 활용하며 고품격 대화를 즐기는 중국인들과 소통하기 위해, 그들의 글쓰기를 제대로 이해하기 위해 우리는 어느 정도의 내공을 어떻게 쌓아야 할지 생각해 본다. 임무는 막중한데 갈 길이 멀다.

---

4 「도올 "한미정상회담, 천자 알현하러 가는 것 아냐"」(노컷뉴스 2017.6.26)

토론 2013년 6월 박근혜 전 대통령의 칭화대학교 연설 '새로운 20년을 여는 한중
신뢰의 여정(韓中心信之族, 共創新二十年)' 가운데 고전인용 부분을 찾아보도
록 한다. 중국 언론의 '박 대통령의 중국어 실력이 뛰어날 뿐만 아니라 중국
문화를 가장 잘 이해하는 한국 대통령이다'라는 평가에 대해 어떻게 생각하
는지 말해보자.

미션 개인블로그를 개설한 후 한 주에 1개씩 중국관련 기사를 정리하고, 이에 대
한 자신의 생각을 요약해 보도록 한다.

1. 고전산문과 개혁

시진핑 변법(變法)

한국에서는 대통령에 선출되면 현충원을 방문하여 참배하는 것으로 첫 공식일정을 시작한다. 나라를 위해 목숨을 바친 호국영령 앞에 서면 누구라도 엄숙해질 수밖에 없으며 새로운 모습으로 출발하기에 앞서 경건하고 겸손한 모습을 보여주기 위함이다. 또한 방명록에 적은 글귀를 통해 대통령의 역사관과 미래관을 동시에 읽을 수 있는데, 얼마 전에 선출된 19대 대통령은 '나라다운 나라, 든든한 대통령'이라고 적은 바 있다. 그렇다면 중국의 정치 지도자들은 공산당총서기로 선출된 직후 어떤 장소를 찾고 무슨 말을 할까?

5세대 리더 시진핑 경우, 2012년 11월 8~14일에 열린 중국공산당 제18차 전국대표대회에서 공산당총서기로 선출된 후, 11월 29일 첫 번째 공식일정으로 상무위원들을 이끌고 국가박물관 상설전시인 '부흥의 길'을 참관했다. 왜 '부흥의 길' 전시 참관이었고, 어떤 메시지를 전달하기 위함이었을까? 이는 1840년 아편전쟁으로 시작된 고난과 굴욕에서부터 지금의 중국에 이르기까지의 역사를 보여주는 상설전시로,[5] 참관 직후 로비에서 이어진 짧은 연설을 통해 더욱 그

▲ 2012년 11월 29일, 국가박물관 상설전시 '부흥의 길'을 참관한 시진핑 중국공산당 총서기(ⓒ新華網)

5 http://fuxing.chnmuseum.cn/(中國國家博物館)

전달하고자하는 바를 명확하게 확인할 수 있다. A4용지 36줄 분량의 이 짧은 첫 연설은 중화민족의 어제·오늘·미래 → '중국의 꿈(中國夢)'은 '중화민족의 위대한 부흥을 이루는 것' → 중국을 꿈을 이루기 위한 시간표인 '두 개의 백년(兩個一百年)'으로 구성되어 있다.[6] 곧 아편전쟁 이후 중국인들이 꿈꿔왔던 과거의 번영을 되찾는 작업을 이번 정부의 국정과제로 삼겠다고 선포한 것이다. 당시 언급되었던 '중국의 꿈'은 '창조경제'나 '새 정치'처럼 모호한 개념이었기에 많은 중국전문가들은 그 꿈이 구체적으로 무엇을 의미하는지 몰라서 적잖이 혼란스러워 했다. 사실 중국의 꿈에 대한 총괄기획자는 장쩌민·후진타오를 보좌했던 '살아있는 제갈량'으로 불리는 왕후닝(王滬寧)이었으니, 연설 당시 시진핑 총서기도 자세하게는 몰랐을 것이다.

1년의 시간이 흘러 2013년 11월 중국공산당 18기 3중전회를 마치며 「중공중앙의 전면적인 개혁심화를 위한 몇 가지 중대 문제 결정」(이하 '60개 결정'으로 칭함)이 발표되는데, 이것이 바로 시진핑 정부 제1기의 핵심 개혁안으로, 타이완 언론에서는 '시진핑 변법(變法)'이라는 이름을 붙일 정도로 파격적이었다. 경제·정치·문화·사회·생태문명·국방과 군대의 6개 영역에 걸쳐 계획된 개혁안은 그해 12월 말에 결성된 '중앙전면개혁심화영도소조(中央全面深化改革領導小組: 조장 시진핑, 부조장 리커창·류윈산·장가오리)'라는 일종의 TF팀에 의해 지금도 추진되고 있는 중이다.

60개 결정 가운데 어떤 개혁은 곧바로 실행되기도 했다. 예를 들어 정치-노동교화제 폐지(2013년 12월 28일), 사회-독생자 부부의 둘째 출산 허용(2015년 11월), 국방과군대-비전투기구와 인원 감소(2015년 9월 열병식에서 인민해방군 30만명 감축 선언) 등이 이에 해당된다. 또

---

6 연설문 「習近平在參觀'復興之路'展覽時的講話」(2012.11.29.)

한 어떤 개혁은 시진핑 정부가 데드라인으로 정한 2020년이 지나도 해결하기 어려운 것도 있으니 예를 들어 생태문명 – 생태환경 훼손자에 대한 종신추구제 선언, 경제 – 농업 전이인구의 도시 거주민 전환 등이 이에 해당된다고 볼 수 있다. 짧은 시간 안에 해결하기 어려운 것들로 가득한 60개 결정의 내용들을 보고 있노라면, 도대체 이들이 어떤 역사적 경험을 근거로 이토록 자신감 넘치게 '빠르지만 안정적인 개혁'을 부르짖고 있는지 궁금해진다. 역사적으로 시진핑 개혁의 롤모델은 누구인가?

역대 개혁자들

> 중국 역사를 살펴보면
> 성공한 혁명은 많았지만
> 성공한 개혁은 드물다.
> 하지만 성공한 개혁이 중국 역사에 끼친 영향은
> 성공한 혁명보다 컸다.
>
> 쉬샤오녠(許小年, 유럽국제비즈니스스쿨 경제학과 교수)

역시 창업(創業)보다는 수성(守成)이 어렵다. 시진핑 정부의 시대적 과제는 마오쩌둥 → 덩샤오핑 → 장쩌민 → 후진타오의 뜻을 이은 연속성 가운데 급변하는 시대적인 변화를 수용하는 것이다. 60개 결정이 발표되자마자, 중국 전문가들은 상앙·왕망·왕안석·장거정·캉유웨이 등 역사상 변법의 선례들을 찾아내 분석하기에 바빴으니, 우리는 이 중 '상앙(商鞅)'과 '왕안석(王安石)'을 중점적으로 살펴보도록 한다.
상앙(商鞅 : 기원전 390~338)은 진나라 효공(孝公)의 전폭적인 지원을 받아 변법을 성공시킴으로써 훗날 서쪽의 변방 국가였던 진나라가 중국을 통일할 수 있었던 기초를 다진 인물이다. 그는 군사·재정·법제도·토지·관리체계 등 기존의 질서를 완전히 전복시키고 부국강병을 목표로 새로운 틀을 짰다. 그 구체적인 시행방법으로 연좌제, 20등급제, 군현제 구축, 노예제도의 부분적 폐지를 통한 세수 및 병역 확충, 군작제도, 토지 개혁, 도량형의 통일 등 강력한 법치의 구현이었다. 이로 인해 진나라는 10년 만에 체계가 잡히고 부강해졌으니 그 출발은 '국가는 절대로 백성을 속이지 않는다는 믿음'이었다.

새로 만든 법에 의하면, 열 집 또는 다섯 집을 한 조로 묶어 서로 잘못을 감시하도록 하고, 한 집이 죄를 지으면 열 집이 똑같이 벌을 받는다. 죄 지은 것을 알리지 않은 사람은 허리를 자르는 벌로 다스리고, 또 그것을 알린 사람에게는 적의 머리를 벤 것과 같은 상을 주며, 죄를 숨기는 사람은 적에게 항복한 사람과 똑같은 벌을 준다. 백성들 가운데 한 집에 성인 남자가 두 명 살면 부역과 납세를 두 배로 한다. 군대에서 공을 세운 사람은 각각 그 공의 크고 작음에 따라 벼슬을 올려주고, 사사로이 싸움을 일삼는 자는 각각 그 가볍고 무거운 것에 따라 벌을 받는다. 본업에 힘써 밭갈이와 길쌈을 하여 곡식이나 비단을 많이 바치는 사람에게는 부역과 조세를 면제한다. 상공업에 종사하여 이익만을 추구하는 자와 게을러서 가난한 자는 모두 체포하여 관청의 노비로 삼는다. 군주의 친척이라도 싸워 공을 세우지 못했으면 심사를 거쳐 귀족으로서의 특권을 누릴 수 없다. (중략)

이와 같이 법령을 갖추었으나 백성들이 새 법령을 믿지 않을까 염려하여 아직 널리 알리지는 않았다. 그래서 세 길(3m 높이)이나 되는 나무를 도성 저잣거리의 남쪽 문에 세우고, 백성들을 불러 모아 이렇게 말했다.

"이 나무를 북쪽 문으로 옮겨 놓은 자에게는 10금을 주겠다"

그러자 백성들은 이것을 이상히 여겨 아무도 옮기지 않았다. 다시 이렇게 말했다.

"이것을 옮기는 자에게는 50금을 주겠다"

어떤 한 사람이 이것을 옮겨 놓았다. 그러자 즉시 그에게 50금을 주어 나라에서 백성을 속이지 않는다는 것을 분명히 했다. 그리고나서 새 법령을 알렸다.

(중략)

법령이 시행된 지 10년이 되자, 진나라 백성들은 매우 만족스러워 했고, 길에 물건이 떨어져 있어도 주워가지 않았으며, 산에는 도적이 없었고, 집집마다 풍족하고, 사람들마다 마음이 넉넉했다. 백성들은 나라를 위한 싸움에는 용감했고, 사사로운 싸움에는 겁을 먹었다. 도시나 시골이 모두 잘 다스려졌다.

令民為什伍, 而相牧司連坐. 不告姦者腰斬, 告姦者與斬敵首同賞, 匿姦者與降敵同罰. 民有二男以上不分異者, 倍其賦, 有軍功者, 各以率受上爵, 爲私鬥者, 各以輕重被刑大小. 僇力本業, 耕織致粟帛多者復其身. 事末利及怠而貧者, 擧以爲收孥. 宗室非有軍功論, 不得爲屬籍. 明尊卑爵秩等級, 各以差次名田宅, 臣妾衣服以家次. (중략)

令旣具, 未布, 恐民之不信, 已乃立三丈之木於國都市南門, 募民有能徙置北門者予十金, 民怪之, 莫敢徙. 復曰'能徙者予五十金'. 有一人徙之, 輒予五十金, 以明不欺, 卒下令. (중략)

行之十年, 秦民大說, 道不拾遺, 山無盜賊. 家給人足. 民勇於公戰, 怯於私鬥, 鄕邑大治.

사마천, 『사기 – 상군열전』 中

　　나무를 옮긴 자에게 거액의 상금을 줌으로써 백성들의 신뢰를 산 이 사건은 '이목입신(移木立信)'이라고 하며, 진나라 백성들에게 개혁을 따르기만 하면 이익을 본다는 믿음을 심어준 결정적인 계기가 되었다. 일단 상앙의 법치가 단기간에 큰 효과를 거둔 이유는 왕족에서 일반백성에 이르기까지 공정하게 법이 집행되었기 때문이다. 법을 지키는데 있어서는 태자라 하더라도 예외가 될 수 없으며, 부지런히 본업에 충실할 경우에는 세금이 면제되었지만 꼼수를 쓸 경우에는 그에 상응하는 벌이 내려졌으니 이것이야 말로 '공정한 법집행'이고 모든 나라의 국민들이 열망하는 바이다. 그러나 이에 비례하여 진나라 백성들이 진정한 만족과 행복을 느꼈는지는 별개의 문제이다. 강력한 법치에는 필연적으로 가혹함이 따랐으니, 상앙의 마지막은 결국 거열형(車裂刑)으로 끝났다.

"시경에 따르면 '사람의 마음을 얻는 자는 흥하고 사람의 마음을 잃는 자는 망한다'고 했습니다. 당신이 밖으로 나갈 때에는 수십 대의 수레가 뒤따르는 데, 따르는 수레에는 무장한 병사들이 타고 있고, 힘세고 신체 건강한 장사를 옆에 태워 수행하도록 하며, 창을 가진 자에게 수레 양쪽 옆에서 달리게 했습니다. 서경에서는 '덕을 믿는 자는 일어나고, 힘을 믿는 자는 멸망한다'고 했으니 당신의 처지는 지금 아침이슬처럼 위태롭습니다. (중략) 당신의 파멸은 한 발을 세우고 넘어지기를 기다리는 것처럼 잠깐 사이에 다가올 것입니다." 그러나 상군은 그의 말을 따르지 않았다.

"詩曰 '得人者興, 失人者崩' 此數事者, 非所以得人也. 君之出也, 後車十數, 從車載甲, 多力而駢脅者為驂乘, 持矛而操闟戟者旁車而趨. 書曰 '恃德者昌, 恃力者亡.' 君之危若朝露 … (중략) 亡可翹足而待" 商君弗從.

사마천, 『사기 – 상군열전』 中

상앙의 법치가 날로 가혹해지자 은자 조량이 찾아와서 건넸던 충고이다. 상앙의 개혁은 여기까지였다. 효공이 죽자 여기저기에서 모함이 이어졌으며 결국 망명길에 나섰지만 '내가 만든 법 때문에 내가 죽는구나(作法自斃)'라는 말을 남긴 채 최후를 맞았다. 개혁의 강력함과 그에 따른 가혹함에 대한 경고는 새로운 황제와 대제국을 꿈꾸는 지금의 중국에게 시사하는 바가 크다고 하겠다.

또한 어떤 이들은 지금 시진핑 정부의 개혁을 보면서 북송시대 왕안석을 떠올리기도 한다. 때문에 '시진핑은 성공한 왕안석이 될 수 있을까'라고 질문하기도 한다. 왕안석과 달리 성공하기 위해서는 어떤 부분에 특히 주목해야 할까? 문학가로서의 왕안석은 '문장은 반드시 세상에 보탬이 되도록 써야한다'고 주장했던 당송팔대가 중 한 사람으로, 「방중영을 안타까워하며(傷仲永)」・「맹상군열전을 읽고(讀孟嘗君傳)」 등의 짧지만 날카로운 산문으로 유명하다. 그리고 정치가로서의 왕안석은 제대로 개혁을 펼쳐보지도 못한 채 접어야했던 비운의 개혁가로 평가

된다.

왕안석은 장시성 린촨(臨川) 출신으로 본래 농사를 짓던 집안인데, 할아버지 대에서부터 관직에 진출하기 시작했다. 21살에 과거시험에 급제한 이래 16년 동안 지방관을 지내면서 특히 경제분야에서 뛰어난 업적을 남겼다. 37살에는 인종(仁宗)에게 당시의 사회적 문제점을 조목조목 비판하며 자신이 생각했던 정치적 이상을 기록한 「만언서(萬言書)」를 올리기도 했지만 이는 결국 뛰어난 문장력만 세상에 알렸을 뿐 채택되지 않았다. 여러 해 동안 다져진 지방경험을 통해 왕안석의 가슴 속에는 세상을 바꿀 수 있다는 자신감이 가득 차 있었으니, 이는 그가 34살 서주통판(舒州通判 : 지금의 안후이성 潛山)을 마치고 개봉으로 돌아가던 길에 지었던 「포선산을 유람하고(游褒禪山記)」에도 잘 나타나 있다.

포선산은 '화산(華山)'이라고도 부른다.

당나라 스님인 혜포가 처음 이곳에 집을 짓고 살다가 입적하여 장례를 지낸 까닭에 그 후 '포선산'이라 불리게 되었다. 지금 이른바 혜공선원은 혜포의 거주지이자 묘지이다.

혜공선원에서 동쪽으로 5리쯤 떨어진 곳에 '화양동'이라는 곳이 있는데, 그 위치가 화산의 남쪽에 있어 붙여진 이름이다.

화양동에서 백여 걸음 떨어진 곳에 비석 하나가 길 위에 쓰러져 있는데 그 비문이 마모되어 분명하지 않지만 그 문장 중에 '화산(花山)'이란 글자만큼은 알아볼 수 있다. 지금 사람들이 '화실(華實)'의 '화(華)'자로 쓰는 것은 아마 잘못 읽은 것으로 추정된다.

화양동 아래는 평평하고 넓으며 옆에서 솟아오르는 샘물이 있다. 이곳에 대해 여행기를 쓴 사람이 매우 많으며 모두 이곳을 '전동(前洞)'이라고 불렀다. 산을 따라 5~6리 더 올라가면 깊은 동굴이 있는데 그곳에 들어가면 매우 춥다. 굴의 깊이를 물어 보았더니 유람하기를 좋아하는 사람들도 끝까지 들어갈 수가 없다고 했다. 이곳을 '후동(後洞)'이라 한다.

襃禪山亦謂之華山. 唐浮圖慧襃始舍於其址, 而卒葬之, 以故其後名之曰襃禪, 今所謂慧空禪院者, 襃之廬冢也. 距其院東五里, 所謂華陽洞者. 以其在華山之陽名之也.

距洞百餘步, 有碑仆道, 其文漫滅, 獨其爲文猶可識, 曰花山, 今言華如華實之華者, 蓋音謬也.

其下平曠, 有泉側出. 而記遊者甚衆, 所謂前洞也.

由山以上五六里, 有穴窈然, 入之甚寒, 問其深, 則其好遊者不能窮也, 謂之後洞.

나는 네 사람과 함께 횃불을 들고 굴 속으로 들어갔다. 깊이 들어갈수록 앞으로 나가기가 더욱 어려워졌으나 풍경은 더욱 기묘해졌다. 일행 중 힘들다면서 나오려는 사람이 "나가지 않으면 횃불이 꺼질 것입니다"라고 말하여 나는 결국 더 들어가지 못한 채 나오고 말았다.
내가 들어간 곳은 탐험하기를 좋아하는 사람들이 간 곳의 십분의 일도 안 되지만, 좌우를 살펴보고 돌아와 그것을 글로 기록한 사람은 얼마 안 되었다. 아마 그보다 더 깊이 들어간 사람은 적은 것 같았다.
그 당시 내 힘으로는 충분히 동굴에 더 들어갈 수 있었고 횃불도 더 밝힐 수 있었다. 동굴에서 나온 후, 나가자고 했던 사람을 탓하는 사람이 있었다. 나 역시 따라 나와서 탐험의 즐거움을 실컷 누리지 못한 것이 후회스러웠다.

余與四人擁火以入, 入之愈深, 其進愈難, 而其見愈奇. 有怠而欲出者曰, 不出火且盡, 遂與之俱出. 蓋予所至, 比好遊者尙不能十一, 然視其左右, 來而記之者已少. 蓋其又深, 則其至又加少矣.

方是時, 予之力尙足以入, 火尙足以明也. 旣其出, 則或咎其欲出者. 而予亦悔其隨之, 而不得極乎遊之樂也.

이때 나는 느낀 바가 있었으니, 옛 사람들이 천지와 산천과 초목과 벌레·물고기·짐승·새를 관찰한 후 때때로 마음에 깨달은 것이 있었는데, 이는 깊이 생각하여 이르지 않은 곳이 없었기 때문이다.
무릇 평탄하고 가까운 곳에는 유람하는 사람이 많고, 위험하고 먼 곳에는 오는 사람이 적은데, 세상에 기이하고 신비로운 경치는 항상 위험하고 먼 곳에 있어 가는 사람이 적게 마련이다.
때문에 가고자 하는 뜻이 있는 사람이 아니고서는 이를 수 없다.

또한 뜻이 있어 다른 사람을 따라 그만두지 않더라도 힘이 모자라면 역시 이를 수 없다.

의지와 힘이 있고 남을 따라 게으름을 피우지 않는다 해도, 깜깜하고 혼란한 곳에 이르러 어둠 속을 비춰 도와줄 물건이 없으면 역시 이를 수가 없다. 힘이 충분해서 더 갈 수 있는데도 이르지 못하면 다른 사람들에게 비웃음을 사고 그 자신도 후회하게 된다. 그러나 자신의 뜻을 다하고도 도달하지 못한 것이라면 후회가 없으리라. 누가 그를 비웃을 수 있겠는가? 이것이 내가 깨달은 바이다.

나는 쓰러져 있는 비석에 옛 사람이 쓴 글이 없어진 것을 슬퍼했다. 문장이 후대에 잘못 전해져 본래의 이름을 알 수 없는 경우를 어찌 다 말할 수 있겠는가? 때문에 학자는 깊이 생각하여 신중히 선택하지 않을 수 없는 것이다.

於是予有歎, 古人之觀於天地山川草木蟲魚鳥獸, 往往有得, 以其求思之深而無不在, 夫夷以近, 則遊者衆, 險以遠, 則至者少, 而世之奇偉瑰怪非常之觀, 常在於險遠, 而人之所罕至焉.

故非有志者不能至也, 有志矣, 不隨以止也, 然力不足者, 亦不能至也. 有志與力, 而又不隨以怠.

至於幽暗昏惑, 而無物以相之, 亦不能至也.

然力足以至焉而不至, 於人爲可譏, 而在己爲有悔.

盡吾志也, 而不能至者, 可以無悔矣. 其孰能譏之乎? 此予之所得也.

余於仆碑, 又以悲夫古書之不存, 後世之謬其傳而莫能名者, 何可勝道也哉? 此所以學者不可以不深思而愼取之也.

함께 온 네 사람은 친구 소군규, 친구 왕회, 내 동생 왕안국과 왕안상이다.

四人者, 廬陵蕭君圭君玉, 長樂王回深父, 余弟安國平父安上純父.

왕안석, 「포선산을 유람하고(游褒禪山記)」

서주통판을 마치고 개봉으로 돌아가던 34살의 왕안석은 친구들·동생들과 함께 안후이성 마안산에 위치한 포선산 화양동굴을 유람했으며, 3개월의 시간이 흐른 7월 쯤 그때의 추억을 회상하면서 유람기를 지었다. 겉으로 보기에 이 글은 산수의 아름다움을 담은 여행 산문처럼 보이지만 사실 어떤 일을 성취하기 위해서는 자신의 의지와 힘과 도구의 삼박자가 갖춰져야 한다는 주장을 피력하고 있다. 「상중영」이나 「독맹상군전」보다는 훨씬 긴 편이지만, 전체 문장은 명확하게 두

▲ 안후이성 포선산 화양동굴 입구

부분으로 양분된다. 곧 전반부는 포선산에서의 유람을, 후반부는 유람을 통해 느낀 바를 적고 있는 깔끔하면서도 명료한 구성이 돋보인다.

왕안석은 단순히 산수의 아름다움을 묘사한 것에 그치지 않은 채 세상의 아름답고 신비로운 경치는 다 멀고 험한 곳에 있기에 더 깊이 동굴탐험을 해보지 못한 것이 너무나 아쉽다고 말하고 있다. 또한 곰곰이 생각해보니 동굴을 탐험하려면 어둡고 무섭지만 한번 들어가 보려는 의지, 튼튼한 내 두 다리의 힘, 횃불같은 물리적인 도구가 있어야 하는데 세상의 모든 일이 다 그렇지 않을까. 힘도 남아있고 횃불도 잘 타고 있는데도 내 의지가 박약하여 중간에 나와 버린다면 남들도 비웃고 나도 후회스럽겠지만, 내가 최선을 다했음에도 성공하지 못한다면 남들의 평가와는 상관없이 나는 후회하지 않으리라.

'자신의 의지를 다하고도 도달할 수 없다면, 후회는 없다. 그 누가 그를 비웃을 수 있겠는가'라는 구절은 수많은 좌절 속에서도 개혁을 굽히지 않았던 그의 후반부 삶을 예견하는 듯하다. 결국 왕안석은 지방에서의 실전경험을 인정받아 신종에게 전격 발탁되어 49살의 나이에 참지정사(參知政事 : 부재상)에 오른다. 그리고 고대 주나라의 이상적인 사회를 롤모델로 삼아 '주례'에 의거한 개혁안을 작성했다. 당시 송나라는

요나라와 '형제의 의'를, 서하와 '군신의 의'를 맺어 매년 비단·은·말·차를 바쳐야 했기에 국가재정이 바닥을 보이던 상태였다. 내부적으로는 기득권 세력이 토지겸병과 약탈을 일삼아 백성들의 생활이 곤궁해졌으니, 경제전문가였던 왕안석이 보기에 이때야말로 개혁이 필요한 절대절명의 순간이었다. 그러나 보수파의 입장에서 왕안석은 어린 황제의 '빽'을 믿고 갑자기 나타난 '낙하산 듣보잡' 정도로 보였기에 하는 일마다 사사건건 마음에 안 들었을 것이다. 왕안석은 개의치 않고 개혁을 추진하기 위한 기구인 '제치삼사조례사(制置三司條例司)'를 설립한 후 청묘법·균수법·보갑법·면역법·시역법·보마법·방전법 등의 개혁안을 쉴 새 없이 쏟아내고 실천하기에 바빴다. 하지만 막상 국가적인 규모로 이를 시행해보니 지방관에서 성공했던 것과는 다른 차원의 문제였다.

예를 들어 청묘법(靑苗法)의 경우 처음에는 백성들의 환영을 받았다. 청묘법은 쉽게 말해 정부가 직접 나서서 낮은 이자로 대출을 해주겠다는 제도이다. 당시 백성들은 아직 곡식이 여물지 않았던 보릿고개가 되면 고리대금업자에게서 돈이나 곡식을 빌리고 가을 수확 후 상환했는데 그 이자가 무려 50~60%에 달했다. 이에 비해 국가는 20% 정도의 이자만 받고 빌려주었다. 당시 고리대금업을 장악하던 부류는 당연히 지주로 대표되는 기득권 세력이었으니 처음부터 이들의 반발이 거셀 수밖에 없었다. 또한 막상 이를 실시하는 과정에 있어서 청묘법의 실적으로 지방관을 평가했기 때문에 실적에 급급했던 관리들이 무리하게 대출을 권유했고, 별 생각 없이 무분별하게 빌려 쓴 백성들은 예상치 못한 흉년이 이르렀을 때 원금과 이자를 상환하지 못하는 경우가 속출하게 되었다.

또한 의도와는 다르게 처음부터 백성들의 책임과 부담감만 가중된 개혁안도 있었는데 군마를 백성들에게 위탁해서 기르게 했던 보마법(保

馬法), 백성들이 국가의 여러 잡무를 대신 처리했던 모역법(募役法) 등이 그 대표적인 예이다.

개혁의 내용 자체는 매우 훌륭했지만 성공하지 못했던 이유에 대해 생각해보자면, 비유컨대 일단 청계천 사업과 사대강 사업은 다른 차원의 문제인 것과 같다. 지방에서의 성공이 국가적 차원에서의 성공으로 이어지리라는 보장이 없기 때문이다. 또한 시행과정에서 예측하지 못했던 부작용이 컸음에도 불구하고 그 목소리를 듣지 않고 고집스럽게 밀고 나가기만 한 태도도 실패를 불러오는데 한몫했다. 왕안석의 실패는 결국 무리한 집행으로 인한 마찰, 담당 관리들의 부정부패, 기득권 세력의 극렬한 반대, 더욱 가난해진 백성들의 불만 등이 총체적으로 빚어낸 결과물이었다. 개혁이란 모든 계층의 지지를 골고루 받아야 하는데 어느 계층에서도 좋은 소리를 듣지 못했으니 모든 이들이 한 목소리로 가뭄이 나도, 홍수가 터져도, 산사태가 일어나도 다 왕안석의 신법 탓이라고 말했다.

왕안석은 결국 5년 만에 재상의 자리에서 물러난다. 그나마 신종이 살아있을 때에는 유지되는 듯 했지만 철종이 즉위한 후 그토록 변법을 반대했던 보수파의 수장 사마광이 재상이 되자 그동안의 개혁들이 전면폐지 되기에 이른다. 그리고 이듬해 왕안석은 화병으로 사망하니 향년 66살이었다.

'나는 몇 백 명의 미움을 받는 길을 택할 뿐, 몇 백 만 명의 미움을 받는 길을 택하지 않을 것이다'라는 시진핑의 단호한 선언[7]은 1,000여 년 전 보수파의 격렬한 반대에 아랑곳하지 않고 '하늘의 변화를 두려워하지 않고, 과거의 관습에 얽매이지 않으며, 사람들의 비난을 두려워하

---

7 1988년(35세) 닝더(寧德)시 서기에 임명되어 반부패 운동을 추진했던 시절을 회고하며 나눴던 인터뷰 中 (2000년 『中華兒女』잡지 7월호) 아주경제 2015.1.11. 기사에서 재인용.

지 않겠다(天變不足畏, 祖宗不足法, 人言不足恤 『송사-왕안석열전』)'던 왕안석의 다짐과 비슷하다. 현재 시진핑 정부가 추진하고 있는 개혁의 성공여부는 후대가 평가하겠지만 모쪼록 그 목적을 자기집단의 이익추구에 두지 않고, 주변 지인들의 듣기 좋은 소리만 골라듣는 것이 아니라 다양한 목소리에 귀를 기울이는 유연성을 가지길 바랄 뿐이다. 설령 좋지 않은 결과를 낳더라도 국민들을 우선시한 개혁안이었다면 왕안석처럼 은은한 향기를 풍기는 매화라고 자신 있게 말할 수 있을 것이다.

담 모퉁이에 핀 몇 송이 매화	牆角數枝梅
추위 이기고 홀로 피었구나	凌寒獨自開
멀리서 보니 눈도 아닌 것이	遙知不是雪
은은한 향기를 풍기네	爲有暗香來

왕안석, 「매화(梅花)」

개혁은 어디까지 진행될 것인가

시진핑 체제가 시작된 지 벌써 5년의 시간이 흘렀다. 이에 1기를 마무리짓고 2기를 준비하는 시점에서 중앙개혁전면심화영도소조판공부와 중공중앙선전부의 기획 아래 CCTV를 통해 2017년 7월 중순부터 〈개혁은 어디까지 진행될 것인가(將改革進行到底)〉라는 제목의 10부작 정치 다큐가 방영되었다. 이는 지난 5년 동안 진행해온 성과를 요약한 것으로, 다분히 2017년 11월 중국공산당 제19차 전국대표대회를 준비하기 위한 작업이었다. 경제·정치·사법·문화·생태문명·국방군대·공산당·민생의 8가지 주제로 진행된 이 다큐는 '탁월한 식견과 통찰력을 가진 대국의 지도자'로서의 시진핑의 이미지를 제고하고, 4개전면과 5위1체로 구성된 '시진핑 사상'을 확정 짓기 위함이다. 결국 시진핑을 핵심으로 하는 공산당의 지도 아래 온 국민이 하나 되어 '두 개의 백년'이라는 목표와 중화민족의 위대한 부흥이라는 '중국의 꿈'을 실현하기 위해 쉬지 않고 달려왔다는 여론을 조성한 후,[8] 향후 5년 동안 시진핑 1인독제 체제를 본격화할 것으로 보인다. 다큐를 통해 발표된 지금까지의 개혁 성과는 다음과 같다.

제1부 시대의 물음(時代之問) → 서론
제2부 경제발전을 이끈 신창타이(引領經濟發展新常態) → 경제
제3부 인민민주주의의 새로운 경지(人民民主新境界) → 정치
제4부 사회의 공평과 정의를 수호하다(衛護社會公平正義) → 사법
제5부 중화문화의 연속(連續中華文脈) → 문화
제6부 맑은 물 푸른 산 지키기(守住綠水青山) → 생태문명
제7부 강한 군대의 길 – 상 (強軍之路 – 上) → 국방
제8부 강한 군대의 길 – 하 (強軍之路 – 下) → 국방
제9부 당의 자기 혁신(黨的自我革新) → 공산당
제10부 인민의 성취감(人民的獲得感) → 민생

예를 들어 제4부 사법개혁편을 보자면, 개혁의 궁극적인 목표는 공정한 법집행으로 국민들이 공평과 정의를 느끼도록 하는 것이다. 법관 및 검찰관리 정원제, 사건처리 종신책임제 등을 주요내용으로 하는 개혁안은 상하이 · 광둥성 · 지린성 · 후베이성 · 후난성 · 칭하이성 등의 시범구역에서 먼저 시행될 예정이며 이 중 상하이시에서 가장 먼저 시작되었다. 특히 '검은 양을 제거하라'는 시진핑의 발언은 누구도 예외일 수 없다는 법의 공정성을 보여준다. 그러나 보시라이 재판 공개 등을 통해 볼 때, 정적을 제거하는데 이를 적극 활용한다는 느낌 또한 지울 수가 없다.

---

8 「中 CCTV "시진핑 개혁은 새로운 개혁사상"..'시진핑 사상' 만들기」(중앙일보 2017.7.19)

▲ 2017년 7월 30일 '건군90주년기념열병식'에 군복을 입고 참석한
시진핑 주석 (ⓒ한겨레 - CCTV화면 캡쳐)

또한 두 편에 걸쳐 설명한 '군 개혁'편을 보자면, 먼저 위로는 군부의
막후 실력자(軍虎)들을 처단하는 것으로 현재까지 쉬차이허우(徐才厚)·
궈보슝(郭伯雄)·왕젠핑(王建平) 등 뇌물수수와 부정부패로 낙마한 장군
의 수만 해도 50여 명이 넘는다. 개혁은 아래로까지(軍蠅) 확대되었는데
특히 가장 큰 문제였던 신병모집의 투명성을 강화하는데 중점을 두었다.
신병모집의 투명성은 제대 후 이어질 공무원 시험이나 기업체 취업의 투
명성과도 직결된다. 더불어 겅뱌오(耿飇) 국방부장의 비서로 일하던 시절
의 경험을 토대로 병력 감축이나 무기 현대화에 머물렀던 개혁이 아닌
체제 자치를 7개부서·3개위원회·5개직속기구로 개편하니 이는 마오쩌
둥도 해결하지 못했던 것이었다. 2020년까지 인민해방군을 세계최강군으
로 만드는 것이 강군의 꿈이다. 그러나 그들이 주장하는 대로 세계안전
을 보호하기 위한 글로벌 군대가 아닌 시틀러 1인 천하를 위한 것이라면
동아시아의 위험성은 한층 가중될 것이다.

미션(1) 다음의 구절을 해석하고, 시진핑 주석이 어떤 상황에서 인용했는지 찾아
보세요.

> 昨日是而今日非矣, 今日非而后日又是矣. 이지, 『藏書 - 世紀列傳總目前論』
> 苟日新, 日日新, 又日新. 『大學』
> 不日新者必日退. 정호·정이, 『二程語錄』
> 水之積也不厚, 則其負大舟也無力. 『장자 - 内篇 - 逍遥游』
> 工欲善其事, 必先利其器. 『논어 - 위령공』
> 窮則變, 變則通, 通則舊. 『주역 - 계사』

미션(2) 구양수의 「붕당론」을 해석해 보고 '고문(古文)'이 무엇인지 느껴보도록 한
다. 아울러 각 단락의 주제를 정리한 후, 지금 시진핑과 함께 개혁을 추진
중인 인물들[민강구부(閩江舊部)+지강신군(之江新軍)+신청화계(新淸華系)]
은 어떤 유형의 무리인지 생각해 보도록 한다.

▲「동고동락한 옛 부하·동문 … 시진핑, 아는 사람 중용한다」(ⓒ중앙일보)

[1] 臣聞朋黨之說, 自古有之, 惟幸人君辨其君子小人而已.
大凡君子與君子, 以同道爲朋, 小人與小人, 以同利爲朋, 此自然之理也.
然臣謂小人無朋, 惟君子則有之. 其故何哉.

[2] 小人所好者祿利也, 所貪者財貨也. 當其同利時, 暫相黨引以爲朋者僞也.
及其見利而爭先, 或利盡而交疎, 則相賊害, 雖其兄弟親戚不能相保.

故臣謂小人無朋, 其暫爲朋者僞也.

[3] 君子則不然, 所守者道義, 所行者忠信, 所惜者名節,
以之修身則同道而相益, 以之事國則同心以共濟, 終始如一, 此君子之朋也.
故爲人君者, 但當退小人之僞朋, 用君子之眞朋, 則天下治矣.

[4] 堯之時, 小人共工, 驩兜等四人爲一朋, 君子八元, 八凱十六人爲一朋, 舜佐堯,
退四凶小人之朋, 而進元凱君子之朋, 堯之天下大治.
及舜自爲天子, 而皐, 夔, 稷, 契等二十二人並列于朝, 更相稱美, 更相推讓, 凡二
十二人爲一朋, 而舜皆用之, 天下亦大治.

[5] 〈書〉曰, "紂有臣億萬, 惟億萬心, 周有臣三千, 惟一心."
紂之時, 億萬人各異心, 可謂不爲朋矣, 然紂以亡國.
周武王之臣三千人爲一大朋, 而周用以興.

[6] 後漢獻帝時盡取天下名士囚禁之, 目爲黨人,
及黃巾賊起, 漢室大亂, 後方悔悟, 盡解黨人而釋之, 然已無救矣.

[7] 唐之晚年, 漸起朋黨之論, 及昭宗時, 盡殺朝之名士, 咸投之黃河, 曰, "此輩清
流, 可投濁流." 而唐遂亡矣.

[8] 夫前世之主, 能使人人異心不爲朋, 莫如紂, 能禁絶善人爲朋, 莫如漢獻帝, 能
誅戮淸流之朋, 莫如唐昭宗之世, 然皆亂亡其國.

[9] 更相稱美推讓而不自疑, 莫如舜之二十二臣, 舜亦不疑而皆用之, 然而後世不
誚舜爲二十二人朋黨所欺, 而稱舜爲聰明之聖者, 以能辨君子與小人也.
周武之世, 擧其國之臣三千人共爲一朋, 自古爲朋之多且大莫如周, 然周用此以
興者, 善人雖多而不厭也.

[10] 夫興亡治亂之迹, 爲人君者, 可以鑑矣.

구양수, 「붕당론(朋黨論)」

2. 고전산문과 법치

의법치국과 종엄치당

2,000여 년의 봉건시대를 거친 동아시아에서는 다스림의 형태를 크게 세 가지로 나누었는데, 바로 덕치(德治)·인치(人治)·법치(法治)이다. 세 가지 중 가장 이상적인 형태는 역시 덕으로 다스리는 '덕치'일 것이다. 그러나 요·순처럼 지도자 개인의 인격이나 덕망이 훌륭하면 문제가 없겠지만, 사리사욕을 채우기 위한 독재자라면 어떻게 될 것인가? 이에 지도자가 주변의 어진 인재(賢才)를 발탁하여 나라를 다스리는 '인치'가 출현하지만 이 또한 구양수의 표현대로 '소인의 무리(朋黨)'를 형성할 가능성이 크니 현실적으로는 쉽지 않다. 그나마 현실적으로 가장 실현가능한 다스림은 지도자 개인(왕·황제)이나 소수의 집단(귀족)에 의한 통치가 아닌, 법에 의거하여 다스리는 '법치'일 것이다. 때문에 오늘날 대부분의 국가들은 대체로 법치가 가장 바람직한 민주정치실현의 제도적 방식이라고 생각하고 국민적 합의에 기초한 법을 통해 국가와 사회의 질서를 유지하기 위해 노력하고 있다. 그러나, 갈수록 복잡하고 다원화되는 여러 사건사고에 효율적으로 대응하는 것이 쉽지만은 않은 일이다. 무엇보다 법치의 관건은 '공평(公平)'과 '공정(公正)'인데, 동서고금을 막론하고 이 공평과 공정이란 잣대를 들이댔을 때 당당할 수 있는 국가가 몇이나 되겠는가?

> 최상의 다스림은 자연스러움을 따르는 것이고
> 그 다음은 백성을 이롭게 하는 것이며
> 그 다음은 백성을 가르치고 깨우쳐주는 것이고
> 그 다음은 백성을 가지런히 바로잡는 것이며
> 최악은 백성과 다투는 것이다.

故善者因之, 其次利道之, 其次教誨之, 其次整齊之, 最下者與之爭.

사마천, 『사기-화식열전』 中

　　사마천은 이를 보다 세분화해서 ① 자연스러움을 따르는(덕으로 다스리는) 덕치(善者因之), ② 이익을 이용해서 이끄는 다스림(利道), ③ 유가적 도리로 가르치고 깨우쳐주는 인치(敎誨), ④ 형벌로 겁을 주는 법치(整齊), ⑤ 국민과 다투는 다스림(與之爭)으로 나누었는데, 아마도 역사상 대부분의 통치자들은 ⑤번의 형태를 보였을 것이고, 상앙이나 제갈량처럼 합리성을 중시여기는 일부 통치자들은 ④번의 형태를 지향했다.

　　그렇다면 지금 중국은 어떤 형태의 다스림을 추구하고 있을까? 결론부터 말하자면 2014년 10월에 열렸던 제18기 4중전회의 주제는 '의법치국(依法治國)'과 '종엄치당(從嚴治黨)'이었다. 쉽게 말해서 지도자 개인의 사리사욕이 아닌 법에 따라 다스리는 법치를 확립하고 이를 위해 먼저 공산당 내부를 엄격하게 관리 · 재정비하겠다는 선언이다. 지금까지 역대 4중전회의 주제는 국유기업 개혁, 글로벌 금융위기 극복 등 대부분 경제와 관련된 주제들이었는데, 왜 시진핑 정부의 4중전회에서는 법치를 전면적으로 내세웠을까? 반대로 생각해보면 건국 이래 중국은 법에 의한 통치가 제대로 이루어지지 않았음을 뜻한다. 특히 시진핑은 부정부패를 공산당과 국가를 망치는(亡黨亡國) 근본적인 원인이라고 정의내리고, 공산당 내부 감찰기구인 중앙기율검사위원회를 통해 '호랑이부터 파리까지 다 때려잡겠다(老虎蒼蠅一起打)'는 슬로건을 앞세워 지위고하를 막론하고 부정부패를 저지른 관료들은 누구든지 제거하겠다는 움직임을 보였다. 개혁개방 이후 부의 불균형 문제가 갈수록 심각해지는 상황 속에서 실제로 베이징대 중국사회과학조사센터의 연구에 따르면, 시진핑 정부가 시작되던 2012년 말 중국의 지니계수(Gini's coefficient : 소득분배의 불평등도를 나타내는 수치)는 0.474라고 발표했는데 이는

1851년 태평천국운동이 발생했을 때와 비슷한 수준이라고 한다. 때문에 1중·2중전회에서 향후 10년을 이끌어나갈 지도부를 구성한 후, 3중전회에서 비전(60조 개혁)을 발표하고, 4중전회에서 법치를 선포한 것이다. 일단 시진핑 정부는 싱가폴 리콴유(李光耀) 초대총리의 엄격한 법치·강한 국가·책임 있는 정부를 롤모델로 삼은 후, 2016년 6월에 취임한 필리핀 대통령 두테르테(Rodrigo Duterte)의 행보, 2016년 9월부터 시행된 한국의 김영란법 등 주변국의 법치를 예의주시하고 있을 것으로 보인다.[9] 물론 시진핑 정부의 법치는 주변국의 상황뿐만 아니라, 역사적으로 쌓인 내공을 바탕으로 하고 있으니 고전을 통해 그 흐름을 정리해보도록 하자.

지금 한비자를 생각하다

우리가 현재 경험하고 있는 통치구조의 위기상황과 사회갈등은 민주주의와 법치 그리고 인권보장이라는 헌법의 가치를 공고히 하는 과정에서 겪는 진통이라고 생각합니다.

비록 오늘은 이 진통의 아픔이 클지라도 우리는 헌법과 법치를 통해 더 성숙한 민주국가로 나갈 수 있을 것이라고 믿습니다.

'법의 도리는 처음에는 고통이 따르지만 나중에는 오래도록 이롭다.'

옛 중국의 고전 한 소절이 주는 지혜는 오늘도 유효할 것입니다.

2017.3.13 이정미 헌법재판소장권한대행 퇴임사 中

---

9 「시진핑 "한국은 100만원만 받아도 처벌" 김영란법 호평」(한겨레 2015.3.6)
'이번에 시 주석이 중국 최대의 정치 이벤트로 불리는 양회 기간 중 김영란법에 대해 언급한 것은 앞으로 더욱 강도 높은 반부패 개혁을 추진할 것이라는 뜻을 시사한 것으로 해석된다. 시 주석은 취임 이래 전방위적인 반부패 개혁을 추진하고 있는데 그동안 적발된 호랑이와 파리(고위급과 하위직 부패 공무원)가 지난 한해에만 10만 여 명에 이른다.'

2016년 겨울에서 2017년 초봄까지 '혼돈의 92일'을 가운데 수많은 한국인들은 이제껏 깊이 생각해보지 않았던 국가·통치자·법에 대해 진지하게 고민하는 시간들을 가졌다. 그나마 공정한 영역이라고 생각하던 대학입시의 불공정에서 출발한 국정농단 사건은 결국 헌정사상 처음으로 현직대통령 파면이라는 초유의 결과를 가져왔으며, 모든 국민들은 이정미 헌법재판소장권한대행의 탄핵결정선고문 낭독을 들으며 여러 차례 가슴을 쓸어내렸다. 그로부터 3일 뒤, 이정미 권한대행은 30년 공직생활을 마무리하는 조촐한 퇴임식에서 '법의 도리는 처음에는 고통이 따르지만, 나중에는 오래도록 이롭다(法之爲道, 前苦而長利)'라는『한비자-육반(六反)』의 구절을 인용하며 자신의 법철학을 한 마디로 정리했다. 엄정한 법집행은 모두에게 잠시 고통을 줄 수 있지만, 궁극적으로는 우리사회 구성원 모두에게 이득이 된다는 것, 21세기 한국에서도 여전히 한비자는 살아있었다.

▲ 2017.3.22. JTBC 뉴스룸 앵커브리핑
'법은 귀족을 봐주지 않는다'(ⓒJTBC)

어떤 나라든 늘 강하지 않고 또 늘 약하지도 않다.

법을 받드는 일이 강력하면 나라도 강해지고, 법을 받드는 일이 미약하면 나라도 약해진다.

초나라 장왕은 스물여섯 나라를 병합하며 땅을 3천리나 넓혔으나, 그가 죽자 초나라는 쇠망하기 시작했다.

제나라 환공은 서른 나라를 병합하며 땅을 3천리나 넓혔으나, 그가 죽자 제나라는 쇠망하기 시작했다.

연나라 소왕은 황하를 경계로 하여 '계'를 도성으로 삼고 '탁'과 '방성'을 방패로 삼아 제나라를 무찌르고 중산을 평정하였으므로 연나라에 기댄 나라는 존중받았고 그렇지 못한 나라는 경시되었다. 그러나 소왕이 죽자 연나라는 쇠망하기 시작했다.

위나라 안회왕은 연나라를 쳐서 조나라를 구하고 하동 땅을 되찾았으며, 약해진 도와 위의 땅을 공략하고 제나라로 군대를 몰아 평륙을 차지했으며, 한나라를 쳐서 관 땅을 함락시키고 기수 가의 싸움에서 승리했으며, 수양의 싸움에서는 초나라 군사들이 지쳐서 달아났고, 채와 소릉의 싸움에서는 초나라 군대를 깨뜨렸다. 이리하여 위나라의 병력은 천하를 뒤덮었고, 그 위세를 중원에서 떨쳤다. 그러나 안회왕이 죽자 위나라는 쇠망하기 시작했다.

초나라와 제나라는 장왕과 환공이 있었기에 패자가 될 수 있었고, 연나라와 위나라는 소왕과 안회왕이 있었으므로 강자가 될 수 있었다. 그럼에도 이들 나라들이 쇠망한 것은 신하들과 관리들이 모두 나랏일을 어지럽히는데 힘쓰고 다스리는 일에는 힘쓰지 않았기 때문이다. 나라가 어지러워지고 약해지는데도 모두 법은 아랑곳하지 않고 법 밖에서 사사로운 이익만 챙겼으니, 이는 섶을 지고 불을 끄러 들어간 것과 같다. 그러니 어찌 갈수록 어지러워지고 약해지지 않겠는가? (후략)

國無常強, 無常弱. 奉法者強, 則國強, 奉法者弱, 則國弱.

荊莊王幷國二十六, 開地三千里, 莊王之泯社稷也, 而荊以亡.

齊桓公幷國三十, 啓地三千里, 桓公之泯社稷也, 而齊以亡.

燕襄王以河爲境, 以薊爲國. 襲涿方城, 殘齊平中山. 有燕者重, 無燕者輕, 襄王之泯社稷也, 而燕以亡.

魏安釐王攻趙救燕, 取地河東, 攻盡陶·魏之地, 加兵於齊, 私平陸之都, 攻韓拔管, 勝於淇下, 睢陽之事, 荊軍老而走, 蔡·召陵之事, 荊軍破, 兵四布於天下, 威

行於冠帶之國, 安釐王死而魏以亡.

故有荊莊·齊桓, 則荊齊可以霸. 有燕襄魏安釐, 則燕魏可以强. 今皆亡國者, 其
群臣官吏皆務所以亂而不務所以治也. 其國亂弱矣, 又皆釋國法而私其外, 則是
負薪而救火也, 亂弱甚矣!

한비자, 『한비자 - 유도』 中

이는 『한비자』의 여섯 번째 챕터인 「유도(有度)」의 첫 부분이다. 특
히 '늘 강한 나라도 없고 늘 약한 나라도 없다(國無常强, 無常弱)'라는 구
절은 대한항공 병마용편 CF(2009년)의 카피로도 잘 알려져 있으며, 시
진핑 주석이 의법치국을 강조할 때에도 가장 많이 인용하는 구절이다.

「유도」편의 내용을 설명하기에 앞서 먼저 저자 한비자(기원전 약
280~233년)에 대해 살펴보기로 한다. 『사기 - 노자한비열전』에 따르면,
한비자의 본명은 한비(韓非)이며 전국시대 말기 한(韓)나라의 귀족 출신
으로, 이사와 함께 순자에게서 학문을 배웠다. 그는 명석한 두뇌를 가
졌지만 타고난 말더듬이였기에 책략가가 아닌 학자의 길을 선택했고,
점점 쇠약해져가는 조국 한나라를 안타까워하며 여러 차례 '강력한 법

▲ 2009년 대한항공 CF '중국, 중원에서 답을 얻다'
시리즈 中 시안 - 병마용 편

과 제도를 바로 세워야 한다'는
시무책을 올렸지만 채택되지 못
했다. 한비자의 시무책은 공교롭
게도 진왕 영정(嬴政 : 훗날 진시
황제)에게 전해졌는데, 영정은 「고
분(古墳)」과 「오두(五蠹)」 두 편의
문장을 읽고서 '이 글을 쓴 사람
을 한 번 만나볼 수 있다면 죽어
도 여한이 없겠다'며 감탄하기에
이른다. 그리고 그 옆에 있던 이

사는 곧바로 영정과 한비자의 만남을 추진한다. 그러나 이사는 모차르트를 시기한 살리에르처럼 늘 '자신이 한비자에 미치지 못한다'고 질투했기에 한비자를 모함하고, 결국 한비자는 권모술수의 희생자가 되어 비운의 생을 마친다.

한비자는 정말 명철보신하는 방법을 몰라서 그렇게 어이없는 죽임을 당했던 것일까? 일단 그가 활동했던 전국시대 말기는 신하가 왕을 죽이고 나라를 찬탈하는 사건이 비일비재했던 혼돈의 시기였다. 한비자는 이러한 하극상이 재발되는 것을 막기 위해 현실적으로 '법가'를 주장한 것이며, 특히 진나라는 효공 시대 상앙을 통해서 체득한 법가사상의 위력을 잘 알고 있었다. 『한비자』 55편의 치밀한 내용으로 미루어 본다면 그는 누구보다도 난세에서 살아남는 처세술을 잘 알고 있었을 것이다. 그러나 그는 평소에 주장했던 냉철한 이론들과는 반대로 '교묘한 행동보다는 투박한 자세가 낫다(巧詐不如拙誠 『한비자 - 설림(說林)』)'고 말했던 우직한 성품을 지녔던 사람이었다. 신영복 선생님은 『담론』이라는 저서를 통해 한비자가 우리에게 깊은 울림을 주는 까닭은 바로 이 점에서 기인한다고 정리한 바 있다.[10]

말더듬이였기에 직접 말로 전달하기 보다는 죽간이나 목판에 써내려 가기를 즐겼던 한비자. 그리고 그의 강력한 법가사상은 『한비자』 55편에 고스란히 담겼다. 이 중 여섯 번째 챕터인 「유도」는 말 그대로 '법과 제도를 지키라'는 법지상주의에 대한 내용으로 다음의 다섯 단계로 나누어 이해할 수 있다.

---

10 신영복, 『담론』, 돌베개, 2015. '그림이든, 노래든, 글이든, 그것이 어떠한 것이든 결정적인 것은 인간의 진실이 담겨 있어야 한다고 생각합니다. 인간의 혼이 담겨 있어야 한다고 생각합니다. 한비자의 이러한 인간적인 면모가 적어도 내게는 법가를 새롭게 이해하는데 매우 큰 영향을 끼쳤다고 할 수 있습니다.'

첫째, 법질서가 없는 나라는 쇠약해진다.
둘째, 나라를 신하들에게만 맡겨서는 안 된다.
셋째, 신하는 손과 같아야 한다.
넷째, 법으로 상과 벌을 판단해야 한다.
다섯째, 법과 형벌은 공평하고 엄격해야 한다.

인용된 부분은 이 중에서 가장 첫 번째 부분이다. 초나라 장왕, 제나라 환공, 연나라 소왕, 위나라 안회왕은 그토록 강력한 나라를 만들었지만 오래 지속하지 못했다. 이들의 공통점은 하나로 귀결된다. 이들네 나라의 신하들은 모두 멀쩡한 법을 놔둔 채, 이리저리 법망을 피해서 교묘하게 자신들의 사리사욕을 챙겼다. 때문에 한비자는 '법에 의거해서 통치하는 나라(依法治國)'만이 강력함을 지속할 수 있다고 주장하고 있는 것이다. 그리고 많은 경우 법을 뛰어넘는 예외자가 있음을 언급하면서, 이러한 법 위에 군림하면서 지키지 않는 법 예외자에 대한 강력한 규제로 마무리 짓고 있다. 『예기 - 곡례(曲禮)』에 따르면 중국인들의 머릿속에는 예로부터 '예는 일반백성들에게까지 적용되지 않으며 형벌은 대부에게까지 미치지 않는다(禮不下庶人, 刑不上大夫)'라는 관념이 뿌리깊이 박혀 있었으니, 곧 대부 이상의 특권층에게 법은 자신들이 아니라 어리석은 백성들이나 지키는 것이라는 생각이다. 아랫것들은 무식하니 혹독하게 형벌로 다스려야 하고 자신들은 고귀하니 양심이 따라 자율적으로 고치면 된다는 이중 잣대가 주나라를 거쳐 전국시대를 지나 지금까지 그대로 이어지고 있다는 사실이 새삼 놀랍다.

먹줄이 곧아야 굽은 나무를 곧게 자를 수 있고, 수준기가 평평해야 울퉁불퉁한 것을 평평하게 깎을 수 있으며, 저울로 무게를 달아야 균형을 잡을 수 있고, 됫박을 써야만 많지도 적지도 않게 할 수 있다. 그러므로 법으로써 나라를 다스리면 손을 들었다 내리는 것처럼 쉽다.

법은 신분이 귀한 사람이라고 해서 아부하지 않고, 먹줄은 휜 것에 맞추어
구부러지지 않는다.
故繩直而枉木斷, 準夷而高科削, 權衡縣而重益輕, 斗石設而多益少. 故以法治
國, 擧措而已矣.
法不阿貴, 繩不橈曲.

한비자, 『한비자 - 유도』 中

한비자는 법을 지키지 않는 특권층부터 강력하게 다스려야 한다고 지
적하고, '예(禮)'와 '형(刑)'이라는 이중적인 잣대를 없애고 똑같이 법에
의거하여 처리할 것을 주장하면서 「유도」를 마무리 짓고 있다. 그렇다
면 중국은 시진핑 정부의 '부패와의 전쟁' 선포 이후, 한국은 '전 대통령
의 구속' 이후 자신 있게 지위고하를 막론하고 공정하고 엄정한 법집행
이 시행되고 있다고 말할 수 있을까? 아직도 대다수의 국민들에게 '유전
무죄(有錢無罪) 무전유죄(無錢有罪)'라는 말이 더 익숙하다면, '법은 거미
줄 같아서 약한 놈이 걸리면 꼼짝 못하지만 힘이 센 놈이 걸리면 줄을
찢고 달아나 버린다'는 말[11]이 자연스럽게 받아들여진다면, 한비자는 지
금의 작은 시작에 안주하지 말라고 당부하고 있다.

한비자는 오로지 법에 의한 지배를 천하의 질서로 내세웠고
이를 토대로 한 진나라는 중국 최초의 통일국가를 완성했던 것이지요.
법에 의한 지배.
그러나 현실이 이론처럼 명확하기란 쉬운 일이 아닌 것 같습니다.
우리는 불과 얼마 전까지 법 위에 군림하며 헌정 질서마저 무시해온 그들을
봐왔습니다.

---

11 고대 그리스 철학자 아나카르시스(Anacharsis)가 『플루타르코스의 영웅전(솔론전)』에서
    했던 말이다.

'사적인 것으로 공적인 것을 어지럽히고
벼슬자리는 세도가를 통해 얻고
봉록은 뇌물에 따라 받는다면
나라가 망할 징조이다'
한비자의 경고는 한 치의 오차도 없이 마치 예언서처럼 지금 시대에도 유효합니다.

2017년 3월 21일, JTBC 뉴스룸 앵커브리핑 中

미션 다음의 구절을 해석해보고, 제갈량·포증·왕안석이 왜 법치를 강조했는지 생각해 보도록 한다.

道私者亂, 道法者治. 한비자, 『한비자 - 궤사(詭使)』

治國者, 圓不失規, 方不失矩, 本不失末, 爲政不失其道, 萬事可成, 其功可保. 제갈량, 『편의십육책 - 치란(治亂)』

法令既行, 紀律自正, 則無不治之國, 無不化之民. 포증, 「인종황제께 올리는 글(上殿札子)」

立善法於天下, 則天下治, 立善法於一國, 則一國治. 왕안석, 「주공(周公)」

왕치산의 4대 호랑이 사냥 작전

중국의 법가사상은 춘추시대 초기 정(鄭)나라 재상 자산(子産)에서부터 출발하여, 전국시대 위(魏)나라의 이극(李克)·진(秦)나라의 상앙(商鞅)·조(趙)나라의 신도(愼到)·한(韓)나라의 신불해(申不害)를 거쳐 한비자(韓非子)에 이르러 집대성 되었다. 특히 위에서 한비자를 살펴본 이유는 한비자에 이르러 정치무대에서 활용되던 기술이 체계를 갖춘 이론으로 정비되면서 유가·도가·묵가·음양가·명가와 더불어 육가

(六家)의 반열에 올랐기 때문이다. 물론 법가사상으로 중국 전체의 역사를 바꾼 이는 한비자의 동창생이자 진나라의 승상을 지냈던 이사(李斯)이다.

시진핑이 집권 2년 만에 의법치국을 전면에 내세울 수 있었던 이유는 주변국의 영향도 있겠지만, 자체적으로 법가사상의 뿌리가 깊은데서 찾아볼 수 있다. 시진핑 정부는 의법치국의 첫 번째 단계로 바로 공산당 내부를 엄격하게 다스린다는 '종엄치당'을 선택했으며, 실질적으로 공산당 감찰기구인 '중앙기율검사위원회'를 통해 이루어진다. 그리고 중앙기율검사위원회 서기 왕치산(王岐山)이 '호랑이에서 파리까지의 사냥'을 지휘했다.

시진핑은 철저하게 아는 사람을 등용하는 것으로 유명한데, 왕치산과는 어떤 인연으로 이어져 있을까? 왕치산은 1948년 산둥성에서 태어났으며 건축을 전공한 아버지를 따라 베이징에서 중학교를 마쳤다. 그리고 중학교를 졸업할 무렵 문화대혁명이 일어났고 지식인이었던 아버지로 인해 더욱 박해를 받아 결국 산시성 옌안현 펑좡공사(馮莊公社)로 하방되었다. 왕치산은 하방시절을 회상하며 '사람으로서 할 수 있는 고생이란 고생은 다 해봤다'고 말했지만, 사실 그는 이곳에서 운명을 바꾸는 두 명과 인연을 맺게 되니 바로 아내 '야오밍산(姚明珊)'과 20km 정도 떨어진 옆 마을에 하방되었던 '시진핑'을 말한다. 시진핑의 경우 베이징에서 이미 알고 있다가 하방된 이후 관계가 돈독해진 케이스라면, 야오밍산과의 만남은 완전히 새로운 출발이었다. 야오밍산은 혁명원로인 야오이린(姚依林)의 둘째딸이었기에 문화대혁명 이후 그가 두루 요직을 거치는데 큰 영향을 주었다. 때문에 처음에 사람들은 그를 '금거북이 사위(金龜婿: 이상은의 시 「有爲」)'라고 불렀다. 그러나 왕치산은 역사학 전공자이면서 경제 분야에 대한 탁월한 감각을 지니고 있었으며, 2003년 베이징시의 사스를 해결하면서 '소방 대장(救火隊長)'로 명성을 쌓았고, 현재 기율위 서기로 발탁되어 상방보검을 하사받은 포청천으로 동분서주하고 있는 중이다. 그러나 왕치산을 포청천에 비유하는 칭송은 어디까지나 중국공산당의 평가이고, 영국 이코노미스트지는 '공포를 무기로 휘두르는 악마'에 비유하기도 했다.[12]

왕치산이 체포해서 낙마시킨 4대 호랑이는 시진핑의 라이벌이었던 보시라이(薄熙來), 시진핑 암살시도로 논란을 빚었던 저우융캉(周永康), 후진타오 전 국가주석의 오른팔이었던 링지화(令計劃), 인민해방군의 실세로 꼽혔던 쉬차이허우(徐才厚)로, 시진핑은 집권 2년 만에 위험한 정적들을 모두 제거하게 되었다.

2016년 10월 말에 개최된 18기 6중전회 보고에 따르면 그동안 당·정부 관료 100만 명이 처벌되었다고 한다. 왕치산의 유임은 칠상팔하(七上八下 : 67세는 유임하고 68세 이상은 은퇴한다)의 공산당 내부관례를 깨는 것과 이어지고, 이는 시진핑의 장기집권과도 맞물려 있기 때문에 초미의 관심사였는데, 결국 퇴임이 결정되면서 후임자로는 자오러지(趙樂際) 당정치국위원이 확정되었다.[13]

여기서 중요한 점은 시진핑 정부 초반부터 의법치국·종엄치당이 주요이념으로 자리 잡은 배경에 대해 제3자인 우리는 객관적으로 바라봐야만 한다는 것이다. 시진핑 주석의 큰 누나인 치차오차오(齊橋橋)와 매형인 덩자구이(鄧家貴)의 재산축적 과정(한화 약 4,600억 원), 왕치산의 아내 야오밍산의 하이난 항공 지분 취득, 쩡칭훙(曾慶紅) 전 국가부주석의 아들 쩡웨이(曾偉)의 해외부동산 소유 등 정작 수술이 필요한 곪은 부분에 대해서는 뼈를 긁어내고(刮骨療毒) 팔뚝을 잘라내는 결단(壯士斷腕)을 내리지 못하고 있다. 결국 지금의 의법치국과 종엄치당은

---

12 「'호랑이 사냥꾼' 왕치산에 추풍낙엽처럼 숙청된 거물들」(중앙일보 2017.9.21)
13 「자오러지, 왕치산 대신 중앙기율검사위 서기에 취임 확실」(뉴시스 2017.10.23)

시진핑 1인 지배체제를 확고히 굳히기 위한 수단으로서의 '중국식 법치'일 뿐일까? '시황제(習皇帝)'라는 비난을 면하기 위해서는 한비자가 꿈꿨던 진정한 의미의 법치에 대해 생각해 봐야 할 것이다.

생각해보기 다음 사건에 대한 자신의 생각을 정리한 후, 중국에서 법치가 실현될 수 있을지에 대해 토론해 보도록 한다.

① 알리바바 짝퉁 논란과 법치
② 억울한 사형 '후거지러투(呼格吉勒圖) 사건'과 법치
* '후거지러투 사건'은 1996년 당시 18세였던 소수민족 청년 후거지러투가 자신이 일하던 담배공장 근처 공용화장실에서 여성시신을 발견하고 신고했다가 오히려 성폭행 살인범으로 몰려 무고하게 사형당한 사건이다.
죽은 청년의 가족들은 부실수사와 부실재판 의혹을 제기하며 18년간 당국을 상대로 싸움을 벌였고, 결국 지난 2014년 12월 수많은 우여곡절 끝에 열린 재심공판에서 후거지러투는 무죄를 선고받았다.
③ 한국의 김영란법을 바라보는 중국인들의 태도
④ 중국전역에 설치한 인공지능 CCTV 톈왕(天網)과 법치

미션 마키아벨리의 『군주론(Ⅱ Principe)』을 읽고, 한비자와 어떤 점에서 비슷한지 정리해 보도록 한다.

3. 고전산문과 생태

　'생태문명건설'은 시진핑의 지도이념 중 하나로 2017년 가을에 열린 제19차 중국공산당전국대표대회에서 중국공산당의 헌법인 당헌(黨憲)에 포함되었다.[14] '생태'는 우리에게는 다소 낯설게 느껴지지만 중국의 경우 5세대 정부가 시작되면서부터 주요국정과제로 채택된 익숙한 개념으로, 후안강(胡鞍鋼) 칭화대학교국정연구센터 주임은 아예 지금 중국을 위협하는 최대 요소는 경제가 아닌 '환경파괴'라고 직접적으로 지적한 바 있다.[15] 곧 중국이 이산화탄소가 다량으로 배출되면 해수면이 상승하여 결국 현재 중국경제를 이끌고 있는 동부 해안지역의 산업시설이 바닷물에 잠기면서 전부 파괴된다는 뜻이다. 노자의 말처럼 천지는 자비롭지 않기 때문에(天地不仁) 중국의 굴기를 한순간에 주저앉힐 수도 있다. 게다가 '아메리카 퍼스트(America First)'를 외치는 트럼프 미국대통령의 파리기후협약 탈퇴 선언(2017.6.1)으로 유럽과 중국은 녹색연대를 맺은 상태이다. 이래저래 자의반 타의반으로 생태에 대한 중국의 책임감은 한층 커졌다. 생태는 국경을 초월하여 전 지구적으로 고민

14　시진핑 사상은 구체적으로 '4개전면(소강사회건설 · 심화개혁 · 의법치국 · 종엄치당)과 '5위일체(경제건설 · 정치건설 · 문화건설 · 사회건설 · 생태문명건설)'를 말하며, 마오쩌둥 사상 · 덩샤오핑 이론 · 삼개대표론 · 과학적발전관과 같은 반열에 올랐다.

15　'기후 온난화가 지속되고 해수면 상승이 현실화된다면 중국에서 가장 발달한 동남부 연해 지방부터 타격을 입을 것입니다. 개혁 개방의 성취가 순식간에 물거품이 될 수 있습니다. 따라서 중국은 반드시 중국 자신을 위해서, 또 인류 전체를 위해서 선도적이고 즉각적으로 탄소 배출을 감소해야 합니다. 미국이나 브라질, 인도 등 여타 이산화탄소 배출 대국의 감소 여부와 무관하게 자주적이고 주동적이며 적극적으로 추진해야 합니다.' 이병한 인터뷰, 「중국 최대 위험 요소는 '증시' 아닌 '탄소'」(프레시안 2016.1.12) 아메리칸대학의 주디스 샤피로 역시 중국의 환경문제는 전 세계적인 차원의 문제이자 인류 전체가 관심을 기울여야 하는 문제라고 강조한 바 있다. 주디스 샤피로, 채준형 옮김, 『중국의 환경문제』, 아연출판부, 2017.

해야할 문제이기에 이번 파트에서는 먼저 생태의 개념을 정리한 후, 중국의 생태문명건설과 그 밑바탕을 이루는 노자·장자의 사상에 대해 살펴보기로 한다.

자연, 환경, 생태

자연(自然, nature)은 '스스로 그러한 것'으로 노자 『도덕경』 25장의 '사람은 땅을 본받고, 땅은 하늘을 본받고, 하늘은 도를 본받고, 도는 스스로 그러한 것을 본받는다(人法地, 地法天, 天法道, 道法自然)'라는 구절에서 유래한 것이다. 곧 억지로 무리해서 인위적으로 뭔가를 하지 않고 순응하는 태도를 지칭하던 이 말은 좁은 의미에서 사람의 힘이 더해지지 아니하고 저절로 생겨난 산·강·바다·동식물 등의 존재를 일컫기도 한다. 산업혁명 이후 사람들은 환경(環境, environment)이라는 말을 더 즐겨 사용하기 시작했으며, 레이첼 카슨의 『침묵의 봄』, 알도 레오폴드의 『모래군의 열두 달』, 헨리 데이빗 소로우의 『월든』같은 환경운동의 고전들이 쏟아져 나오면서 인간의 행위가 얼마나 오만하고 위험한 일인지를 경고하기 시작했다. 그러나 환경이라는 어휘 자체에는 아직까지 인간중심적 사고가 담겨 있다. 좀 더 지구상의 모든 무생물과 생물들의 동등한 관계를 아우르는 말이 있을까? 이러한 고민에서 시작되어 지금 보편적으로 사용되는 단어가 바로 '생태(生態, ecology)'이다. 생태는 1866년 독일의 생물학자 헥켈(Haeckel)이 자연의 구조와 기능을 유기적으로 연구하는 학문을 지칭하면서 처음 사용했으며, 지금은 자연 속의 여러 동등한 관계들이 살아가는 모습을 지칭하는 용어로 사용되고 있다. 생태에서 가장 중요한 부분은 '생태적 사고'로 나와 세상의 모든 것들이 연결되어 있다는 것이며, 여기서 인간은 만물의 영장이 아닌

▲ 생태문명 슬로건
'함께 생태문명을 건설하고, 같이
녹색미래를 누리자'(@中國文明網)

그저 하나의 종에 불과하다. 때문에 일차적으로 인간은 동식물 등을 해칠 권리가 없으며, 이차적으로 한쪽이 다른 한쪽을 이용할 수 없는 공존의 관계임이 강조된다.

아직까지도 생태의 개념이 모호하다면 그 이유는 생태에 대한 깊은 고민 없이 아무데나 '생태'라는 말을 갖다 붙여 사용하고 있는 사람들 때문일 것이다. 단순히 도심에 물이 흐르도록 복원했다고 해서 청계천을 생태하천이라고 부를 수 있을까? 반딧불이 살고 있다고 생태마을이고, 나비 몇 마리 풀어놓았다고 해서 생태공원이며, 미꾸라지나 우렁이 몇 마리 잡는 것을 생태체험이라고 감히 말할 수 있을까? 진지한 고민 없이 무분별하게 생태를 남발하는 현상은 오히려 생태를 위협시킬 수도 있다는 사실을 잊어서는 안 된다.

생태문명건설

자연과 자원은 대국의 운명을 좌우할 뿐만 아니라 인류의 역사를 좌우합니다. 응당 중국의 미래에도 결정적인 영향을 미칠 것입니다. 중국은 유럽과 미국, 일본의 산업화 과정을 반복할 수 없습니다. 후발 주자의 혜택을 누릴 수가 없지요. 현재의 선진국처럼 지난 100년의 지구 오염에 대한 책임을 외면할 수도 없습니다. 경제 성장과 동시에 생태 문명을 건설하는 것이 중국의 핵심 목표입니다.

후안강(칭화대학교 국정연구원 원장),
이병한과의 인터뷰 中

그렇다면 세계의 굴뚝이자 환경파괴의 대명사로 일컬어지는 중국에서는 생태에 대해 어떻게 인식하고 있을까? 의외로 중국은 2007년 제17차 중국공산당전국대표대회 보고서를 통해 국가주도하에 '생태문명'이라는 단어를 공식적으로 사용하기 시작했다. 당시 후진타오 국가주석은 지속가능한 발전을 위해 먼저 인간과 자연의 상호관계를 이해해야 할 것을 천명했는데 여기서 '문명'이라는 사회문화적 담론으로 접근했다는 점이 특이하다. 시진핑 정부에서도 이를 이어 제18차 중국공산당전국대표대회와 2·3·4중전회의 논의를 바탕으로 2015년 9월 22일 구체적인 방침인 「생태문명체제개혁에 대한 총체적 방안(生態文明體制改革總體方案)」을 발표하게 되는데 그 내용은 다음과 같다.

① 자연을 존중하고 보호하고 자연과 조화로운 상태를 유지한다.
② 개발과 보존을 통합한다.
③ 맑은 물과 울창한 산이 매우 귀중한 자산이라는 인식을 기른다.
④ 자연과 천연자원의 가치에 대한 존중을 일깨운다.
⑤ 영토의 균형을 추구한다.
⑥ 산, 물, 숲, 농장이 생명공동체임을 인식한다.

곧, 중국은 단편적이면서 단순한 환경보호에 그치는 것이 아니라, 정부가 나서서 환경에 대한 정의, 인간과 자연의 관계, 삶의 의미까지 질문하는 의식전환을 이끌고 있다는 점이 우리와는 다르다. 그리고 이는 강력한 신환경 보호법 실행, 저탄소 스마트 시티 사업 추진, 정부의 전기차 보조금 지원 정책과 이로 인한 전기차 제조업의 약진 등의 자연과 인간의 관계 정립이라는 결과로 드러나고 있으며, 생태문명 도시와 생태박물관 건설 등 자연과 인간 또는 인간과 인간 사이의 관계로 확장된 논의까지 이루어진 상태이다.

그렇다면 정부의 외침과 더불어 국민들의 의식도 함께 성장하고 있을까? 민간의 환경 NGO 단체의 경우 정부의 '허용' 아래 ① 환경교육, ② 연구·세미나·출판, ③ 대중사업(캠페인·동원), ④ 환경감시, ⑤ 대정부활동(애드보커시·로비), ⑥ 법률활동(소송 및 피해자구제), ⑦ 네트워크 구축 등의 활동이 나타나고 있는 상황이다.[16] 또한 눈여겨 볼 점은 뉴미디어의 급속한 성장과 함께 정부의 규제를 벗어나 자기목소리가 나오기 시작한 것인데, 전 CCTV 앵커 차이징(柴静)의 스모그 조사 다큐 〈돔 천장 아래에서(穹頂之下, 2015)〉는 엄청난 반향을 불러일으켰다.

> 예전에 TV에서 'Uuder the Dome'이라는 드라마를 본 적이 있어요. 갑자기 하늘에서 나타난 돔에 조그만 마을이 갇혀 세계로부터 단절되어 외부로 오갈 수 없다는 그런 내용이었죠. 그런데 문득 우리가 살고 있는 지금 현실이 그 이야기와 다를 바 없다는 걸 깨달았어요.
>
> 以前我看過一个電視劇, 叫穹頂之下. 它說的是一个小鎮上, 被突然天外飛来一个穹頂, 扣在底下, 与世隔絶 不能出来, 但有一天我發現, 我們就生活在這樣的現實里.
>
> 차이징, 스모그 다큐 〈돔 천장 아래에서〉 中

▲ 차이징 스모그 다큐 〈돔 천장 아래에서〉의 한장면
(ⓒ유튜브 캡쳐)

---

16 전형권, 『중국의 환경운동과 거버넌스 : NGO를 중심으로』, 한국학술정보, 2010. '중국에서 환경운동단체와 정치권력 간의 관계는 서로 경쟁하고 대항하는 것이 아닌, 편입과 제휴의 관계로 규정할 수 있다. 정치권력은 이들 단체의 출현을 허용하고 지원하면서도 독자성을 누리도록 방임하기 보다는 자신의 관리 아래로 편입시키길 원한다. 한편 환경운동단체들도 정치권력에 반항하고 대항하기 보다는 연계를 형성하고 업무를 대행하는 등 제휴전략을 추구함에 주목해야 한다.'

2015년 2월 28일, 온라인을 통해 처음 공개된 이 다큐는 공개되자마자 폭발적인 접속을 기록하며 유쿠(優酷)에서만 하루 동안 2억 명 이상이 시청하는 주목을 끌었다. 다큐의 시작 부분에서 차이징은 먼저 자신의 아픈 사생활을 먼저 끄집어낸다. 미국 원정출산이라는 비난을 받았지만, 사실 어린 딸이 태어날 때부터 가지고 있었던 종양 때문에 수술을 받아야 했기 때문이었다. 차이징은 딸에게 종양이 생긴 원인이 바로 대기오염-스모그-때문이라는 가설을 세우고 심증을 물증으로 밝히기 위해 사비 100만 위안(한화 1억 7천 만원)을 들여 '스모그란 무엇인가' → '스모그는 어디서 시작되는가' → '우리는 어떻게 할 것인가'의 세 부분으로 나뉜 103분짜리 다큐를 제작하기에 이르니, 이야말로 '민간의 깨어있는 의식'을 보여주는 대표적인 사례라 하겠다. 중국 당국은 처음에는 이 다큐에 대해 극찬을 아끼지 않았으며 3월 1일에 취임한 천지닝(陳吉寧) 환경보호부장은 '환경보호에 대한 세계인의 인식을 뒤바꾼 레이첼 카슨(Rachel Carson)의 『침묵의 봄(Silent Spring)』에 비할 만 하다'고 언급했다. 그러나 이 다큐는 3월 6일, 일주일 만에 돌연 중국 내 주요 동영상 사이트와 언론사 홈페이지에서 일제히 삭제되었으며 접속이 차단되었다. 전국적으로 생각보다 큰 영향력을 미치면서 국영기업(바오산(寶山鋼鐵股份有限公司)·우한철강회사(武漢鋼鐵集團公司), 시노펙(中國石油化工集團公司) 등)과 정부당국에 대한 비판으로까지 이어지자 부정적인 파급 효과를 막으려 한 것이다.

한 사람은, 혹은 사람이 아니더라도 생명체라면 이렇게 살아가야겠죠.
봄이 오면 창문을 활짝 열고 바람과 꽃향기와 생명으로 충만한 봄의 색깔이 집안으로 들어오도록 합니다.
가끔 비가 오고 안개가 끼는 날에 깊이 숨을 들이마시면 차가우면서도 상쾌한 작은 물방울들이 몸속에 채워지는 것을 느끼죠.
가을이 되면 오후 내내 사랑하는 사람과 따스한 햇살 아래 해바라기도 하고,

겨울에 눈이 내리면 아이들과 함께 밖으로 나가서 혀를 내밀고 눈송이를 맛보면서 자연과 생명의 아름다움을 알려주기도 하죠.

그렇지만 지금은요?

요즘 아침마다 일어나 제가 제일 먼저 하는 일은 핸드폰으로 공기오염도를 체크한 후 하루 일과를 결정하는 것입니다.

북서풍이 약간이라도 불길 기대하면서 산책할 때도 쇼핑할 때도 친구를 만날 때도 마스크를 써야만 합니다. 테이프로 집안의 창문과 틈이란 틈은 모두 막아버려야 하고, 아이를 데리고 예방주사를 맞히러 갈 때 아이가 저를 향해 미소만 지어도 가슴이 철렁하죠.

사실 전 죽음이 두려운 게 아니에요.

그저 이렇게 살고 싶지 않은 것입니다.

一個人, 別說人了, 一个活物應該這麼活着.

春天來的时候門開着, 風進來, 花香進來, 顔色進來.

有的時候你碰到雨, 或者碰到雾的時候, 你會忍不住想要往肺里面 深深地呼吸一口氣, 能感覺到那個碎雨的那个味道, 又凛冽又清新.

秋天的時候你會想, 跟你喜歡的人一起, 就一個下午什麼都不干, 懶洋洋地晒一會兒太陽.

到冬天你跟孩子一块出門, 雪花飄下来, 她伸着舌頭去接的時候, 你會教給她, 什麼是自然和生命的美妙.

但現在呢, 這一年每天醒来, 我做的第一件事情就是, 先看一下手機上的空氣質量指數, 用它来安排我一天的生活.

我就靠盼着一點西北風過日子, 我带着口罩逛街, 我带着口罩購物, 我带着口罩去跟朋友見面.

我用胶條把我家門窗, 每个縫都給它粘上, 带着孩子出門打疫苗的時候, 她冲我笑我都會感到害怕.

說實話我不是多怕死, 我是不想這麼活.

차이징, 스모그 다큐 〈돔 천장 아래에서〉 中

물론 다큐의 마지막은 아쉽다. 오염을 보는 즉시 12369로 신고하기. 아이들에게 더 나은 환경을 남겨주기 위해 더 이상 기다리지 않고, 지금의 수준에 만족하지 않으며, 책임을 회피하지 않는 시민의식을 가진 한 사람 한 사람이 모이면 조금씩 변화할 수 있으리라는 용두사미식 결론으로 인해 다소 맥이 빠지기도 한다. 그러나 긍정적으로 생각해보면 이 작은 시작에서 희망을 찾아볼 수 있다. 중국어로 손톱 뿌리의 하얀 반달부분을 '웨야(月牙)'라고 하는데, 이 하얀 부분이 많을수록 건강하다고 생각한다. 웨야처럼 건강하게 의식이 깨어있는 국민의 숫자가 많아진다면 중국은 진정한 의미의 대국으로 변모할 수 있을 것이다.

> 이건 학술의 문제가 아니라 생활의 문제이자 양심의 문제잖아요.
> 중국은 느리지만 매일 조금씩 변해가고 있습니다.
> 하루에 하나씩 고쳐나간다면 10년 뒤에는 더 멋진 나라가 되어 있지 않을까요?
>
> 천차오링(陳巧玲), 서울신문과의 인터뷰 中[17]

미션(1) 중국의 대기오염·수질오염·토양오염의 상황과 이것이 주변국 또는 전 세계에 미치는 영향에 대해 이야기해보도록 한다. 또한 한·중·일 세 나라의 대기오염협정이 현재 어디까지 진행되었는지 찾아보도록 한다.

미션(2) 천차오링(陳巧玲)의 『중국 먹거리 안전 X파일』(2015), 리춘위엔(李春元)의 '스모그 삼부작 소설-『霾来了』(2014)·『霾之殤』(2015)·『霾爻謠』(2017)-을 읽고, 중국시민사회의 움직임에 대해 이야기해 보자. 아울러 가습기살균제사건(2011~2016), 유럽과 한국의 살충제계란사건(2017) 등의 문제들을 생태적 관점에서 어떻게 풀어나갈지 생각해 보도록 한다.

---

17 「앞만 보고 달려온 중국인들, 이젠 먹거리 양심 돌아봐야」(서울신문 2015.3.17.)

천지는 인자하지 않다

오늘날 '생태문명건설'을 추진해 나가는 밑바탕으로는 유가·도가·불교·주역 등의 사상을 꼽을 수 있지만, 무엇보다 도가의 지혜가 자주 회자되고 있다. 먼저 『도덕경』은 '지혜로운 어르신 노자'의 가르침을 5,000여 자로 정리한 것으로(『사기-노자한비열전』), 억지로 뭔가를 하지 않는 자연스러움을 강조한다.

> 천지는 인자하지 않다.
> 만물을 풀강아지처럼 다룰 뿐이다.
> 성인은 인자하지 않다.
> 백성을 풀강아지처럼 다룰 뿐이다.
> 하늘과 땅 사이는 꼭 풀무와도 같다.
> 속은 텅 비었는데 찌부러지지 아니하고
> 움직일수록 더욱 더 내뿜는다.
> 말이 많으면 자주 궁해지는 법,
> 그 가운데를 지키느니만 못하다.
> 天地不仁, 以萬物爲芻狗
> 聖人不仁, 以百姓爲芻狗
> 天地之間, 其猶橐籥乎
> 虛而不屈, 動而愈出
> 多言數窮, 不如守中

노자, 『도덕경』 5장

생태를 설명할 때 가장 많이 인용되는 『도덕경』 제5장 '천지불인(천지는 인자하지 않다)'장이다. 그러나 『도덕경』은 간결한 운문체를 사용하여 심오한 내용을 담았기에, 김용옥 선생님의 번역본을 찾아봐도 좀처럼 쉽게 이해가 되지는 않는다. 이럴 때는 아는 글자도 다시 하나씩 찾아서 곱씹어보는 방법 밖에 없다.

> 자연은 보편적이어서
> 만물을 풀강아지 보듯이 무심하게 여긴다

추구는 옛날 중국에서 제사를 지낼 때 희생제물 대신 쓰던 '풀로 만든 강아지'인데, 제사를 지낼 때에는 의례용으로 소중히 다루지만 제사가 끝나자마자 바로 버렸기에 '쓸데없는 물건'을 비유하는 말이 되었다. 자연은 어질지 않다는(보편적이라는, 무심하다는) 주장은 영국의 과학자 제임스 러브록(James Lovelock)이 지구 전체를 살아있는 생명체를 품어주는 자비로운 대지의 여신 가이아(Gaia)로 보는 것[18]과는 상반된 논리이다. 2,500년 전의 노자는 오만방자한 인간에 대한 가이아의 복수로 홍수 · 해일 · 지진 · 산불 · 산사태 · 화산폭발 등의 현상이 일어나는 것이 아니라, 천지는 아무런 감정이 없기에 선인이든 악인이든 어떤 생명체이든 가리지 않고 재앙을 내린다고 말하고 있다. 그냥 대기가 불안정해서 폭우가 내리는 것이고, 지구 내부의 에너지가 갑자기 방출되기에 지진이 나는 것일 뿐인데, 인간의 입장에서는 어질지 않고 무자비하다고 말한다. 노자는 천지가 인간이 좋은 대로만, 인간을 위해서만 작동하는 것이 아니라는 사실을 그대로 받아들이라고 충고한다. 하늘이 때에 알맞게 비를 내리고 땅이 곡물을 잘 자라도록 해준다고 믿지도 말고, 천지가 만물을 길러주는 어버이 같은 존재라고 생각하지도 말며 제발 신적인 존재와도 연결시키지 말라는 것이다. 부모가 자식을 사랑하는 것과 같은 애정은 털끝만큼도 없으니까 동일본 대지진, 네팔 지진,

---

18 제임스 러브록, 『가이아의 복수』, 세종서적, 2008. '지구온난화 등 자연재해는 더 이상 자기조절 능력을 발휘할 수 없는 가이아가 자신을 방해한 인류에 대한 복수를 시작한 결과이다'

이탈리아 지진, 쓰촨성 대지진, 인도네시아 쓰나미 등이 계속 발생하며 무고한 사람들이 희생되는 것이 아니겠는가. 성인도 마찬가지이다. 온 누리 백성들을 지극히 사랑하는 성인이 존재한다면, 왜 여전히 사회적 약자들이 그대로 방치되고 있는 것인가.

그러나 이어지는 구절을 보면 노자는 원망으로 끝을 맺고 있지 않다.

> 하늘과 땅 사이 생태계의 움직임은 풀무와 같으니,
> 고요한 공간 안에서 기운이 이리저리 움직이는 것과 같다

탁은 나무상자를, 약은 그 속을 왔다 갔다 하는 피스톤을 뜻하니, 곧 탁약은 대장간에서 쇠를 달구거나 녹이기 위해 화덕에 바람을 불어넣는 풀무이다. 노자는 하늘과 땅 사이를 커다란 비어있는 풀무에 비유하면서, 그 빈 공간에 저절로 바람이 불면서 씨앗이 옮겨지고 자연스레 생명을 틔운다고 보았다. 노자가 바라본 만물의 생성과 운행은 신이나 성인의 노력으로 만들어진 것이 아닌, 텅 빈 천지 사이에 자연스럽게 부는 바람의 작용일 뿐이니, 신을 탓하고 성인을 원망할 필요가 없다고 담담히 말하고 있다.

타자와 더불어 봄을 이루다

그렇다면 장자는 어떻게 자연과 인간을 바라보고 있을까.

『사기 - 노자한비열전(老子韓非列傳)』에 따르면, 장자의 본명은 장주(莊周)로, 전국시대 중기 송(宋)나라의 몽(蒙) 땅에서 옻나무를 돌보는 말단관리였다. 나라에서 받는 그의 녹봉은 최저생계비에도 미치지 못해 늘 가난했지만 가난에 억눌리지 않았으며, 노자의 학설에 기초를 둔 박식한 학문세계 속에서 자유롭게 노닐기를 즐겼다. 노자가 운문체의

형식을 빌려 도와 덕에 대해 직접적으로 말했다면, 장자는 동식물의 입을 빌려 풍자와 비유로 설명하길 즐겼다. 『도덕경』의 경우 언어가 너무 압축적이라 이해하기 어려웠다면, 『장자』는 방대한 분량으로 인해 감히 읽을 엄두가 나지 않는다. 게다가 『장자』는 문학적 상상력으로 가득찬 이야기를 들려주고 있는데, 이는 건들건들 어슬렁거리며(逍) 저 멀리까지(遙) 즐겁게 노니는(遊) 유머로, 코드가 안 맞으면 그 뜻을 제대로 파악할 수 없기에 답답한 것이다. 내편+외편+잡편 가운데 외편과 잡편은 300~400년에 걸쳐 후학들에 의해 덧붙여진 것이니, 시간이 없다면 일단 장자 본인의 어록인 내편을 먼저 보는 것이 좋겠다.

이제 내용이 흥미롭다는 명성 못지않게 이해하기 어렵다는 악명이 높은 『장자』의 세계로 들어가 보자. 다른 제자백가 사상가들이 자신이 저서에서 각각 첫 구절을 통해 강력하게 자신의 메시지를 던진 것과는 달리, 『장자』는 밑도 끝도 없는 하나의 이야기로 시작된다. 중국 사람들 특유의 허풍과 과장에 피식 웃음마저 나오는 엄청나게 커다란 물고기 곤(鯤)과 곤이 새로 변신한 붕(鵬)에 대한 이야기이다.

북극 바다에 고기가 있는데 그 이름을 '곤'이라 하였다. 곤의 길이는 몇 천 리나 되는지 알 수가 없었다. 그것이 변하여 새가 되면 그 이름을 '붕'이라 하는데, 붕의 등도 몇 천 리나 되는지 알 수가 없었다. 붕이 떨치고 날아오르면 그 날개는 하늘에 드리운 구름과도 같았다. 이 새는 태풍이 바다 위에 불면 비로소 남극의 바다로 옮겨갈 수 있게 된다. 남극 바다란 바로 천지인 것이다. (중략)
아지랑이나 먼지는 생물의 숨결에도 날린다. 하늘이 파란 것은 그것이 본래의 빛깔일까? 그것이 멀어서 끝이 없기 때문일까? 그곳에서 아래를 내려다보아도 역시 이와 같을 따름일 것이다.
또한 물의 깊이가 깊지 않다면 큰 배를 띄울 만한 힘이 없을 것이다. 한 잔의 물을 웅덩이에 부어 놓으면 곧 지푸라기가 그곳에 배가 되어 뜨지만, 잔을 놓으면 땅에 붙어 버릴 것이다. 물은 얕은데 배가 크기 때문이다. 그러므로

9만리나 올라가려면 바람이 그만큼 아래에 있게 되어 그렇게 된 다음에야 이제 바람을 탈 수 있게 된다. 푸른 하늘을 등짐으로써 아무런 거리낌이 없게 된 다음에야 이제 남쪽으로 날 수 있게 되는 것이다.

매미와 작은 새가 그것을 보고 웃으면서 말했다.

"우리는 펄쩍 날아 느릅나무 가지에 올라가 머문다. 때로는 거기에도 이르지 못하고 땅에 떨어지는 수도 있다. 무엇 때문에 9만 리나 높이 올라 남극까지 가는가?" (중략)

작은 연못의 메추리도 그것을 보며 비웃으며 말했다.

"저 자는 또 어디로 가는 것인가? 나는 펄쩍 날아오르면 몇 길도 오르지 못하고 내려오며, 쑥대 사이를 오락가락하지만 이것도 역시 날아다니는 극치인 것이다. 그런데 저 자는 어디로 가려는 것인가?"

北冥有魚, 其名爲鯤. 鯤之大, 不知其幾千里也. 化而爲鳥, 其名爲鵬. 鵬之背, 不知其幾千里也, 怒而飛, 其翼若垂天之雲. 是鳥也, 海運, 則將徙於南冥. 南冥者, 天池也. (중략)

野馬也, 塵埃也, 生物之以息相吹也. 天之蒼蒼. 其正色邪? 其遠而無所至極邪? 其視下也, 亦若是則已矣.

且夫水之積也不厚, 則負大舟也無力. 覆杯水於坳堂之上, 則芥爲之舟, 置杯焉則膠. 水淺而舟大也.

風之積也不厚, 則其負大翼也無力. 故九萬里, 則風斯在下矣, 而後乃今培風, 背負青天而莫之夭閼者, 而後乃今將圖南.

蜩與學鳩笑之曰 "我決起而飛, 搶楡枋而止. 時則不至, 而控於地而已矣. 奚以之九萬里而南爲?" (중략)

斥鴳笑之曰 "彼且奚適也? 我騰躍而上, 不過數仞而下. 翺翔蓬蒿之間, 此亦飛之至也. 而彼且奚適也?"

장자, 『장자 - 내편 - 소요유』 中

몇 십 km인지도 모를 정도로 엄청나게 커다란 물고기 곤이, 북쪽 바다에서 잘 살고 있다가 어느 날 갑자기 무슨 이유인지는 모르겠지만 붕이라는 새로 변했다. 변신을 끝낸 붕도 크기가 엄청난데 이 새는 반대로 남쪽으로 날아가려고 한다. 큰 배를 띄우기 위해 이를 받칠 만한 깊은 물이 필요하듯, 몸집이 워낙 큰 새이다 보니 태풍급의 강력한 바람과 36만km(9만 리)의 높이의 상공이 갖춰져야만 날 수 있다. 그리고 이를 지켜보던 매미·비둘기·메추리는 자신의 영역을 벗어나 미지의 세계로 날아가려고 하는 붕의 비행을 전혀 이해할 수가 없다. 이것이 내편의 첫 번째 챕터 소요유의 시작이다. 소요유(자유롭게 노닐다)란 이리저리 마음가는대로 자유롭게 거닐며 즐기는 삶을 말하니 스스로의 마음과 정신을 이렇게 자유롭게 하면 붕과 같은 커다란 관점을 갖게 될 것이라는 설명이다. 그리고 커다란 관점에서 보면 지금 나를 옥죄어오는 고민들이나 좁은 인간세상에서 복닥거리며 다투던 것들이 사실 별 것 아니라는 사실을 알게 된다. 생태적으로는 인간중심의 좁은 관점에서 벗어나 전체를 조망하기, 나와 내 가족 위주의 삶에서 벗어나 타인과 사회의 시선으로 넓게 생각해보는 등으로 풀이해 볼 수도 있다.[19] 이어지는 내편의 두 번째 챕터인 '제물론(가지런히 하다)'에서도 인간 중심의 좁은 시야에서 벗어나라는 주장은 여전히 이어지고 있다.

> 내 너에게 물어보기로 하자.
> 사람이 습지에서 자면 허리에 병이 나고 말라 죽는데, 미꾸라지도 그러한가?
> 나무 위에서는 사람은 두려워 덜덜 떠는데, 원숭이들도 그러한가?
> 이 세 가지 것들 중에서 어느 것이 바른 거처를 알고 있는 것인가?
> 사람들은 소·양·개·돼지를 잡아먹고, 고라니와 사슴은 부드러운 풀을 먹고, 지네는 뱀을 잘 먹고, 솔개와 까마귀는 쥐를 좋아한다.
> 이 네 가지 중에서 어느 것이 올바른 맛을 알고 있는 것인가?
> 원숭이는 편저에게 암컷이 되고, 고라니는 사슴과 교미를 하며, 미꾸라지는 물고기와 어울려 논다.

---

19 왕카이, 신정근 옮김, 『소요유, 장자의 미학』, 성균관대학교출판부, 2013.

모장과 서시는 사람들이 미인이라 하지만, 물고기는 그를 보면 물 속 깊이 들어가고, 새는 그를 보면 높이 날아가고, 고라니와 사슴은 그를 보면 후다닥 달아난다.

이 네 가지 것들 중에 누가 천하의 올바른 아름다움을 알고 있는 것인가?

且吾嘗試問乎汝. 民濕寢則腰疾偏死, 鰌然乎哉? 木處則惴慄恂懼, 猨猴然乎哉? 三者孰知正處?

民食芻豢, 麋鹿食薦, 蝍蛆甘帶, 鴟鴉嗜鼠. 四者孰知正味?

猨猵狙以爲雌, 麋與鹿交, 鰌與魚游.

毛嬙西施, 人之所美也, 魚見之深入, 鳥見之高飛, 麋鹿見之決驟. 四者孰知天下之正色哉?

장자, 『장자 - 내편 - 제물론』 中

이는 제물론 가운데 제자 설결(齧缺)과 스승 왕예(王倪)의 문답 부분이다. 월(越)나라의 서시(西施)와 모장(毛嬙)이 아무리 아름다운 절세미녀로 일컬어져도 그것은 인간의 세계에서나 통용될 뿐이라고 장자는 지적하고 있다. 사람들은 이들이 길을 지나갈 때 넋을 잃고 바라보지만, 동물들의 관점에서는 미녀가 아닌 자신을 해칠지도 모르는 그저 사람일 뿐이기에 물고기는 깜짝 놀라서 숨고 새는 하늘 높이 날아오르고 사슴은 재빨리 달아난다.

인간중심주의(anthropocentricism)에서 벗어나 생태계에 존재하는 만물의 시각으로 세상을 바라보라는 충고는 오늘날 생태문명에 있어서 자연과 인간, 인간과 인간 사이의 관계를 재정립하는데 도움을 줄 수 있다. 특히 장자의 사상은 생태사회학 · 생태경제학 · 생태윤리학 등으로 세분화되면서 '에코토피아(생태이상주의)'를 일컬을 때 자주 인용되곤 한다. 에코토피아는 에콜로지(생태학)의 eco와 유토피아(이상향)의 topia를 붙여 만든 합성어로, 이 지구상에 존재하는 모든 생물과 무생물이 한데 어울려 조화와 균형을 꾀하면 살아갈 수 있는 이상향을 지칭한다. 토머스 모어의 '유토피아'는 이 지구상에서는 건설할 수 없는 '어디에도 없는 곳'이었지만, 장자의 에코토피아는 인간중심적인 태도를 버리고 해충도 잡초도 길고양이도 나와 동등한 개체로 바라본다면 얼마든지 건설할 수 있는 곳이다. 나아가 인간과 인간 사이의 수많은 문제들(부의 양극화, 노사갈등, 물질만능주의 등)을 해결하는 실마리가 될 수도 있다. 결국 넓은 시야로 다져진 공생의 마인드는 '타자와 더불어 봄을 만드는(與物爲春『장자 - 내편 - 덕충부(德充符)』)' 따뜻한 온누리를 만들 수 있는 것이다.

우리 삶에서도 서로 잘 모르기 때문에 미워하고 헐뜯는다고 생각합니다. 서로에 대해 속속들이 충분히 알고 나면 우리는 결국 서로를 사랑할 수밖에 없는 심성을 타고난 동물입니다.
자연도 마찬가지입니다. 자연에 대해 잘 모르기 때문에 그 동안 마구잡이로 자연을 파헤치며 살았습니다. 자연의 모든 생물에 대해 보다 많이 알수록 절대로 자연을 해치지 못하게 됩니다.
저는 국립생태원이 우리 국민 모두를 자연에 대해 많이 알고 자연을 사랑하는 사람으로 만드는 기적을 이루는 곳이 되었으면 좋겠습니다.
10여 년 전 제가 우리 사회에 화두로 던진 '호모 심비우스(Homo sybious : 공생하는 인간)'의 정신이 바로 이것입니다. 스스로 현명하다고 자찬하는 호모 사피엔스(Homo sapiens : 지혜로운 인간)의 오만을 떨쳐내고 이제 우리 모두 공생인으로 거듭나야 합니다.

최재천, 전 국립생태원 원장 인사말 中

▲ 최재천 전 국립생태원 원장이 '우리 들꽃 포토에세이 공모
전'의 어린이 입상자에게 시상하는 장면 2016.6.17.(ⓒ연합
뉴스)

4. 고전산문과 경제

2017년 8월 24일은 한국과 중국이 수교를 맺은 지 25주년이 되는 날이었다. 사드문제로 인해 기념식의 분위기는 그다지 밝지 않았지만, 화춘잉(華春瑩) 중국 외교부 대변인은 '초심을 잃지 말고 양국이 건강한 관계발전을 추구하길 희망한다'고 표명했다. 그렇다면 25년 전 한국의 초심은 무엇이었을까? 당시 '하나의 중국(一個中國)'을 부르짖는 중국 앞에서 대세는 타이완과의 단교 및 중국과의 수교를 선택하는 것이었다. 한국이 중국과 수교를 맺기로 결심한 이유는 무엇보다 경제적인 원인이 컸으며 2,000만 대만과 13억 중국은 애초부터 비교의 대상이 될 수 없었다.

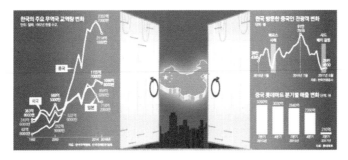

▲ 전국경제인연합회가 분석한 자료에 따르면 1992년 수교 첫해에 63억 7000만 달러에 불과했던 한중 양국 교역은 2016년 2114억 달러(약 240조4200억 원)로 늘었다. 무려 33.2배로 성장한 것이다.(ⓒ동아일보)

주지하다시피 화교의 자본을 토대로 출발한 개혁개방 정책으로 인해 중국의 경제는 단기간에 급성장했으며, 요즘 중국의 힘을 실감하는 대목은 무엇보다 차이나머니를 통해서일 것이다. 2011년부터 중국은 차이나머니 3.0시대를 맞이하면서 제조업을 넘어 IT·미디어·금융·통신

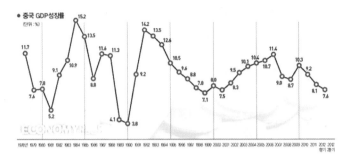

▲ 1978년 이후 중국의 경제성장률 추이
(ⓒ이코노미플러스)

등의 분야에 과감한 투자를 보이고 있는 동시에, 3조 달러에 달하는 외환보유고를 자랑하며(2016년 기준) 이 돈으로 전 세계의 기업·자원·부동산 등을 집어삼키고 있다. 〈슈퍼차이나－머니파워(2015년)〉 다큐에도 등장했던 그리스 아테네 피레우스항 운영권을 비롯하여(2016년 1월), 한국의 쌍용자동차(2004년), 스웨덴의 볼보자동차(2010년), 미국의 모토로라(2014년), 영국의 글로벌 스위치(2016년 12월) 등이 모두 중국 기업에 인수·합병되면서, 말 그대로 전 세계는 중국이 '우뚝 솟은(崛起)' 상황을 피부로 느끼는 중이다.

　머니파워의 시작은 어디서부터로 보면 좋을까? '상나라 사람들(商人)'이라는 단어를 통해서도 알 수 있듯이 중국 사람들은 원래 상업에 능했다. 19세기 말~20세기 초 아편전쟁에서의 굴욕적인 패배와 중화인민공화국 건국으로 인해 잠시 주춤했을 뿐, 화교자본을 기초로 다시 일어난 중국은 지금 호랑이 등에 날개를 단 것처럼 날아다니고 있는 중이다. 이에 우리도 중국 상업의 역사적 흐름을 짚어보면서 오늘날 세계를 움직이는 중국 상인들의 저력을 살펴보는 동시에, 물질이 만능인 자본의 시대 속에서 '진정한 부(富)의 의미'가 무엇인지 생각해 보려 한다.

의식이 넉넉해야 예절을 안다

중국의 경제학자 자이위중(翟玉忠)은 오늘날 세계를 움직이는 중국경제의 기초를 '관중'의 경제학에서부터 찾고 있다. 포숙아와의 우정(管鮑之交)으로도 유명한 관중은 춘추시대 제나라 환공을 보필하여 첫 번째 패자(霸者)로 만들었던 재상으로, 춘추시대 제나라의 경제 · 행정 · 군사 · 법률 · 외교의 기틀을 다졌다. 그의 출세와 성공은 춘추전국시대 수많은 야심찬 선비들의 롤모델이 되었으며, 사마천 역시 열전 두 번째에 관중과 안영을 배치하면서 '실용성'에 입각한 탁월한 공적을 높이 샀다. 관중은 아버지가 돌아가시면서 가세가 기울자, 여러 가지 일에 뛰어드는데 장사도 모사도 출사도 전투도 어느 것 하나 성공하지 못했다. 그리고 이렇게 모자란 친구를 끝까지 믿어주었던 포숙아의 추천으로 한때 자신이 죽이려했던 환공을 보필할 기회를 얻게 된다. 실용주의자였던 환공과 관중이 만나자, 제나라는 바닷가라는 이점을 살려 다른 나라와의 교역을 통해 부유하게 되었고, 군대가 튼튼해졌으며, 아홉 차례나 제후들과의 회맹을 주관하기에 이른다. 다음은 관중이 남긴 유명한 말이다.

> 창고의 물자가 풍부해야 예절을 알고,
> 먹고 입는 것이 풍족해야만 명예와 치욕을 알며,
> 왕이 법도를 실천하면
> 아버지 · 어머니 · 형 · 동생 · 아내 · 자식이 똘똘 뭉치게 되고,
> 예 · 의 · 염 · 치를 제대로 펼치지 못하면 나라는 망하게 된다.
> 倉廩実而知禮節, 衣食足而知栄辱,
> 上服度則六親固,
> 四維不張, 國乃滅亡.
>
> 사마천, 『사기 - 관안열전』中

관중이 제나라에서 시행한 정책은 탁상공론이 아니라 모두 실제적인 행동이었으며, 가장 중요하게 여긴 정치이념은 '부강(경제)'과 '질서'였다. 관포지교 이야기를 통해서도 알 수 있듯이 관중은 돈을 벌기 위해 전국을 돌아다니며 물건을 파는 장사꾼 노릇도 했었다. 그 시절 경험들을 통해 그는 일단 배고픔을 면해야 무엇이 명예이고 치욕이고 의로운 것인지 구분하게 된다는 것을 알게 되었으며, 윗사람이 솔선수범해서 기준을 지키면 온 천하 백성들이 제나라로 몰려들 것이라고 믿었다. 그리고 지금도 그렇듯이 인구수는 국가경쟁력에 큰 영향력을 미치기 때문에 제나라는 단기간에 강대국이 될 수 있었던 것이다.

관중의 유명한 이 말은 『관자』의 첫 번째 챕터인 목민(牧民)편에도 담겨 있다. 물론 『관자』는 관중이 지은 것이 아니라 후대의 누군가가 관중의 이름을 빌려 지은 위서(僞書)라는 설이 지배적이지만, 중요한 것은 그 속에 담긴 사상이므로 충분히 읽을 가치가 있다. 『관자』는 전체 86장으로 구성되어 있으나 이 중 10편이 분실되어 현재 76장만 전해지고 있으며, 가장 눈여겨 볼 부분은 바로 그의 정치관과 경제관이다. 정치와 경제야 말로 백성들이 풍족한 생활을 누리는데 직접적인 관련이 있기 때문이다.

> 무릇 땅을 가진 목민관이 힘쓸 일은 사철의 농사일이요,
> 지켜야 할 것은 곡식 창고를 충실하게 하는 것이다.
> 나라에 재물이 많으면 멀리서 찾아올 것이며,
> 땅이 개간되면 백성들이 머물러 살 것이다.
> 창고가 차야 예절을 알고, 의식이 족해야 영욕을 안다.
> 윗사람이 법도를 지키면 부·모·형·제·처·자의 관계가 돈독해지고,
> 예·의·염·치를 널리 펼치면 법령이 제대로 행해진다. (중략)
> 정치가 흥하는 것은 민심을 따랐기 때문이며,
> 정치가 망하는 것은 민심을 거슬렀기 때문이다.

백성들은 근심과 노고를 싫어하므로, 군주는 그들을 편안하고 즐겁게 해줘야
한다.

백성들은 가난하고 천한 것을 싫어하므로, 군주는 그들을 부유하고 귀하게
만들어야 한다.

백성들은 위험에 빠지는 것을 싫어하므로, 군주는 그들을 안전하게 보호해줘
야 한다.

백성들은 후사가 끊기는 것을 싫어하므로, 군주는 그들이 잘 살도록 해줘야
한다.

凡有地牧民者, 務在四時, 守在倉廩.

國多財, 則遠者來, 地辟擧, 則民留處.

倉廩實則知禮節, 衣食足則知榮辱.

上服度則六親固, 四維張則法令行.

(중략)

政治所興, 在順民心, 政治所廢, 在逆民心.

民惡憂勞, 我佚樂之, 民惡貧賤, 我富貴之,

民惡危墜, 我存安之, 民惡滅絶, 我生育之.

관중, 『관자 - 목민』 中

『관자』의 첫 번째 챕터인 목민은 왕이 유념하고 반드시 지켜야 할
정치의 기본 원리를 정리한 것인데, 조선시대 실학자 정약용의 『목민심
서』도 관중의 사상적 영향을 크게 받았음을 알 수 있다. 순서를 정리하
자면, 일단 백성들은 경제적으로 안정된 생활을 영위해야 한다. 그리고
그 방법은 국가가 다 떠먹여주기보다, 백성들이 스스로 생산하고 소비
하며 자립할 수 있게 만드는 것이 가장 좋다. 경제적 안정과 함께 눈여
겨 볼 부분은 '사순(四順)'이다. 환공이 백성들을 잘 다스릴 비결을 묻자
관중은 '그들이 바라는 바를 해줄 것'을 강조하면서 백성들의 본성을 네
가지로 정리했다. 곧 백성들은 고생을 싫어하고, 풍족함을 원하며, 위험
을 피하고 싶어하고, 후손이 번창하기를 바란다는 것이다. 얼핏 관중을

이야기할 때 냉정하게 실용성만을 추구하는 듯이 보이지만, 사실 그는 인간의 본성을 제대로 파악하고 이를 존중했던 철학자이기도 했다. 또한 관중이 말하는 백성들의 경제적 안정은 '균부(均富)'와도 이어진다. 상위 1%가 부의 절반 이상을 차지하는 양극화가 아닌, 대부분의 백성들이 일정한 정도 이상의 생활을 영위하게 되는 균등한 분배가 이루어져야 그 사회는 안정감을 갖게 된다. 남송시기 철학자 육구연(陸九淵)도 이에 대해 '백성들은 배고픔보다 균등하지 않은 것에 분노한다(不患貧, 患不均)'라고 지적한 바 있다.

이러한 배경 아래 백성들은 안정을 찾은 후에야 무엇이 예(예절)·의(의리)·염(청렴)·치(부끄러움)인지 제대로 판단하게 된다. 이 네 가지를 '사유(四維)'라고 하는데 이것이 곧 나라를 다스리는 근본이념이다. 이 중 하나가 끊어지면 나라가 기울고, 둘이 끊어지면 위태로워지며, 셋이 끊어지면 나라가 뒤집어지고, 넷 다 끊어지면 나라가 망한다. 곧 관중이 추구했던 궁극적인 목표는 전 국민이 예의염치를 아는 '문화대국(文化大國)의 건설'이며, 오늘날 시진핑 정부에서 관중에 새롭게 주목하는 이유 또한 경제적인 성공을 기초로 문화적인 국력까지 겸비하여 국제사회에서 주도권을 장악하기 위함이다.

당시 제후들이 부국강병을 추구했던 목적은 성을 쌓고 궁궐을 크게 짓고 창고에 재물을 가득 채워 대대손손 이를 누리기 위함이었다. 그러나 관중은 이러한 방법으로 권위를 높이기보다는 백성들이 열심히 생산하게 할 수 있는 환경을 조성해 주는 것에 주목했다. 백성들이 생산한 부가 어디로 가겠으며, 백성들이 지키는 사유(禮義廉恥)가 어디로 사라지겠는가. 군주가 백성을 살펴 살기 좋은 나라가 된다면 절로 사람이 더욱 몰려들 것이며 결국 부강한 나라가 된다는 논리인데, 결과는 역사책을 통해 알고 있는 그대로 제나라는 단기간 내에 발전하여 춘추시대 첫 번째 패자가 되었다.

화식열전 속의 상인들

　중국인들은 본래 상업에 뛰어났지만 이들에 대한 국가의 대우는 '억상(抑商)' 또는 '천상(賤商)'이었다. 중앙집권체제를 유지시키기 위해서는 지방세력·사상가·지식인·부자를 통제해야 했기에 상인들을 누르고 업신여겼지만, 이와는 상관없이 헤아릴 수 없을 정도로 많은 숫자의 거상들이 중국 역사를 수놓고 있다. 사마천이 활동했던 한나라 무제 시기에도 사람들은 상인들의 부유함을 부러워하는 동시에 이들을 간사한 부류로 간주하며 천시여기는 모순된 시각을 지니고 있었으니, 이는 국가의 강압적인 통제의 결과였다. 사마천은 국가의 간섭과 상업을 천시여기는 시각에 대해 부당하다고 생각했으나, 이릉 사건으로 궁형을 당한 처지였기에 정치적 발언권이 없었다. 때문에 『사기』의 열전 마지막에 「화식열전(貨殖列傳)」을 배치함으로써, 상인들의 공로를 인정하고 무제가 추진하고 있는 경제정책을 비판하면서 중상정책을 펼칠 것을 제안했다.

　「화식열전」의 화(貨)는 '재산', 식(植)은 '재물이 계속 불어난다'는 뜻이니, 요즘 시각으로 보면 재테크(기업 또는 개인이 금융수익을 얻기 위해 벌이는 재무활동)의 기술 정도로 풀이할 수 있겠다. 「화식열전」에는 춘추시대 말기부터 한나라 초기까지 상공업으로 부를 쌓은 '재테크의 달인' 52명이 등장한다. 그러나 52명 모두를 상세하게 다루고 있지는 않고, 특별히 10명을 중점적으로 기록하면서 나머지는 간략하게 정리하거나 이름만 올렸다. 예를 들어 도굴꾼 전숙, 도박꾼 환발, 남자로서는 다소 부끄럽지만 행상으로 부자가 된 옹락성, 칼 가는 일로 성공했던 질씨, 양의 위를 삶아 말린 것을 팔아 가마를 타고 다녔던 탁씨 등 짧지만 재미난 서술이 가득하다. 말을 치료하는 수의사로 부자가 되었던 장리는 얼마나 넓은 집에 살았던지 종을 쳐서 하인을 부를 정도였다는 기록도 있다. 이렇게 분야는 다르지만 이들이 부자가 된 이유는 하나로 정리할 수 있는데, 곧 남보다 뛰어난 장점을 지녔고 온 힘을 다해 거기에 몰두했기 때문이다. 사마천에게 있어서 이들은 전쟁터에서 계책을 내고 천리 밖의 승리를 결정하는 모사(謀士)나 지자(智者)들에 비해도 전혀 뒤지지 않은 인물들이었으며, 오늘날 자본주의 시장경제에서도 그대로 통할만한 투자의 철칙과 비결들을 지니고 있었다.

우리는 이 중 특별히 세 명의 인물에 집중하려 하는데 바로 월나라 왕 구천의 브레인이었던 '범려(范蠡)'와 공자의 제자였던 '자공(子貢)'과 재물의 신으로 불렸던 '백규(白圭)'이다.

범려는 고사성어 와신상담(臥薪嘗膽)의 주인공인 월나라 왕 구천(句踐)을 도와 오나라를 멸망시키는데 결정적인 역할을 한 인물이다. 역사상 대부분의 킹 메이커(kingmaker)들은 목적을 이룬 후 재물을 과하게 탐내거나 국정을 농단하는 처사로 토사구팽 당하기가 예사였으나, 그는 적당한 때에 내려놓음을 알았기 때문에 화를 면하고 거상으로 재기할 수 있었다. 그는 가까이에서 구천을 모시며 '어려움은 함께 할 줄 알아도 즐거움을 같이 누릴 줄 모르는 사람'이라는 것을 간파하고는 최소한의 여비만 챙겨 식구들을 데리고 제나라와 도(陶)나라에서 이름마저 바꾼 채 농사와 유통업으로 크게 성공했다.

> 이리하여 그는 작은 배를 타고 강호로 다니다가 성과 이름을 바꾸고 제나라로 가서는 '치이자피'라 불렀고, 도나라로 가서는 '주공'이라고 불렀다. 주공은 이렇게 생각했다.
> "도는 천하의 중심으로 사방의 여러 나라로 통하여 물자의 교역이 이루어지는 곳이다"
> 그리고 장사를 하여 물자를 쌓아두었다가 시세의 흐름을 보아 내다 팔아서 이익을 거두었는데, 사람의 노력에 기대지 않았다. 그러므로 생업을 잘 운영하는 사람은 거래 상대를 고른 뒤 자연의 시세에 맡긴다. 주공은 19년 동안에 세 차례나 천금을 벌었다. 그는 그것을 두 차례에 걸쳐 가난한 친구들과 먼

형제들에게 나눠 주었다. 이것이 이른바 '부유하면서도 그 덕을 즐겨 행한다'는 것이다.

乃乘扁舟, 浮於江湖, 變名易姓, 適齊爲鴟夷子皮, 之陶, 爲朱公. 朱公以爲陶天下之中, 諸侯四通, 貨物所交易也. 乃治産積居, 與時逐而不責於人. 故善治生者, 能擇人而任時. 十九年之中三致千金, 再分散與貧交疏昆弟. 此所謂富好行其德者也.

사마천, 『사기-화식열전』 中

범려는 월나라에서 재상의 지위를 누렸지만 기꺼이 한 번에 내려놓을 줄 알았으며, 제2의 인생을 위해 사업을 벌일 때는 오히려 이름마저 바꾸면서 이전의 인맥이나 영향력을 완전히 끊고 새롭게 출발했다. 또한 마크 저커버그나 빌 게이츠처럼 자신의 재산을 나눠야 부를 유지할 수 있음을 깨달았기에 19년 동안 세 차례에 걸쳐 모은 천금의 재산 중 두 번은 가난한 친구들과 형제들에게 나눠주었다. 수많은 거상들이 있지만 사람들이 특별히 도주공을 '장사의 귀재'로 기억하는 이유는 여기에 있다.

다음으로 『논어』에도 종종 등장하는 언변이 뛰어났던 공자의 제자 자공은 상인으로써 어떤 재능을 지녔을까. 자공이 부를 축적한 비결은 시장의 변화에 대한 정확한 예측에 있었다. 그는 시세를 보아 물건을 사고 팔면서 이익 챙기는 것 자체를 즐겼고 때를 봐가며 그때그때 재물을 굴렸다. 이를 바탕으로 노나라와 위나라에서 재상을 지냈으며 외교가로서 명성을 높이기도 했는데, 자공이 한 번 나서면 제나라는 혼란에 빠졌고 오나라는 망했으며 진나라는 강국이 되었고 월나라는 패자가 되었다. 자공이 한 사람의 뛰어난 언변으로 국제 정세에 균열이 생겨 10년 사이에 다섯 나라 모두에 큰 변동이 일어났던 것이다.

공(자공)은 공자에게 배운 뒤 물러나 위나라에서 벼슬하고, 조나라와 노나라 사이에서 물자를 쌓아 두기도 하고 팔기도 하여 재산을 모았다. 공자의 70여 제자들 중에서 자공이 가장 부유했다. 원헌은 술지게미나 쌀겨조차도 제대로 먹지 못하면서 후미진 뒷골목에서 숨어 살았지만 자공은 사두마차를 타고 기마행렬을 거느리며 비단을 폐백으로 들고 제후를 찾아갔으므로 가는 곳마다 왕들이 몸소 뜰까지 내려와 대등한 예로 맞이하지 않는 자가 없었다. 대체로 공자의 이름이 천하에 널리 알려지게 된 것도 자공이 공자를 모시고 다니며 도왔기 때문이다. 이것이 이른바 '세력을 얻어 더욱 세상에 드러나는 일'일 것이다.

子贛既學於仲尼, 退而仕於衛, 廢著鬻財於曹·魯之閒, 七十子之徒, 賜最爲饒益. 原憲不厭糟糠, 匿於窮巷. 子貢結駟連騎, 束帛之幣以聘享諸侯, 所至, 國君無不分庭與之抗禮. 夫使孔子名布揚於天下者, 子貢先後之也. 此所謂得埶而益彰者乎?

사마천, 『사기-화식열전』 中

자공은 사실 공자의 제자들 가운데서도 매우 특별한 존재였다. 공자는 말을 앞세우는 자공에게 종종 충고를 해주기도 했지만 자공을 '종묘 제사에 쓰이는 가장 소중한 제기와 같은 사람'에 비유할 만큼 그 능력을 인정했다. 그는 부유하되 인색하지 않았고, 다른 사람의 생각과 장점을 존중하고 그것이 잘 드러날 수 있도록 도와주기 좋아하는 성품을 지니고 있었다. 곧 자공은 스승 공자가 교육과 저술에 매진할 수 있도록 재정적으로 도왔던 제자라는 것을 알 수 있다. 사마천은 결국 공자의 명성 역시 자공의 재력으로 인해 빚어진 결과임을 예리하게 간파했다. 또한 공자의 주장이 당시 현실과는 맞지 않았던 다소 이상적인 것이었지만, 옳다고 여긴 가치였기에 기꺼이 투자했던 점에 주목했다. 결과는 윈-윈. 공자는 자공으로 인해 천하에 이름을 알리게 되었고, 자공 역시 스승의 명성을 적절하게 활용하여 자신의 사업을 확장했다. 자공은 인간에게 필요한 진정한 가치가 무엇인지 알아보는 눈을 가졌고 그 가치를 가진 사람에게 아낌없이 투자했던 것이다.

　마지막으로 백규는 시세의 변화에 민감하게 촉을 세워 해마다 재산을 두 배로 불렸던 상인이었다. 사실 상인은 경제뿐만 아니라 정치·사회·문화 등 다방면을 볼 줄 알아야 하는데, 백규야말로 세상 돌아가는 상황을 훤하게 꿰뚫고 있었다. 그는 '쌀 때 사들이고 비쌀 때 내다 팔아 이익을 얻는다'는 시장경제의 기본원리에 충실하면서, 맹수나 매가 먹이를 낚아채듯 절호의 기회를 놓치지 않았다. 그러나 백규에게서 진짜 배울 점은 수완보다 살아가는 태도이다. 그는 거친 음식과 의복으로 검소하게 생활하며 노비들과 고락을 같이 하면서 삶을 절제할 줄 알았다.

　　이처럼 백규는 풍년과 흉년이 순환하는 것을 살펴 사고 팔았으므로 해마다 물건을 사재기 하는 것이 배로 늘어났다. 돈을 불리려면 값싼 곡식을 사들이고, 수확을 늘리려면 좋은 종자를 썼다. 거친 음식을 달게 먹고, 하고 싶은 것을 억눌렀으며, 옷을 검소하게 입고, 노복들과 고통과 즐거움을 함께 했으며, 시기를 보아 나아가는 것은 마치 사나운 짐승인 새처럼 재빨랐다. 그는 이렇게 말했다.
　　"나는 산업을 운영할 때 마치 이윤과 여상이 계책을 꾀하고, 손자와 오기가 군사를 쓰고, 상앙이 법을 시행하는 것과 같이 한다. 그런 까닭에 임기응변하는 지혜가 없거나 일을 결단하는 용기가 없거나 주고받는 어짊이 없거나 지킬 바를 끝까지 지킬 수 없는 사람이라면 내 방법을 배우고 싶어해도 끝까지 가르쳐 주지 않겠다."
　　대체로 천하에서 사업을 말하는 방법을 말하는 사람들은 백규를 그 원조로 보았다. 백규는 직접 시험을 해보았고, 남보다 뛰어났음을 입증할 수 있었다. 이것은 아무렇게나 될 수 있는 것이 아니다.
　　白圭樂觀時變, 故人棄我取, 人取我與. 夫歲孰取穀, 予之絲漆, 繭出取帛絮, 予之食. 太陰在卯, 穰明歲衰惡. 至午, 旱明歲美. 至酉, 穰明歲衰惡. 至子, 大旱明歲美, 有水. 至卯, 積著率歲倍. 欲長錢, 取下穀, 長石斗, 取上種. 能薄飮食, 忍嗜欲, 節衣服, 與用事僮僕同苦樂, 趨時若猛獸摯鳥之發. 故曰 "吾治生産, 猶伊尹, 呂尙之謀, 孫吳用兵, 商鞅行法是也. 是故其智不足與權變, 勇不足以決斷,

仁不能以取予, 彊不能有所守, 雖欲學吾術, 終不告之矣." 蓋天下言治生祖白圭.
白圭其有所試矣, 能試有所長, 非苟而已也.

사마천, 『사기 - 화식열전』 中

『사기 - 화식열전』의 장점은 재미도 재미이거니와 인간의 본성에 대한 예리한 지적과 함께 무엇이 가치 있는 삶인지 질문하고 있다는 점이다.[20] '돈 버는 이야기'로 열전의 마지막을 맺은 것에 대해 사람들은 '이익을 존중하고 가난을 부끄럽게 여겼다(班固)'고 비아냥거리며, 사마천이 너무 돈을 밝힌다고 비난했다. 그러나 곰곰이 생각해보면 사마천이야말로 50만전을 구하지 못해 궁형을 받았던 돈이 '웬수'인 사람이다. 그리고 그는 '얼마나 모았는지'가 아닌 '어떻게 모았는지'와 '어떤 가치를 위해 썼는지'에 주목했다. 인간 생활에서 돈의 중요성, 돈을 쓰는 곳에 마음도 있다는 인간 본성에 대한 성찰로 마무리를 맺는 점은 오늘날에도 생각할 부분이 많다.

미션(1) 다음 문장을 해석해 본 후, 오늘날에도 적용될 수 있는 경제 원리인지 생각해 보도록 한다.

治國之道, 必先富民. 民富則易治也, 民貧則難治也 『관자 - 치국(治國)』
一年之計莫如樹穀, 十年之計莫如樹木, 終身之計莫如樹人. 『관자 - 권수(權修)』
貴富而不知道, 適足以爲患, 不如貧賤. 『여씨춘추 - 본생(本生)』

---

20 '평범한 사람은 상대방의 재산이 자기보다 10배 많으면 헐뜯고, 100배 많으면 두려워하고, 1000배 많으면 그의 심부름을 하고, 10000배가 많으면 기꺼이 그의 종이 되는데 이것이 세상의 이치이다'와 같이 인간의 본성을 날카롭게 꿰뚫은 구절은 드라마 〈패션왕 (2014)〉의 대사로도 활용되었다.

淵深而魚生之, 山深而獸往之, 人富而仁義附焉. 『사기－화식열전』

富無經業, 則貨無常主, 能者輻湊, 不肖者瓦解. 『사기－화식열전』

天下熙熙, 皆爲名來, 天下攘攘, 皆爲利往. 『사기－화식열전』

미션(2) 애덤 스미스의 『국부론(The Wealth of Nations)』을 읽고, 사마천의 「화식열전」과 동일한 사상을 지녔다는 평가에 대해 어떻게 생각하는지 정리해 보도록 한다.

중국기업의 정신

정부의 억상정책 속에서도 중국의 역사적 흐름 가운데 수많은 거상들이 출현했으며, 명·청대에 이르러서는 진상(晋商)·휘상(徽商)·월상(粤商)·절상(浙商) 등 10여 개 정도의 상업조직(商帮)이 활동하기에 이른다. 이들 상업조직은 각자의 지역을 바탕으로 탁월한 경영시스템을 구축하는 한편 공동으로 추구하는 경영이념을 지니고 있었으니, 예를 들어 월상의 '돈이 있으면 귀신에게 맷돌을 굴리게 할 수도 있다', 절상의 '이윤이 한 푼 뿐이어도 포기하지 않는다', 진상의 '제일 중요한 것은 믿음이고 두 번째는 의로움이며 세 번째가 이익이다', 휘상의 '유학이 근본이며 장사는 수단이다' 등은 한번쯤 들어본 경영철학일 것이다.

특히 휘상의 대표인물로 홍정상인까지 올랐던 청나라 말기의 상인 호설암(胡雪岩)은 칼날에 묻은 피를 핥은 것도 마다하지 않았던 전형적인 정경유착형 상인이었으나, 나라와 사회를 위해 벌어들인 이익을 나눌 줄 알았던 유상(儒商)의 면모도 함께 지녔기에 '장사의 신(商聖)'으로 일컬어졌다. 그의 주된 사업은 부강전장(阜康錢莊)을 중심으로 한 금융업이었지만, 오늘날 사람들이 기억하는 부분은 세상을 구제하기 위해 세워(濟世) 속임수를 경계하며(戒欺) 훌륭한 품질을 자신했던(眞不二價)

'호경여당(胡慶餘堂)' 약국이다. 안타깝게도 호설암의 마지막은 결국 파산으로 끝난다. 그럼에도 불구하고 사람들은 그를 중국 최고의 상인으로 기억하고 있으니, 호경여당 약국의 이름처럼 '선을 쌓은 집안에는 반드시 넉넉한 복이 있다(積善之家, 必有餘慶. 『周易-文言傳』)'는 말이 사실임을 보여준다.

　이후 중국의 상인들과 기업가들은 특유의 중국식 사회주의 속에서도 저렴하고 우수한 품질의 '메이드 인 차이나'를 만들어냈다. 그리고 이제 세계의 공장이 아닌 세계의 시장으로 변신하면서 경제대국으로 부상하게 되었으나, 그에 비례하여 중국의 기업인들이 세계인들로부터 진심 어린 존경을 받는지에 대해서는 선뜻 대답하기가 어렵다. 예전의 거상들이나 상업조직이 추구했던 가치에 대한 고민보다는 빠른 시간 속에서 고속성장을 거치며 경박함·요행심·폐쇄성·경직성·외부에 대한 이해 부족, 자아반성의 부족 등의 단점이 더욱 두드러졌기 때문이다. 경제대국에서 경제강국으로 발돋움하려는 지금의 이 시점에서 그래도 낙관적인 미래를 예측하는 것은 이러한 가치들에 대해 깊이 생각하고 실천하려는 기업인들이 곳곳에 존재한다는 것이다. 직원을 최고의 자산이라고 생각하는 순펑익스프레스(S.F. Express)의 회장 왕웨이(王衛)를 통해서는 노복들과 동고동락했던 백규를 발견할 수 있으며, 시안 대학생 '웨이쩌시 의료사망 사건'에 대해 통렬한 자기비판과 함께 초심을 지키기 위해 노력하는 바이두(百度)의 CEO 리옌홍(李彦宏)을 통해서는 신용을 목숨보다 중시 여겼던 진상의 모습을 찾아볼 수 있다. 비록 수적으로 많지는 않지만 선대 거상과 상업조직의 정신을 기억하며 기업 이념과 실제행동을 일치시키려는 진정성이야말로 오늘날 중국경제를 이끄는 힘일 것이다.

친애하는 바이두 직원 여러분!

1월의 게시판 사건, 4월의 웨이쩌시 사건은 바이두에 대한 네티즌들의 극렬한 비판과 질타를 불러왔습니다. 그 분노의 감정은 바이두가 지금까지 겪어왔던 어떤 위기보다도 큽니다.

요즘 들어 깊은 밤, 조용한 때에 저는 항상 생각합니다. '매일 바이두를 사용하는 그 많은 사람들이 왜 다시 우리를 사랑하지 않을까? 왜 우리는 우리 서비스에 자부심을 느낄 수 없을까? 문제는 도대체 어디서 나온 것일까?

(중략)

오늘날 바이두가 영향을 미칠 수 있는 사람들은 그 어느 때보다도 많고, 정보의 흐름은 그 어느 때보다도 빠르며, 시장 환경은 그 어느 때 보다도 복잡합니다. 좋은 것, 나쁜 것, 아름다운 것, 추악한 것, 진실된 것, 거짓된 것들이 모두 인터넷 안에 있습니다. 매일 무수한 사람들이 바이두에서 찾은 결과로 문제를 해결하고, 이것이 우리의 제품이념과 행동준칙에 더 높은 기준을 요구합니다. 우리는 시대와 함께 앞으로 나아가며, 고객을 위해 책임을 져야 합니다!

各位百度同學:

一月份的貼吧事件, 四月份的魏則西事件引起了網民對百度的廣泛批評和質疑, 其憤怒之情, 超過了以往百度經歷的任何危機。

這些天, 每当夜深人静的時候, 我就會想 "爲什麼很多每天都在使用百度的用戶不再熱愛我們? 爲什麼我們不再爲自己的産品感到驕傲了? 問題到底出在哪里?

(중략)

今天, 百度能影响的人比以往任何時候都更多, 信息的流動比以往任何時候都更快, 市場的環境比以往任何時候都更複雜, 好的、壞的、美的、丑的、真的、假的, 在網上都有, 每天有無數的人會根據在百度搜到的結果去做決策, 這也對我們的産品理念, 行爲準則提出了更高的要求。我們要與時俱進, 爲用户負責!

리옌훙, 「초심을 잃지 말고 꿈을 버리지 말자(勿忘初心, 不負夢想)」(2016.5.10) 中

미션(1) 현재 중국을 움직이는 기업을 10개 정도 조사해보고, 그 기업의 기업이념과 실제경영이 어떻게 드러나고 있는지 찾아보도록 한다. (ex. 알리바바, 샤오미, 텐센트 등)

미션(2) 마이클 샌댈의 『돈으로 살 수 없는 것들 : 무엇이 가치를 결정하는가』(안기순 역, 와이즈베리, 2012)를 읽고, 인상 깊었던 부분에 대해 자유롭게 이야기해 보도록 한다.

5. 고전산문과 외교

중국은 역사적으로 자신들이 '천하의 중심'에 있다고 보았다. 비록 1840년부터 1949년까지 '백 년의 치욕(百年恥辱)'이라는 굴욕의 시기를 잠시 겪기도 했지만, 그 시기조차 자신들이야말로 문명을 가진 천하의 중심으로 변방의 오랑캐들을 교화하고 문명을 전달해주면서 대신 변방으로부터 조공 받을 권리를 가지고 있다는 중화사상을 여전히 간직하고 있었다. 아편전쟁 이후 중국은 국제정세를 직시하며 충실한 국제사회의 일원이 되고자 하면서도 여전히 중화사상을 붙잡고 있었으니, 문제는 그것이 언제 어떤 형식으로 발현되는가에 있었다.

마오쩌둥 시대의 외교정책은 오랑캐의 힘을 빌려 오랑캐를 제압하려는 '이이제이(以夷制夷)' 전략에 집중했다. 정확히 풀이하자면 한 세력의 힘을 빌려 다른 세력의 힘을 제어한다는 것이 더 적합할 것이며, 여기서 두 개의 세력은 냉전시대의 두 강대국인 미국과 소련을 지칭한다. 덩샤오핑 시대의 외교정책은 『삼국지연의』에서 유래한 그 유명한 '도광양회(韜光養晦)'이다. 유비가 스스로를 낮춰 조조의 식객으로 머물면서 경계심을 약화시키고 때를 기다렸던 것처럼, 칼집 속에 칼을 넣어둔 채 문명국가로서의 재능을 드러내지 않고 은밀하게 힘을 기르는 전략이다. 덩샤오핑은 1997년 세상을 떠나면서도 '도광양회를 적어도 100년을 유지하라'는 유언을 남겼으나, 장쩌민은 그래도 '필요할 때는 할 말을 해야한다'는 '유소작위(有所作爲)'로 방향을 돌렸으며, 후진타오는 이제는 평화롭게 우뚝 서겠다는 '화평굴기(和平崛起)' 전략을 추구했다.

그리고 이제 시진핑은 아예 드러내 놓고 '대국으로 우뚝서겠다'는 '대국굴기(大國崛起)'를 외치고 있으며 이는 이전의 오랜 중화사상에 기초한 것이기에 바로 옆에 있는 우리로서는 긴장하지 않을 수 없다.

베이징올림픽개막식과 전승절기념식

대국굴기는 사실 후진타오 시대의 외교정책이었다. 이는 2006년 11월 13일부터 24일까지 방송된 CCTV의 12부작 역사다큐멘터리 제목으로, 스페인·포르투갈·네덜란드·영국·프랑스·독일·일본·러시아·미국이 어떻게 인류역사의 전성기를 이끌었는지를 풀이하면서 마지막 주자는 중국이 될 것이라고 밝혔다. 그러나 주변국들이 이에 대한 깊은 우려를 표하자 친목을 다지면서 존경받는 책임국가가 되겠다고 말하며 한발 물러서 앞의 두 글자를 '평화'로 바꾼 것이다. 후진타오 시대의 화평굴기는 2008년 8월 8일 베이징올림픽개막식에 그대로 압축되어 '하나의 세계, 하나의 꿈(同一個世界, 同一個夢想)'의 중심에 중국이 우뚝 섰음을 만천하에 천명했다. 화려한 개막식은 각종 상징과 은유로 가득 차 있었으니, 이를 정리해 보자면 중국이 자랑하는 문화들(공자, 둔황벽화의 비천, 경극과 곤극, 정화의 원정, 4대 발명품, 태극권 등)의 나열이었다. 곧 성당시대를 중심으로 각 시대 중국문화의 우수성을 드러내는 각종 아이템들이 장이머우(張藝謨) 감독 특유의 환상적인 분위기 속에서

▲ 2015년 9월 3일, 전승절 70주년 기념 열병식에서 인민해방군을 사열하고 있는 시진핑 군사위원회 주석
(ⓒ뉴시스-CCTV캡쳐)

꽃을 피웠다. 그러나 이를 본 대부분의 사람들은 평화나 감동보다는 왠지 모를 불편함을 느꼈으니 이는 과거 자기자랑의 나열에만 그쳤을 뿐 그래서 인류의 현재와 미래를 위해 어떤 보편적인 가치를 함께 추구할지에 대한 언급이 없었기 때문이다.

그리고 2015년 9월 3일의

전승절기념식에 이르러 중국은 중화민족의 부흥을 선언하면서 중국을 견제하려는 미국에 대해 정면 돌파의 의지를 드러냈다. 특히 2015년은 항일전쟁 및 반파시스트전쟁 70주년이었기에 49개국 지도자들과 10개 국제기구 수장을 초대한 가운데 성대한 군사퍼레이드를 진행했다. 이는 세계 각국에 방송과 인터넷으로도 중계되었는데, 지난 날 중국의 황제가 주변국의 조공사절을 맞이하는 듯한 착시를 일으킬 정도였다. 시진핑 주석은 이날 연설에서 끊임없이 '평화'를 강조하면서 마지막에 인민해방군 병력 30만 명을 줄이겠다는 폭탄선언으로 전 세계인들을 깜짝 놀라게 만들기도 했다. 또한 '중국은 결코 패권주의나 팽창주의를 모색하지 않을 것이며 과거 중국이 겪었던 고통을 다른 나라로 하여금 겪게 하지 않을 것이다'라는 말은 누가 봐도 미국과 일본에 대한 비난이었다.

평화를 위해 중국은 장차 평화 발전의 길을 시종일관 고수할 것입니다. 중화민족은 역대로 평화를 사랑해 왔습니다. 어느 단계까지 발전해 나가는지에 관계없이 중국은 영원히 패권자라 칭하지 않을 것이며 세력 확장을 하지 않을 것이며 우리가 겪었던 비참한 처지를 다른 민족에게 강요하지 않을 것입니다. 중국인민은 장차 세계 각국의 인민들과 우호적인 관계를 유지하고 중국인민항일 전쟁과 세계반파시스트 전쟁 승리의 성과를 결연히 지켜내고, 인류에 대해 새롭고 더욱 큰 공헌을 할 수 있도록 노력할 것입니다.
중국인민해방군은 인민의 아들딸입니다. 전 군의 장병들은 온 힘을 다해 인민을 위해 봉사한다는 근본 취지를 명심해 조국의 안전과 인민의 평화로운 생활을 수호하는 신성한 직책을 충실히 이행하고 세계평화수호의 신성한 사명을 충실히 집행해야 합니다. 저는 앞으로 중국의 군대인원을 30만 명 감축할 것을 선포합니다.
신사숙녀, 동지, 여러분!
'처음은 누구나 노력하지만, 끝까지 계속하는 사람은 드물다(靡不有初, 鮮克有終『주역 - 겸괘(謙卦)』)'이라는 말처럼, 중화민족의 위대한 부흥을 실현하기 위해 대대로 노력해야 합니다. 중화민족은 5,000여년 역사를 가진 찬란한 문명을 창조했고 반드시 더욱 찬란한 내일을 창조해 낼 수 있을 것입니다. 전진하는 길에 전국의 각 민족 인민들은 중국공산당의 영도 하에 마르크스레닌주의, 마오쩌둥사상, 덩샤오핑이론, 3대 중요사상과 과학발전관을 견지하고, 중국특색의 사회주의 길을 따라 4대 전면 전략배치에 의거해 위대한 애국주의 정신과 위대한 항전정신을 드높이고 모두가 한마음이 돼 어떠한 어려움이 있어도 우리가 정한 목표를 향해 계속해서 기운차게 나아갈 것입니다. 역사가 시사하는 위대한 진리를 다 같이 마음속에 깊이 새깁시다.

정의필승! 평화필승! 인민필승!

爲了和平, 中國將始終堅持走和平發展道路. 中華民族歷来愛好和平. 無論發展到哪一步, 中國都永遠不称霸, 永遠不搞擴張, 永遠不會把自身曾經經歷過的悲惨遭遇强加給其他民族. 中國人民將堅持同世界各國人民友好相處, 堅決捍衛中國人民抗日戰爭和世界反法西斯戰爭勝利成果, 努力爲人類作出新的更大的貢獻. 中國人民解放軍是人民的子弟兵, 全軍將士要牢記全心全意爲人民服務的根本宗旨, 忠實履行保衛祖國安全和人民和平生活的神聖職責, 忠實執行衛護世界和平的神聖使命. 我宣布, 中國將裁减軍隊員額30萬.

女士們, 先生們, 同志們, 朋友們！

"靡不有初, 鮮克有終." 實現中華民族偉大復興, 需要一代又一代人爲之努力. 中華民族創造了具有5000多年歷史的燦爛文明, 也一定能够創造出更加燦爛的明天. 前進道路上, 全國各族人民要在中國共産黨領導下, 堅持以馬克思列寧主義, 毛澤東思想, 鄧小平理論, 三個代表重要思想, 科學發電觀爲指導, 沿着中國特色社會主義道路, 按照"四個全面"戰略布局, 弘揚偉大的愛國主義精神, 弘揚偉大的抗戰精神, 萬衆一心, 風雨無阻, 向着我們既定的目標繼續奮勇前進！

讓我們共同銘記歷史所启示的偉大真理：正義必勝！和平必勝！人民必勝！

시진핑,
「전승절 70주년 기념식에서의 연설(習近平在抗戰勝利70周年紀念大會講話)」中

이렇듯 외교 관련 연설에서 시진핑 주석이 항상 강조하는 단어는 '평화'인데, 예를 들어 2015년 3월 보아오포럼 개막연설에서는 20분 동안 평화와 안정이라는 단어만 무려 26번을 언급했다. 그렇다면 말과 실제 행동이 일치하고 있을까? 안타깝게도 미국과의 미묘한 신경전은 지속되고 있고,[21] 국경분쟁과 해양분쟁은 더욱 심해졌다. 예를 들어 인도와 중국은 두 달째(2017년 8월말 기준) 부탄의 도클람(Doklam) 지역을 경계로 대치중이고, 급기야는 상대방을 비난하는 동영상까지 제작하면서 감정싸움으로 번진 상태이다.[22] 인도 이외에도, 중국은 소련·몽골·북한·베트남·미얀마 등의 나라와도 영토분쟁이 있었다. 그리고 시진핑 시대로 접어들면서 중국의 관심은 육지에서 해양으로 확대되었으니, 현재 남중국해에서는 베트남·필리핀·말레이시아·대만 등과 대립한 채 7개의 암초 위에 인공섬을 건설하고 있는 중이며, 동중국해에서는 센카쿠 열도로 인해 일본과 갈등을 빚고 있다. 물론 우리나라와의 이어도 문제도 아직 해결되지 않은 상태이다. 이를 단순히 시진핑 주석의 언행의 불일치로 봐야할까, 연설문의 미묘한 느낌을 제대로 파악하지 못한 우리의 무지로 봐야할까. 그래서 연설문을 꼼꼼하게 따져봐야 할 필요가 있는데, 가장 큰 걸림돌은 역시 곳곳에 인용되어 있는 고전구절이다.

미션 　'靡不有初, 鮮克有終'의 뜻과 유래를 설명하고, 연설문에서 이 구절에 담당하고 있는 역할에 대해 이야기해 보도록 한다.

---

21 예를 들어 2017년 4월 7일 개최되었던 트럼프 대통령과 시진핑 주석의 첫 만남(마라라고 정상회담)은 결국 북핵문제에 대한 이견만 확인한 채 '알맹이 없는 상견례' 또는 '합의문 없는 빈 손'이라는 결과를 불러왔다.
22 「국경 분쟁 중인 중국 - 인도, 이번엔 '풍자 전쟁'」(YTN 2017.8.21)

연설문 분석의 한 예 : 2014년 7월 서울대학교 연설

시진핑 주석의 연설문에는 유난히 고전구절이 많다. 물론 시진핑 주석이 직접 연설문 문건을 작성하는 것은 아니다. 우리의 청와대 연설비서관처럼 중국에는 비공식직함인 '문담(文膽)'이 있는데 현재 리수레이(李書磊)가 그 역할을 맡고 있다. 리수레이는 14살에 베이징대 도서관학과에 최연소로 입학하여 베이징대 중문과에서 석·박사 학위를 받은 이후 1989년부터 중국공산당중앙당교(中國共產黨中央黨校)에서 본격적인 사회생활을 시작했다. 도서관학과 중문학을 전공했으니 문학과 역사에 해박한 것은 당연하고 연설문 가운데 고전이 종횡무진 담겨 있는 이유도 이로 인한 것이다. '원래 중국에서는 역사적으로 문화적 소양이 풍부한 인물이 관리가 되고 행정에 참여해 왔다'고 강조하는 리수레이로 인해 우리는 문사철로 무장된 전통적인 중국 관료의 '환생(還生)'을 볼 수 있다.

이제 리수레이가 작성한 초안을 충분히 소화한 후 자신의 목소리로 말하는 시진핑의 연설문 가운데 한 예를 살펴보자. 2012년 11월 29일 「부흥의 길 참관 후 연설」 이후 발표된 수많은 연설문 가운데 우리가 살펴볼 것은 2014년 7월 「중국과 한국이 함께 힘을 모아 아시아의 진흥과 번영을 이루자(共創中韓合作未來同襄亚洲振興繁榮)」라는 제목의 서울대학교 연설이며, 전체 문장은 다음과 같다.[23]

> 존경하는 오연천 총장님,
> 교수님들과 학생 여러분,
> 신사 숙녀 여러분!

---

23 연설문의 원문은 '시진핑을 배우는 길(學習路上)'의 주소를 링크하는 것으로 대신한다. http://cpc.people.com.cn/n/2014/0704/c64094-25241564.html(學習路上)

안녕하십니까(한국어)!

여러분 안녕하십니까!

오늘 한국 최고의 학부 서
울대학교를 방문하여 여러
교수님들과 학생들, 그리고
각 분야의 전문가여러분을
만나니 매우 반갑습니다.

우선 저는 정중하게 중국 정
부와 중국 국민을 대표하여,
그리고 저 개인의 자격으로
지금 이 자리에 계신 여러
분과 한국 국민들께 진심어

▲ 2014년 7월 4일,
서울대학교에서 연설 중인 중국 시진핑 국가주석(ⓒ新華網)

린 문안 인사와 축원을 보냅니다!

이번에 저는 박근혜 대통령의 초청에 따라 이번에 공식적으로 한국을 방문했
습니다.

또한 가볍게 이웃집을 들러서 친구를 만나는 것이기도 합니다.

어제 저는 박근혜 대통령과 양국의 관계, 지역, 국제정세 등 공동의 문제들에
대해 깊이 있는 대화를 나눴습니다.

중국과 한국 두 나라는 맞닿아 있습니다. 그리고 '백냥으로는 집을 사고, 천냥
으로는 이웃을 사고, 좋은 이웃은 돈으로도 바꾸지 않는다(百金買屋, 千金買
隣, 好隣居金不換)'는 속담처럼 소중한 이웃입니다.

역사를 돌이켜보면, 중국과 한국 사이의 아름다운 이야기는 너무나 많습니다.

불로장생약을 찾아 동쪽으로 가던 중 제주도에 들렀던 서복,

금칠을 하고 앉은 채 구화산에서 입적한 신라 왕자 김교각,

당나라로 유학을 떠나 관리가 된 큰 스승 최치원,

동쪽 고려로 건너 온 공자의 후예 공소,

중국 곳곳을 떠돌며 27년 동안 독립운동을 이끈 영웅 김구 선생부터

중국인민해방군 군가 작곡가 정율성 선생까지,

두 나라 국민의 우호적인 왕래와 상부상조의 전통은 그 유래가 매우 깊습니다.

한국의 시인 허균이 썼던 '속 마음을 털어 놓으니, 마음이 겨울밤 달빛처럼
맑고 깨끗하네(肝胆每相照, 冰壺映寒月 「송별시」)'라는 시구절은 전적으로 중

국국민과 한국국민의 우정을 상징합니다.

역사상 어려움이 닥칠 때마다, 중국과 한국 두 나라 국민은 물고기들이 침을 묻혀 서로를 축축하게 적시며 이겨 냈듯이(相呴以濕, 相濡以沫『장자-내편-대종사』) 서로를 도왔습니다.

400여 년 전, 조선 땅에 임진왜란과 정유재란이 일어났을 때, 두 나라 국민은 같은 적에 분개하면서 어깨를 나란히 하여 싸웠습니다. 명나라의 등자룡(鄧子龍) 장군과 조선의 이순신 장군이 노량해전에서 순직하였으며, 명나라 총사령관 진린(陳璘)의 후손들은 지금도 한국에서 살고 있습니다.

지난 세기 중엽, 일본의 군국주의 세력이 중국과 한국에 대해 야만적인 침략전쟁을 일으켜 조선반도를 삼키고, 중국 국토의 절반을 짓밟은 적이 있었습니다. 일본이 중국과 한국 두 나라 국민들을 유린당하고 국토를 짓밟혔던 항일 전쟁 시기에도 서로를 의지하며 서로를 도왔습니다.

지금 중국 영토 안의 대한민국 임시정부 옛터, 윤봉길 의사를 기념하는 상하이의 매헌기념관, 시안의 광복군 주둔지의 옛터 등은 모두 매우 감격스러우면서도 잊을 수 없는 역사적 사실을 드러내는 증거들입니다.

1992년 중-한수교 이후 두 나라는 하늘의 때, 땅의 이점, 사람의 정을 기반으로 서로를 존중하고 믿어왔습니다. 같은 점은 함께하고 다른 점은 공감하는 대원칙을 지키면서, 협력하여 함께 어려움을 이겨내며 미래를 만들어 나갔으며, 서로 간의 중요한 점을 존중하고, 상대의 편의를 보살피면서 두 나라의 관계를 비약적으로 발전시켰습니다.

현재 중국은 이미 한국의 최대 무역 상대국이고, 최대 수출 시장이며, 최대 수입국이고, 최대 해외투자 대상국이며, 최대 유학생이 오는 나라이고, 최대 해외여행 목적지입니다. 한국은 중국에게 있어서 가장 중요한 동반국 중 하나입니다.

중국과 한국의 무역액은 이미 한-미, 한-일, 한-유럽 무역액을 초과했으며, 매주 두 나라를 왕복하는 비행기 편수만 해도 800여 편이 넘습니다. 지난해 중국과 한국을 왕래한 숫자는 822만 명에 이르렀으며, 내년에는 1000만 명이 넘을 것으로 예측됩니다. 두 나라는 명실상부한 전략적 동반자로, 지금 그 관계가 최고조에 올라 있습니다.

신사 숙녀 친구 여러분!

현재 중국 국민들은 중국공산당의 지도 아래 중국적 특색의 사회주의 노선을 따르며 전면적인 샤오캉 사회와 중화민족의 위대한 부흥이라는 '중국의 꿈'을 실현하기 위해 힘쓰고 있는 중입니다. 한국 국민들 역시 국민 행복시대와 제2의 한강 기적이라는 '한국의 꿈'을 이루기 위해 힘을 다하고 있는 중이라고 알고 있습니다.

이러한 교류는 중-한 양국의 협력을 강화시키는 역사적인 기회들을 제공했습니다.

우리 모두는 중국의 발전 가능성에 대하여 관심이 많습니다.

왜냐하면 이는 중-한 양국 관계의 미래와 매우 밀접한 관련이 있기 때문입니다. 저는 먼저 이 문제에 대해 이야기하려고 합니다.

지금 중국 국민의 생활수준은 나날이 향상되고 있습니다. 중국의 발전에 대해 몇몇 사람들은 일종의 위협으로 인식하고, 나아가 『서유기』에 나오는 무시무시한 '우마왕(牛魔王)'으로 묘사하기도 합니다. 그러나 이런 견해는 틀렸다고 말하고 싶습니다. 다행히도 진리는 객관적으로 존재하는 것이며, 이런저런 견해에 따라 바뀌지 않는 것입니다.

중국은 이미 미래의 발전 목표를 확정한 바 있는데, 바로 2020년까지 GDP와 도시 및 농촌의 일인당 평균 소득을 2010년의 2배로 늘림으로써 전면적인 샤오캉 사회를 건설하는 것입니다. 나아가 이번 세기 중엽까지 부강+민주+문명+조화를 두루 갖춘 현대적인 사회주의 국가를 건설하려고 합니다.

우리는 이 목표를 '중국의 꿈'으로 요약한 바 있습니다. 이 목표를 실현하는 것은 결코 쉽지 않습니다. 오랜 시간 동안 중국은 세계에서 가장 큰 개발도상국가였으며, 지금도 13억 국민의 생활수준을 올리는 것은 여전히 큰 과제입니다.

5,000년 역사의 문명국가로서 중국은 어떠한 모습의 국가가 되어야 할까요? 이것은 많은 사람들이 관심을 보이는 부분으로, 여러 교수님들 및 학생들이 주시하고 있는 것이기도 합니다. 이 문제에 대한 대답으로는 여러 가지가 있겠지만, 여기서 저는 세 가지를 제시하고자 합니다.

첫째, 중국은 처음부터 끝까지 평화를 사랑하고 지키는 국가가 될 것입니다. 중화민족은 본래 평화를 사랑하는 민족이었으며, 과거에도 현재에도 미래에도 동일할 것입니다.

평화, 화목, 조화를 추구하는 전통은 중화민족의 정신세계 가운데 깊게 뿌리 내려 있습니다.

중국에는 예로부터 '나라가 비록 크더라도 싸움을 즐기면 반드시 없어진다(國雖大, 好戰必亡, 天下雖安, 忘戰必危 사마양저『사마법』)', '평화를 소중히 여긴다(以和爲貴『논어』)', '온 나라가 태평스럽다(天下太平『여씨춘추 - 대락』)', '온 나라가 하나로 뭉치다(天下大同『예기 - 예운』)' 등의 이념이 전해 내려오고 있습니다. 중국 국민들은 역사상 어려움을 여러 차례 겪었기에, 세계 여러 나라가 같이 평화를 도모하고 지키길 희망합니다. 중국은 평화 발전의 길을 걸어나갈 것입니다. 이것은 일시적인 대책이나 외교적 화술이 아니라 과거 - 현재 - 미래의 객관적인 판단을 종합하여 이끌어 낸 결론입니다.

둘째, 중국은 처음부터 끝까지 협력을 촉진하는 국가가 될 것입니다.

21세기는 협력의 시대입니다. 중국의 절대로 다른 나라의 희생을 대가로 발전지 않을 것이며, 절대로 남에게 해를 끼치면서 이익을 구하지 않을 것이고, 이웃국가에게 재앙을 전가하지도 않을 것입니다.

중국 국민들은 여러 나라 국민들과 함께 각자의 아름다운 꿈을 이루도록 도울 것이며, 함께 발전하고 번영하기를 바랍니다. 중국은 서로에게 이익이 되는 개방정책을 확고하게 수행할 것이며, 올바른 가치관을 유지하면서 개방형 경제 체제를 확대시킬 것입니다. 나아가 함께 아시아 및 세계 각국과도 협력을 강화할 것입니다. 중국은 친선, 성심, 호혜, 관용의 이념에 따라 협력을 진행하면서 이웃 나라에 선한 영향을 끼치고자 노력할 것입니다.

중국은 특히 개발도상국을 외교정책의 기초로 삼아, 개발도상국이 신뢰할 만한 친구가 되는 동시에 진실한 동반자가 되기를 희망합니다.

셋째, 중국은 처음부터 끝까지 겸손하게 배우는 국가가 될 것입니다.

겸손은 사람들을 진보 시키고 교만은 사람들을 뒤처지게 합니다(滿遭損, 謙受益『서경 - 대우모』). 중국은 지금 커다란 발전을 이룬 상태이지만, 세계적 선진국과 비교하면 아직도 많이 부족합니다.

중국 국민들은 오늘날의 발전에 대해 자랑스럽게 생각하지만, 교만과 자만을 버리고 배워나가길 멈추지 않을 것입니다. 나아가 수많은 물줄기를 받아들이는 바다 같이 넓은 마음으로(海納百川, 有容乃大 강지『통감절요』) 겸손하게 세계의 목소리에 귀를 기울이고자 합니다.

중국은 친선을 유지하되 주관을 지키는 화이부동(和而不同『논어 - 자로』)의 사상을 견지하며, 문명의 다양성을 존중함으로써, 여러 문명의 조화로운 공존을 적극적으로 추진할 것입니다.

중국은 지속적으로 인류가 창조한 모든 문명의 성과를 배워 나갈 것이며, 더 나은 발전을 이루도록 도모할 것입니다.

평화를 사랑하는 중국, 협력을 촉진하는 중국, 겸허하게 배우는 중국은 중 -한 관계의 발전에 있어서 새로운 기회를 가져올 것입니다.

새로운 흐름 속에서 중-한 양국은 이웃 국가들과 사이좋게 지내며, 정치적 인 상호 신뢰를 증강하고, 서로의 주된 이익과 관심을 중시여기면서, 장기적 으로 건전한 발전을 확보해야 합니다. 또한 거시적인 정책 협력을 강화하고, 끊임없이 공동 이익의 파이(pie)를 크게 넓힐 것입니다. 나아가 함께 복잡한 안전 문제에 대응하면서, 평화와 안정이 가져 온 발전의 기회를 같이 나눌 것입니다. 인문 교류를 견지하고 우정의 다리를 세움으로써 중-한 우호의 새로운 장(章)를 새롭게 쓰고자 합니다.

신사 숙녀 친구여러분!

'천리를 보려면 한층 더 올라가야 한다'고 했습니다(왕지환 「등관작루」).

오늘날 중-한 관계는 더 높은 수준에 올랐습니다. 때문에 우리의 시야는 한 층 더 넓고 멀리 볼 수 있어야 하고, 우리의 목표도 더욱 원대해야 합니다. 중국과 한국은 모두 아시아에서 중요한 나라이며, 양국의 국민들은 여기에서 태어나 여기에서 살고 있습니다.

국제적으로 전개되는 새로운 변화에 대해 중국은 한국과 공동의 발전을 실현 하는 동반자, 지역의 평화를 위해 노력하는 동반자, 아시아의 부흥을 위해 손을 마주 잡은 동반자, 세계 번영을 촉진하는 동반자가 되어야 합니다. 드넓 은 아시아 대륙과 바다는 중-한 협력의 커다란 발판이 될 것입니다.

우리는 함께 손을 잡고 동방의 지혜에 기초하여, 양국의 아름다운 꿈을 더욱 위대한 아시아의 꿈으로 융합해야 합니다. 아시아의 여러 나라 사람들과 함 께 누리며 하나 되는 길을 걸어가야 합니다.

이를 위해 우리는 다음의 몇 가지 측면에서 특히 노력해야 할 것입니다.

첫째, 개방-융합-발전의 체계를 세우고 함께 이익공동체를 만들어야 합니다.

우리는 각자의 장점을 활용하여, 아시아 여러 나라가 개방 수준을 높이는 것 을 도와주고, 시장-자본-기술 융합을 가속하여 아시아의 경제가 개방 가운 데 융합과 발전을 이루도록 도와야 합니다.

먼저 우리가 하나 되고 나아가 아시아의 여러 나라가 어깨를 나란히 하여 국제적 위험과 도전에 대응해야 합니다. 아시아 경제 발전의 기회와 성과를 나누고, 양적 증가와 질적 향상을 중시하여 기쁨과 슬픔을 함께 나누는 이익 공동체를 만들어야 합니다.

중국은 지금 전면적으로 개혁을 심화시키면서 개방을 확대하고 있는 중입니다. 이는 단지 중국 혼자만의 발전을 위한 것이 아니라, 한국을 포함한 아시아 여러 나라를 위한 것이기도 합니다.

중국은 AIIB의 설립을 제안함으로써 상호 연관과 소통 및 기초설비건설을 가속화할 것이며, 다른 나라가 이 작업에 참여하는 것을 진심으로 환영합니다. 중-한 양국은 연말이 되기 전까지 자유무역지구에 대한 협상을 타결할 것이며, 손을 잡고 전면적 경제 동반자 관계의 협정을 추진하여, 아시아 경제 무역 협력을 위한 강력한 원동력을 구축할 것입니다.

아시아는 아시아 사람의 아시아이자, 세계의 아시아입니다. 아시아의 발전은 세계가 필요로 하는 것입니다. 세계가 발전하는데 있어서도 반드시 아시아가 필요합니다.

우리는 다른 대륙의 국가들이 아시아 발전 협력에 참여하는 것을 적극적으로 환영하고, 관련된 국제기구가 아시아의 발전을 위해 적극적으로 활동을 하는 것을 기쁘게 맞이할 것입니다.

아시아의 발전을 위한 여러 유리한 지역과 지역 간 경제 무역협정에 대해 개방적 태도를 가지고 있으며, 아시아의 평화와 발전을 위해 공헌하는 모든 바람과 행동에 대해서도 적극적 태도를 가지고 있습니다.

둘째, 협력에 기초한 발전을 주장하며, 국제 관계에서 올바른 가치관을 실천하고자 합니다.

'나라는 이익으로 의로움을 삼지 않고, 의리로 의로움을 삼는다(國不以利爲利, 以義爲利也『대학』)'고 했습니다. 국제 협력의 과정 속에서 중국은 이익보다 의리를 더욱 중시 여깁니다.

중화민족은 지속적으로 '군자는 의리를 본성으로 여긴다(君子義以爲質, 禮以行之, 遜以出之, 信以成之, 君子哉!『논어-위령공』)'고 주장했으며, '의롭지 않은 부귀는 내게 뜬 구름과 같다(不義而富且貴, 於我如浮雲『논어-술이』)'라고 강조해 왔습니다.

지난해 박근혜 대통령의 중국방문 때, 중한상무협력포럼 강연 도중 중국어로 '먼저 친구가 되고 난 뒤 장사를 한다(先做朋友, 再做生意 속담)'라고 말씀하셨는데, 이는 의리가 먼저이고 이익은 나중이라는 중국의 중요한 관념을 잘 풀이한 것입니다.

특히 국제 관계에 있어서 의리와 이익의 관계를 제대로 정립해야 합니다. 정치적으로 국제법과 국제관계의 기본 원칙을 지키고, 정의와 평등을 견지해야 할 것입니다. 경제적으로는 모든 분야를 제대로 판단하면서 시야를 넓히고 멀리 바라봐야 합니다. 서로 이익을 나누고 함께 발전하면서 모두가 잘 지내도록 노력해야 합니다.

지금 전 세계가 점점 더 하나로 묶이면서 상대 속에 내가 있고 내 속에 상대가 있으며, 하나가 잘되면 모두가 잘되고 하나가 안 되면 모두가 안 되는 관계가 되었습니다. 우리는 국제 관계에 있어서 '제로섬(zero-sum) 사상'을 버려야만 합니다. 상대가 적게 가져야 내가 많이 갖고, 남에게 해를 입혀야 내가 잘 되는 것이 아니며, 상대가 져야만 내가 이기는 시대 또한 지나갔습니다. 오직 의리와 이익을 같이 생각해야 비로소 의리와 이익을 함께 나눌 수 있고, 의리와 이익의 균형을 잡아야 비로소 의리와 이익을 함께 누릴 수 있습니다.

셋째, 모순과 분열을 해결함으로써 평화와 안정이 뿌리내리는 환경을 만들어야 합니다.

중-한의 발전, 아시아의 진흥은 불가분의 관계입니다. 지금 아시아 지역은 다양한 전통적 또는 비전통적 위협에 직면하고 있습니다. 문제를 피할 방법은 없지만 답은 여러 가지가 있을 수 있습니다. 역사를 다시 고칠 수는 없지만 미래는 함께 만들어 나갈 수는 있습니다. 대화와 협상을 통해 공통의 인식을 만들고 서로 이해하고 양보하는 마음으로 분열을 방지하며, 협력과 상생의 태도로 공동의 발전을 촉진해야 합니다.

미래를 향한 안목으로 지금의 문제를 풀어가는 것은 모든 나라가 화목하게 지내는 지름길이며, 모순과 분열을 없애고, 지역의 평화와 안정을 실현하는 최적의 방법입니다.

안보관 새롭게 정립하고, 대화와 협력을 펼쳐서, 서로 신뢰하는 가운데 평등하게 협력하는 동반자가 됨으로써, 함께 아시아의 평화와 발전을 만들어 나가야 합니다.

'이웃은 좋은 이웃을 바라고 친척은 좋은 친척을 바란다(隣望隣好, 親望親好 속담)'는 말이 있습니다. 중국은 한반도 남북 양국의 관계가 개선되길 바라며, 최종적으로 평화 통일이 이루어지길 지지합니다. 우리는 한반도에 핵무기가 출현하는 것을 반대하고, 대화와 협상을 통하여 핵문제와 관련 문제들을 풀어나가길 희망합니다. '3척이나 되는 얼음이 언 것은 하루 동안의 추위 때문이 아니다(冰凍三尺, 非一日之寒 왕충 『논형』)'라는 말이 있습니다. 적극적으로 대화를 추진하고 서로 선의를 베풀며, 여러 분야에 걸쳐 살피고, 비핵화와 평화를 실현할 안전한 과정을 추진해야만 합니다.

한국과 북한이 지속적으로 관계를 개선할 의지가 있다면, 모두가 바라는 평화통일의 숙원을 이룰 수 있을 것입니다. 이 과정 가운데 중국은 언제나 믿을 만한 친구가 될 것입니다.

넷째, 인문 교류를 강화함으로써 끊임없이 사람들의 감정을 교류해야 합니다. 이익으로 사귀면 이익이 사라졌을 때 흩어지고, 세력으로 사귀면 세력이 사라졌을 때 무너지지만(以利相交, 利盡則散, 以勢相交, 勢去則傾 왕통, 『중설(中說)』) 마음으로 사귀면 오래도록 관계를 지속시켜 나갈 수 있습니다. 국가관계의 발전도 결국은 사람들의 마음이 이어지고 뜻이 하나 되는 것에 달려 있습니다.

중국에서 태극 문화는 이미 오래 전부터 존재해 왔었고, 한국의 국기는 태극기입니다.

중국은 음양 상생, 딱딱함과 부드러움이 잘 어울린다는 사상을 잘 이해할 수 있습니다. 정치, 경제, 안전협력이 국가관계 발전을 추진하는 굳센 힘이라고 한다면, 인문 교류는 사람들의 감정을 돈독히 하고 마음을 이어주는 부드러운 힘이라고 비유할 수 있을 것입니다.

두 가지의 힘의 교류가 하나가 된다면, 진실한 마음으로 서로를 대하며 받아들일 것입니다.

문화는 양국 국민들에게 있어서 춘풍화우(春風化雨 『맹자-진심』) 및 윤물무성(潤物無聲 두보 「춘야희우」)의 역할을 할 수 있습니다. 중국과 한국은 서로 친밀하고 문화도 잘 통하니, 인문 교류를 발전시키는데 있어서 하늘이 내려준 좋은 장점이 이미 갖춰진 상태입니다.

이미 중한인문교류공동위원회가 설립되어 인문 협력의 확대 및 사람들의 감정을 증진하기 위한 좋은 디딤돌의 역할을 수행하고 있는 중입니다. 양국 정부의 관련부서들은 이를 강력하게 추진하고, 양국의 문화 분야 인사들과 국민들 또한 적극적으로 노력해야 할 것입니다.

신사 숙녀 여러분!

중-한 양국의 국민은 자연스러운 친근감을 가지고 있어 왔으며, 천 몇 년 동안 깊고 진한 도타운 우정을 만들어 왔습니다.

저는 오늘 여기서 여러분께 감동적인 두 가지 사건을 이야기하려 합니다. 2008년 중국 원촨(汶川)에서 아주 큰 지진이 일어나자, 한국의 각계각층에서 이를 안타까워하며 아낌없이 주머니를 열어 도움의 손길을 건냈습니다. 한국의 전남제일고등학교의 선생님들은 중국의 베이촨중학교를 위해 모금운동을 벌였으며, 교장선생님은 베이촨중학교 교장선생님께 다음과 같은 편지를 보냈습니다.

'기쁨은 나누면 두 배가 되고, 아픔은 나누면 절반이 됩니다'

또한 2008년 중국의 골수기증자 장바오는 한국 환자와 골수가 일치한 사실을 안 직후 교통사고를 당했지만, 건강을 되찾은 뒤 결국 한국 환자를 위해 자신의 골수를 기증했습니다. 장바오는 '살면서 길흉화복을 헤아리기란 어려운 법입니다. 지금 커다란 어려움을 당하신 당신께 제가 좀 도운 것은 아무것도 아닙니다'라고 말했습니다.

지금까지 국경을 넘은 중국의 골수기증 사례는 156건 정도인데, 그 가운데 한국 환자를 위한 골수기증은 45건입니다. 이러한 생생한 사례들은 일일이 열거할 수 없을 정도로 많으며, 모두 중-한 양국 국민의 우정을 드러내고 있습니다. 우리 두 나라 국민은 함께 노력하여 기쁨과 어려움을 더 많이 나누는 우정의 한 페이지를 써 내려가고 있는 중입니다.

젊은이는 중-한 두 나라의 미래이며, 또한 아시아의 미래이기도 합니다. 젊은이가 일어서면 민족이 일어서고, 젊은이가 튼튼하면 나라가 튼튼합니다. 안중근 의사께서도 일찍이 붓을 들어 '세월을 헛되이 보내지 마라, 젊음은 다시 돌아오지 않는다(白日莫虛渡, 青春不再來 안중근 붓글씨)'라고 글씨를 써서, 젊은이가 세월을 소중히 아낌으로써 삶을 밝고 멋지게 만들기를 바라셨습니다.

젊은 시절이야말로 생기와 꿈이 가득하며, 서로 소통하고 이해하기 쉽습니다. '별에서 온 그대' 등의 한국 드라마는 중국 젊은이들의 관심을 불러 일으켰습니다. 아름답고 빛나는 젊음이 있다는 것은 삶 가운데 아름답고 빛나는 추억을 남길 수 있음을 뜻합니다. 두 나라 젊은이들이 서로 배우고 서로 살피며 우정을 키워나가면서 함께 중-한 우정의 계승자가 되어, 아시아 진흥에 적극적으로 참여하길 바랍니다.

서울대학교에는 젊은 인재들이 모여 있고, 여러분들은 모두 큰 재목으로 성공할 것이라 믿습니다. 저는 중국의 상황을 소개하는 책 만 권과 영상 자료를 여러분 학교에 기증하고자 합니다. 또한 100명의 학생을 중국으로 초청하여 '중국어 다리'라는 여름방학캠프를 진행할 것입니다.

신사 숙녀 친구 여러분!

'큰 바람을 타고 파도를 헤쳐갈 때가 있으니, 그때 구름같은 돛을 달고 푸른 바다 건너리라(長風破浪會有時, 直掛雲帆濟滄海 이백 「행로난」)' 이것은 중국 당나라 시인 이백의 시 구절입니다.

저는 믿습니다.

우리가 우호 협력의 돛을 올리고, 서로의 이익과 승리의 항로를 견지해 나간 다면, 중-한의 우호협력의 거대한 배는 바람을 타고 물결을 헤치며, 평화와 번영으로 빛나는 저쪽 언덕을 향해 달려갈 수 있을 것입니다. 감사합니다!

글의 구성은 한국과 중국의 오랜 역사를 시작으로, 중국의 평화·협력·겸손의 자세에 대한 약속, 개방융합발전·협력발전·분열과 모순 해결·인문교류 증진에 대한 제안, 한중양국의 우정과 미래에 대한 강조로 마무리를 맺고 있다. 이를 위해 국적을 초월하여 한국학자 허균의 시와 독립운동가 안중근의 붓글씨를 언급하는가 하면, 왕지환·두보·이백의 시 구절, 『사마법』·『논어』·『예기』·『대학』·『맹자』·『장자』·『여씨춘추』·『통감절요』·『논형』·『서경』 등의 산문구절이 종횡무진 출현하면서 주장에 대한 근거를 더하고 있으니 실로 박학다식의 향연 이다. 이렇게 주변국과의 친선혜용(親善惠容)을 강조하며 운명공동체를 다지는 중국과 이와 반대로 주변국과 육상·해상분쟁을 끊임없이 일으 키는 중국 중 어느 것이 진짜 모습일까.

미션 2012년 11월 이후 시진핑 주석의 다른 연설문을 찾아보고 어떤 고전구절이 인용되어 있는지 찾아보자. 또한 왜 그 부분에서 그 구절을 인용했는지 고 전을 인용하는 목적에 대해 다시 정리해 보도록 한다.

생각해보기 2017년 11월 아세안 정상회의를 위해 필리핀을 방문 중이던 문재인 대통령과 리커창 총리가 따로 회담을 가졌다. 문재인 대통령이 '꽃 한송이 핀 것으로는 아직 봄이 아니고, 온갖 꽃이 함께 피어야 진정한 봄이다(一花獨放不是春, 白花齊放春滿園)'라는 『고금현문』의 구절로 회담을 시작하자, 리커창 총리는 '봄 강물이 따뜻해지는 것은 오리가 먼저 안다(春江水暖鴨先知)'라는 소식의 시(「惠崇春江曉景」) 구절로 응수했다. 이 문답이 구체적으로 무엇을 의미하는지 풀이해 보도록 한다.

Let's party like it's 1793

현재 중국의 최대 국책과제는 미국의 '아시아 회귀(Pivot to Asia)' 전략에 맞선 '일대일로(一帶一路, one belt one road)' 건설의 실현이다.[24] 이는 미국 중심의 세계 경제질서와 안보질서를 이제 중국이 맡겠다는 대국굴기 선언의 또 다른 표현이라고 볼 수도 있겠다. 그리고 중국이 총체적인 롤모델로 삼고 있는 시기는 청나라 강건성세(康乾盛世)이다. 1793년 영국의 사절 매카트니(George Macartney)가 베이징

▲ 「1793년처럼 파티를 열어보자」 기사 2013.5.4(ⓒ이코노미스트)

---

24 「중국의 일대일로는 우리에게 그림의 떡인가」(중앙일보 2017.9.19) '일대일로를 지칭하는 영문 명칭도 OBOR(One Belt One Road)에서 B&R(Belt and Road)로 슬쩍 바뀌었다. 하나(One)라는 형용사론 일대일로의 넓은 외연을 다 담을 수 없기 때문이다. 최근엔 '6랑6로다국다항(六廊六路多國多港)'이란 레토릭을 구사한다. 6대 경제회랑을 중점으로 6개 인프라(도로·철도·수로·항공로·파이프라인·정보망)를 건설하고 여러 나라의 여러 항구를 개발하겠다는 뜻이다. 이러니 일대일로 노선도를 그린다거나 한두 마디로 일대일로를 개괄하기는 어렵게 됐다.'

의 건륭제를 찾아왔을 때 했을 때 아홉 번 절을 올려야 만나주겠다고 말했던 그때의 자신감을 회복하고 재현하고자 하는 것이다. 시진핑 집권 초기인 2013년 초 일찍이 이를 간파한 이코노미스트는 「1793년처럼 파티를 열어보자(Let's party like it's 1793)」라는 제목의 기사를 통해 시진핑이 몇 달 전 모호하게 말했던 중국의 꿈은 바로 과거의 최대의 영토·인구·문화수준·경제력을 지녔던 청나라 초기의 영광을 재현하고 본인은 시황제로 군림하려는 것임을 정확하게 지적했다.[25]

다시 중국이 대국으로 우뚝서기를 꿈꿨던 CCTV 다큐 〈대국굴기〉로 돌아가 보도록 한다. 이는 TV판의 내용을 보충하여 『강대국의 조건』이라는 제목의 책자로 출판되기도 했는데, 결론은 제도+교육+문화의 구축이었다. 강대국이 되기 위한 진정한 조건은 무엇일까. 핵과 미사일로 폭주하는 북한을 관망하는 것일까, 인권운동가 류샤오보(劉曉波)에 대한 외국의 비판은 내정간섭이라 일축하고 한국의 사드배치에 대해서는 감놔라 배놔라 하는 것일까. 국제사회를 이끄는 대국으로 '존경'받고자 한다면 대국의 지도자와 국민이 갖춰야 할 조건이 무엇인지에 대해 다시 정립해야할 시점이다.

미션 '과거 한국은 중국의 일부였다'라는 시진핑 주석의 발언 논란(2017년 4월)에 대한 사건의 전말을 다시 정리해 보고, 사드문제와 연결지어 <u>한국을 바라보는 중국의 시각</u>을 객관적으로 파악해 보도록 한다.

---

25 「Xi Jinping and the Chinese dream : The vision of China's new president should serve his people, not a nationalist state」 The Economist, May 4th 2013.

6. 고전산문과 문화산업

　중국문학사 시간에 등장하는 수많은 이야기들은 중국이 21세기의 문화강국으로 떠오르는데 있어서 가장 중요한 자산이다. 중국판 걸리버 여행기라 할 수 있는 '경화연', 중국판 성균관 스캔들이라 할 수 있는 '양산백과 축영대', 중국판 잔다르크인 '목계영', 중국판 햄릿인 '조씨고아', 중국판 사랑과 영혼인 '모란정' 등 송철규 선생님의 『스토리를 파는 나라, 중국』(차이나하우스, 2014)에는 한족과 소수민족의 역사 속에서 전해 내려오는 각종 이야기들이 빼곡하게 담겨 있다. 아쉬운 것은 스토리텔링이라는 것이 장르상 소설이나 연극에 더 어울리기 때문에 산문은 거의 찾아볼 수 없다는 것이지만, 굳이 찾자면 중국산문도 영화·드라마·뮤지컬·발레 등의 기초가 되는 스토리텔링과 연관점을 발견할 수 있으니 바로 역사 인물의 일대기, 제자백가들의 활약, 25사(二十五史) 등 역사서 속에 담긴 일화 등이다. 이는 소설·연극·서사시처럼 기-승-전-결의 이야기로 풀어낼 수 있으므로 문화산업으로 활용되기 용이할 것이다.

　25사 중에서도 그 시작으로 일컬어지는 사마천의 『사기』는 특히 인물과 사건에 대한 묘사가 탁월하며, 시기심·권력욕·공격성·독점력 등 인간 본성이 적나라하게 담겨있다. 문학적인 완성도 역시 뛰어나 특히 영화나 드라마의 단골소재로 활용된다. 유학자·충신과 간신·모사꾼·은자·장군·상인·자객·배우 등 각계각층의 인물들 4,000여 명은 과거의 박제된 인물이 아니라 지금도 흔히 만날 수 있는 우리 주변의 인물들이다. 『사기-공자세가』와 후메이(胡玫) 감독의 영화 〈공자: 춘추전국시대(2010)〉, 『사기-자객열전』의 형가이야기와 장이머우(張藝謀) 감독의 영화 〈영웅: 천하의 시작(2002)〉, 『사기-항우본기』와 천카이거(陳凱歌) 감독의 영화 〈패왕별희(1993)〉를 비롯하여, 『사기-사마

상여열전』과 한국 여배우 박시연이 여주인공으로 열연한 드라마 〈봉구황(鳳求凰, 2006)〉, 『사기-진세가』와 한국 연극인 고선웅이 연출한 〈조씨고아: 복수의 씨앗(2015)〉 등 실로 『사기』는 장르와 국적을 초월한 '스토리텔링의 보고(寶庫)'라 하겠다.

그러나 이번 장에서는 이에 대한 논의보다는 이제 이 책을 마무리하는 의미에서 가볍게 '여행'으로 주제를 잡으려 한다. TV나 인터넷 속 광고를 통해 여행에 대한 꿈을 꾸고, 직접 그 땅을 밟아보며, 그 속에서 스토리텔링의 주인공을 만나보는 것도 '알아두면 쓸데있는' 유익한 휴식이라고 생각된다.

중국, 중원에서 답을 얻다

여행의 시작은 타인의 SNS나 서점의 여행책자를 통한 자극일 수 있지만, 때로는 무심코 본 화면 속의 광고를 통해 모락모락 피어오르기도 한다. 2009년 허난성 정저우(鄭州)와 산시성 시안(西安) 직항 취항을 기

▲ '중국, 중원에서 답을 얻다' cf 화산편
(ⓒ대한항공)

념하기 위해 대한항공에서 선보인 '중국, 중원에서 답을 얻다' 시리즈는 2009년 대한민국 광고대상을 휩쓴 히트작으로 '여행지와 중국 옛 성현들의 가르침이 어우러진 간결하면서도 고급스러운 광고', '중국에 가면 왠지 내 인생이 필요한 깨달음과 해법을 줄 것만 같은 광고', '해석 없이 뜻만 던져줘서 더 깊이 생각하게 만드는 광고' 등의 호평을 받았다. 전

체 시리즈는 여섯 편으로 구성되어 있으며 각 지역과 인용된 고전구절은 다음과 같다.

번호	지역	고전구절	출처
1	산시성 병마용	國無常强, 無常弱	한비자『한비자』
2	산시성 화산	行遠自邇, 登高自卑	자사『중용』
3	산시성 후커우 폭포	泰山不讓土壤, 河海不擇細流	이사「간축객서」
4	산시성 대안탑	生之畜之, 生而不有	노자『도덕경』
5	산시성 화청지	覆水不返盆	왕가(王嘉)『습유기(拾遺記)』
6	허난성 개봉부	鐵面無私	조설근『홍루몽』

이 중 1번은 '법치' 파트에서 설명한 바 있고, 5번과 6번은 소설과 관련된 것이므로, 2·3·4번을 살펴보도록 한다.

먼저 오악 중에서도 험준하기로 유명한 화산(華山)은 산시성 시안에서 동쪽으로 120km 떨어진 화인시(華陰市)에 위치하고 있으며, 자동차로 1시간 30분 정도면 도착할 수 있다. 전체 국토의 2/3가 산악지대인 중국에서도 으뜸인 산을 오악(五岳)이라고 하는데 그 중에서도 서악 화산의 특징은 한 마디로 '험준(險峻)'이다. 멀리서 보면 한 송이 꽃과 같다고 해서 붙여진 이름이니 그 입구에 서 있을 때 기분은 막막하기 그지없다. 인생의 수많은 고비들도 그렇게 산을 오르는 것과 같을 것이니, CF의 화자는 화산을 오르고 있는 등산객에게 아무리 높은 산이라도 낮은 곳에서부터 한걸음씩 걷다보면 언젠가 정상에 도착해 있을 것이라고 응원하고 있다. 그리고 넌지시『중용』15장의 한 구절을 툭 던져주는데, 이는 한국 속담 '천리 길도 한 걸음부터'와 같은 의미이다.

군자의 도는 비유컨대 먼 곳을 감에는 반드시 가까운 곳에서 출발하고, 높은 곳에 오름에는 반드시 낮은 곳에서 출발함과 같다. 시경에 '처자의 어울림이

거문고와 비파를 합주하듯 하고 형제는 뜻이 맞아 화합하며 즐겁구나. 너의 집안 화목케 하며 너의 처자 즐거우리'라고 했다. 공자께서도 '그 집 부모님은 참 편안하시겠다'고 했다.

君子之道, 辟如行遠必自邇, 辟如登高必自卑. 詩曰 '妻子好合, 如鼓瑟琴, 兄弟旣翕, 和樂且耽. 宜爾室家, 樂爾妻帑.' 子曰 '父母, 其順矣乎!'

자사, 『중용』 15장

'군자의 도'를 닦는 것을 가까운 곳에서부터 출발하고 낮은 곳에서부터 시작하는 것에 비유하는 것까지는 이해가 되는데, 뒤에 나온 시경 구절은 또 무엇인가? 이는 정조가 신하들과 매일 벌였던 경연의 질문이기도 했다. '먼 곳에 갈 때 가까운 곳에서 시작하고 높은 곳에 올라갈 때 낮은 곳에서 시작한다는 뜻을 단지 처자와 형제의 예로 밝힌 것은 어째서인가?'라고 묻는 정조의 질문은 날카롭다. 거문고와 비파의 화음이 잘 어우러지듯 가족들이 화목해야 밖으로 나가서도 일이 손에 잡힌다. 집안의 근본이 가족 간의 화목함에서 시작되듯이 군자의 도 역시 주변의 작은 것부터 실천해 나가는 것이며, 사실 이는 모든 일을 행하는 시작점이기도 하다. 산을 타다가 평지가 나오면 한번 숨고르기를 하듯 인생의 어려운 고비를 앞두고 마음을 다잡을 때 생각해봄직한 자사의 격려이다.

다음으로 후커우 폭포는 산시성(陝西省) 이촨현(宜川縣)과 산시성(山西省) 지현(吉縣)의 경계에 위치하고 있으며, 산시성 시안에서는 동북쪽으로 350km 떨어진 곳이다. 넓은 폭으로 흘러내려오던 황하는 이곳에 이르러 폭이 50여m로 좁아지면서 급류가 형성되니 이름대로 주전자 주둥이(壺口)에서 물이 콸콸 쏟아져 나오는 것 같다. 폭포를 바라보고 있는 여주인공이 늘 자신에게는 작은 일만 주어진다고 불평하고 있는 상황이다. 이때 진시황제 시대 재상을 지냈던 이사의 목소리가 들린다.

'황하가 가느다란 물줄기를 가리지 않았기에 큰 강을 이뤘듯이 일단 할 수 있는 작은 일부터 묵묵히 감당하라'는 충고이다.

▲ '중국, 중원에서 답을 얻다' cf 황하편
(ⓒ대한항공)

신이 듣건대 타국 출신 선비들을 추방하자는 의견을 낸 사람이 있다고 합니다만 이는 잘못된 것입니다. … (중략)

무릇 땅이 넓으면 곡식이 많고, 나라가 크면 사람이 많고, 군대가 강하면 병사가 용감하다고 합니다.

<u>태산은 작은 흙덩이라도 마다하지 않아 그 큼을 이룰 수 있었고</u>

<u>큰 강과 바다는 작은 물줄기라도 가리지 않음으로써 그 깊음을 이룰 수 있으며,</u>

군주는 여러 나라에서 오는 백성들을 받아들여야 훌륭한 덕을 밝힐 수 있습니다. (중략)

지금 타국에서 건너오는 백성들을 내쫓음으로써 오히려 적국을 돕고

타국에서 온 빈객들을 추방하여 공을 이루지 못하게 하고

천하의 선비들로 물러가게 하여 진나라에게 오지 못하게 발을 묶어버린다면

이는 원수에게 군대를 빌려주고 도적에게 양식을 주는 것이나 다름없습니다.

臣聞吏議逐客, 竊以爲過矣.

臣聞地廣者粟多, 國大者人衆, 兵強者士勇,

<u>是以泰山不讓土壤, 故能成其大</u>

<u>河海不擇細流, 故能就其深</u>

王者不卻衆庶, 故能明其德. (중략)

今乃棄黔首以資敵國, 卻賓客以業諸侯, 使天下之士, 退而不敢西向, 裹足不入秦,

此所謂藉寇兵而齎盜糧者也.

이사, 「외국출신 관리들을 추방하는 것에 대해 올리는 글(諫逐客書)」中

때는 아직 진나라가 천하통일을 이루기 전, 당대 최고의 학자 순자에게서 학문을 배운 초나라 출신 이사는 더 큰 뜻을 펼치기 위해 서쪽의 진나라를 주목했다. 그는 진나라 최고 권력자였던 여불위의 식객으로 머물다가 각고의 노력 끝에 진왕 영정의 신임을 받으며 '객경(客卿)'의 벼슬로 일하고 있던 중에 청천벽력 같은 소식을 듣게 된다. 바로 자신과 같은 외국인 출신 관리들을 추방한다는 소문이었다. 이는 한(韓)나라 출신의 정국(鄭國)이라는 기술자가 대규모 수로 공사(鄭國渠)를 추진하던 중 한나라의 스파이였음이 밝혀졌던 사건으로 인해 터진 것이다. 진나라 왕족과 대신들은 진왕 영정에게 이를 근거로 외국출신 관리들을 추방하자고 건의한 상태였다. 동창이었던 한비자와는 달리 이사는 뛰어난 언변의 소유자였으며 자기가 살기 위해 올린 상소문이 바로 「간축객서」였다. 전체 글의 주장은 '인재등용의 기준은 오직 그 사람의 능력이지 국적이 아니다'라는 한 마디로 요약할 수 있으며, 그 근거로는 첫째 역대 진나라를 강하게 만들었던 4명의 왕들은 모두 외국인 출신 관리들을 등용해서 부국강병을 이뤘고, 둘째 온갖 외국의 신기한 물건들은 다 가져다 쓰면서 정작 외국인을 추방하는 것은 논리상 안 맞는다는 것이다. 결과는 모두가 알고 있듯이 진왕 영정은 이사의 간언을 받아들였으며, 이사는 더욱 신임을 받아 재상이 되어 진나라가 천하 통일의 위업을 달성할 수 있는 모든 전략을 수립하는 것으로 이어진다. 비록 자신의 출세욕에서 출발한 이사의 주장이 순수하다고는 볼 수 없겠지만, 넓은 포용력으로 인재를 가리지 말아야 한다는 주장만큼은 리더가 갖춰야 할 중요한 덕목이라 하겠다.

마지막으로 당나라 고종이 어머니 문덕황후를 기리기 위해 세운 자은사(慈恩寺)는 시안시에서 남쪽으로 4km 정도 떨어져 있다. 자은사에는 현장법사가 인도에서 가져온 불경을 보관하기 위해 만든 7층 석탑이 있는데 바로 대안탑이다. 고종이 어머니를 기리기 위해 지은 절 안에서

한 어머니가 자식을 위한 기도를 올리고 있다. 이 모습을 보며 노자는
'낳고 기르되 소유하지 말라'고 말한다.

혼백을 하나로 감싸 안고 떨어져
나가지 않게 할 수 있겠습니까?
기에 전심하여 더없이 부드러워
지므로 갓난아기같은 상태를 유
지할 수 있겠습니까?
마음의 거울을 깨끗이 닦아 티
없게 할 수 있겠습니까?
백성을 사랑하고 나랏일을 실천
함에 무위를 할 수 있겠습니까?
하늘 문을 열고 닫음에 여인과
같이 할 수 있겠습니까?
밝은 깨달음을 사방으로 비춰나
가 무지의 경지를 이룰 수 있겠습니까?
낳고 기르며, 낳았으되 소유하려하지 말고,
기르되 자랑하지 않고, 자라도록 하면서 지배하려하지 마십시오.
이것을 일컬어 '깊은 덕'이라고 합니다.

▲ '중국, 중원에서 답을 얻다' cf 대안탑편
(ⓒ대한항공)

載營魄抱一, 能無離乎?

專氣致柔, 能嬰兒乎?

滌除玄覽, 能無疵乎?

愛民治國, 能無爲乎?

天門開闔, 能爲雌乎?

明白四達, 能無知乎?

生之畜之, 生而不有,

爲而不恃, 長而不宰, 是謂玄德.

노자, 『도덕경』 10장

『도덕경』 전체 81장 가운데 가장 다양한 해석을 가지고 있고 논란도 많은 장이 바로 10장이다. 때문에 번역문을 읽어도 도통 무슨 뜻인지 감이 오지 않는다. 우주와 세상을 움직이는 기준인 도와 작용인 덕은 만물을 낳고 길렀으면서도 구속하지 않고, 자랑하지 않고, 거느리지도 않는다는 것이다. 그리고 광고는 인간도 조물주가 잠시 맡긴 자식을 낳고 기르는 것일 뿐이니, 자신의 소유물로 여기며 노심초사하지 말라는 단순한 충고로 풀이하고 있다.

이렇게 별다른 설명 없는 단순한 이 광고는 중국이라는 나라의 인문학적 위상을 더욱 높이면서, 특히 고대 중국의 중심지로서 산시성과 허난성을 부각시키고 있다. 그리고 이를 본 우리들은 왠지 모르게 조만간 시안과 정저우로 여행을 간다면 인스타그램에 올려 남들에게 자랑하기 위한 '먹방' 여행이 아닌, 고품격 인문학 여행을 준비해야 할 것 같은 자극을 받게 된다.

제주도의 김정희가 하이난의 소식을 그리며

이렇게 광고 속에 인용된 산문구절과 역사도시의 만남을 봤다면, 이제 1987년 경제특구로 지정되면서 중국 관광의 중심지로 떠오른 최남단 '하이난(海南)'으로 가보도록 한다.

2014년 7월 4일 시진핑 국가주석의 서울대학교 연설 가운데, 양국의 오랜 역사에 바탕을 둔 '문화'야말로 봄날 적당히 불어오는 봄바람과 때에 맞게 내리는 비처럼 소리 없이 부지불식간에 만물을 자라게 하는(春風化雨, 潤物無聲) 가장 적절한 매개체라고 했다. '양국의 인문교류를 강화하자'는 국가주석의 이 한마디는 곧바로 한중인문유대강화사업 발족으로 이어졌으며, 사업의 여러 가지 프로그램 가운데서도 우리는 '한중

인문교류테마도시사업'에 주목하고자 한다. 이는 한국과 중국의 도시가 1년 동안 결연을 맺고 교류를 강화하는 사업인데, 2014년 경상북도 경주─산시성 시안을 시작으로, 2015년 제주특별자치도─하이난성, 2016년 충청남도─구이저우성, 2017년 전라남도─장시성으로 이어진 상태이다.

제주도와 하이난성을 연결하는 작업은 타 지역보다 수월한 편이다. 두 지역은 1995년부터 자매결연을 맺어왔으며, 현재의 '관광'과 과거의 '유배', 그리고 '여성'의 섬이라는 공통점이 두드러지기 때문이다. 제주는 인문교류테마도시사업의 일환으로 김정희와 소식을 연결시킨 인문교류발전학술세미나(2015년 12월 2일)를 개최했는데, 두 사람의 인생역정이 유사하고 회화·서예·차 등을 좋아했다는 단순한 공통점만 나열한 점이 아쉬웠다.[26] '조선말기 정조~철종 시기를 살았던 김정희는 왜 북송 인종~신종~철종시기의 인물 소식을 흠모했을까'라는 주제를 풀어나기기 위해서는 두 사람의 생애를 비교해보는 작업이 필요하다. 먼저 흠모의 주체인 김정희의 생평에 대해 깐깐하기로 유명한 조선왕조실록 사관들의 기록을 보도록 한다.

> 전 참판(參判) 김정희(金正喜)가 졸(卒)하였다.
> 김정희는 이조 판서[吏判] 김노경(金魯敬)의 아들로서 총명(聰明)하고 기억력이 투철하여 여러 가지 서적을 널리 읽었으며, 금석문(金石文)과 도사(圖史)에 깊이 통달하여 초서(草書)·해서(楷書)·전서(篆書)·예서(隸書)에 있어서 참다운 경지(境地)를 신기하게 깨달았다.
> 때로는 혹시 거리낌 없는 바를 행했으나, 사람들이 자황(雌黃)하지 못하였다. 그의 중제(仲弟) 김명희(金命喜)와 더불어 훈지(壎篪)처럼 서로 화답하여 울연(蔚然)히 당세(當世)의 대가(大家)가 되었다.

---

26 세미나 자료집 『소동파와 추사의 인생과 예술』(제주발전연구원)

조세(早歲)에는 영명(英名)을 드날렸으나, 중간에 가화(家禍)를 만나서 남쪽으로 귀양가고 북쪽으로 귀양 가서 온갖 풍상(風霜)을 다 겪었으니, 세상에 쓰이고 혹은 버림을 받으며 나아가고 또는 물러갔음을 <u>세상에서 간혹 송(宋)나라의 소식(蘇軾)에게 견주기도 하였다.</u>

『조선왕조실록』철종실록 8권, 철종 7년 10월 10일

　　제주도 서남쪽에 위치한 대정의 추사유배지에는 투박한 모양의 박물관과 김정희가 유배생활을 했던 초가집이 복원되어 있다. 건축가 승효상이 설계한 박물관 안에는 김정희의 생평이 오롯하게 담겨 있는데, 그는 사실 공주(증조할머니가 영조 둘째딸 화순옹주)의 손자이자 왕실의 친척이었다. 그는 평생 동안 두 번 유배를 당하는데 이 가운데 그의 삶을 뒤흔든 첫 번째 유배가 바로 55살 때 윤상도 사건으로 인해 발생했던 제주도 대정 유배이다. 소식은 3년 동안 하이난에 있었던 데 비해, 김정희는 무려 9년이나 제주도에서 유배생활을 보내며, 그것도 집 주위에 가시덤불을 두르고 그 안에서만 움직일 수 있었던 '위리안치(圍籬安置)'라는 형벌이었다. 사실 김정희가 소식을 흠모했던 첫 번째 연결고리는 유배가 아닌 24살 때 경험했던 청나라 연경(燕京) 여행이었다. 당시 김정희는 스승 박제가를 잃은 슬픔에 빠진 채 지식에 목말라 있던 차에, 청나라의 대학자 완원(阮元)과 옹방강(翁方綱)을 만나 필담을 나누며 새롭게 사제의 인연을 맺었다. 김정희는 완원을 존경하며 자신의 호를 '완당(阮堂)'이라고 지었고, 옹방강의 서재 이름을 본 떠 자신의 서재를 '보담재(寶覃齋)'라고 이름 붙였으니, 보담재란 '담계(覃溪 : 옹방강의 號) 옹방강을 보물처럼 모시는 서재'라는 뜻이다. 이는 옹방강의 서재인 보소재(寶蘇齋)에서 유래한 것으로, 보소재란 소식을 보물처럼 모시는 서재란 뜻이다. 이로써 살펴볼 때 김정희는 옹방강이라는 연결고리를 통해 본래 소식에 대한 흠모의 감정을 품고 있었다.

그러나 무엇보다 결정적으로 김정희가 소식을 깊이 생각하게 된 계기는 역시 유배이다. 하이난은 당·송시대부터 개척된 유배지로 당나라 무종(武宗) 시기 재상을 지냈던 이덕유(李德裕)는 '한번 가면 만 리 길, 천 리 또 천리 돌아오지 못하네(一去一萬里, 千之千不還)'라고 막막함을 토로했던 악명 높은 섬이었다. 제주도 역시 고려에서 조선으로 내려오는 동안 300여명 가까이 유배를 왔는데, 김정희가 머물렀던 대정은 북쪽 화북포구에서도 한참 멀리 떨어진 곳이다. 김정희는 한라산을 둘러 더 깊숙한 서남쪽 중산간으로 들어가, 소식이 단저우(儋州 : 하이난 서북부) 유배시절 즐기던 '나막신과 삿갓 차림의 모습(東坡笠屐圖)'으로 자신을 투영하기도 하고, 소식이 후이저우(惠州 : 광둥성 남부) 유배시절 멀리서 찾아온 아들 소매(蘇邁)에게 그려준 그림(偃松圖)을 상상하여 역작 '세한도'를 완성하기도 했다. 언송도는 사실 김정희 시절에 이미 소실되고 없는 상태였으며 김정희가 연경을 방문하던 당시 옹방강의 서재에서 본 것은 '고목이 된 소나무 비스듬히 가지를 드리운 채 집에 기대어 있네'라는 언송도에 대한 찬문(撰文)이었다. 김정희는 일찍이 이를 그림으로 표현하고 싶었지만 당시에는 소식이 왜 그런 그림을 그렸는지 마음깊이 이해할 수는 없었기 때문에 도저히 붓을 들 수가 없었다. 그런데 이제 억울하게 유배를 당했고 공주의 외손자라는 후광 아래 잘 나가던 시절 주변에 있던 사람들도 모두 사라졌다. 오직 제자 이상적만이 한결같았으니 비로소 '날씨가 추워진 이후에야 소나무와 잣나무가 더디 시듦을 알게 된다(歲寒然後, 知松栢之後凋 『논어 - 자한(子罕)』)'는 공자의 말과 '권세와 이익으로 합한 자는 권세와 이익이 다하면 서로 멀어진다(以權利合者, 權利盡以交疎 『사기 - 정세가(鄭世家)』)'는 사마천의 말을 깨닫게 된 것이다. 국보 제180호 '세한도'는 바로 소식의 언송도와 공자의 『논어』 및 사마천의 『사기』가 그의 삶 속에 녹아들어 탄생한 것이기에 깊은 울림을 준다.

지난해에 『만학집』과 『대운산방문고』 두 책을 보내주고 올해에는 우경(藕畊)의 『문편(文編)』을 보내오니, 이러한 일은 모두 세상에서 흔히 있는 일이 아니다. 천만 리 머나먼 곳에서 구입해오고, 그것도 여러 해가 걸려서 얻은 것으로 일시에 얻을 수 있는 것이 아니다. 더욱이 세상은 도도히 흐르는 물결처럼 오직 권세와 이익만을 좇아 따라가서 마음을 기울이고 공력을 쏟아 붓는 것이 상례인데 권세와 이익에 붙지 않고 바다 밖에 있는 초췌하고 메마른 나 같은 사람에게 돌아왔도다.

사마천(太史公)이 말하기를 '권세와 이익으로 합한 자는 권세와 이익이 다하면 서로 멀어진다'고 하였다. 그대 역시 세상의 도도한 흐름 가운데 있는 한 사람인데 도도히 권세와 이익의 바깥에서 초연히 스스로 분발하니 권세와 이익으로 나를 보지 않는 것인가 아니면 태사공의 말이 잘못된 것인가?

공자가 말하기를 '날이 차가워진(歲寒) 다음에야 소나무와 잣나무가 여전히 푸르다는 것을 알 수 있다'고 했다. 소나무와 잣나무는 사계절 내내 시들지 않는 것이니 날이 차가워지기 이전에도 한결같이 소나무와 잣나무이고 날이 차가워진 다음에도 한결같이 소나무와 잣나무이다.

그러나 특별히 성인(聖人)은 날이 차가워진 다음을 칭찬하였는데, 지금 그대가 나를 대하는 것이 이전이라고 해서 더한 것이 없고 이후라고 해서 덜한 것이 없다. 이전에 나를 대한 것으로 말미암아 그대를 칭찬할만한 것은 없다고 해도 이후로 나를 대하는 것으로 말미암아 그대는 성인이 칭찬한 것으로 역시 칭찬할 수 있지 않겠는가.

성인이 특별히 칭찬한 것은 단지 날이 차가워진 다음에 시드는 것이 아니라 정조(貞操)과 굴하지 않는 절개에 있을 뿐이다.

아! 쓸쓸하고 슬픈 이 마음이여!

완당노인(阮堂老人)이 쓰다.

김정희, 「우선 감상하게나(藕船是賞)」(김정희가 세한도 한 구석에 덧붙인 글)

김정희는 제주목사 장인식의 배려로 가끔씩 가시덤불을 벗어나 지역 인재들을 가르치기도 했고 멀리 제주까지 다녀오기도 했으니 오늘날 남아있는 대정향교의 의문당(疑問堂)은 소식이 하이난에 세웠던 동파서원의 재주당(載酒堂)을 연상케 한다. 서귀포 대정의 김정희유배지와 함께 제주대학교 스토리텔링연구개발센터 양진건 교수팀이 개척한 추사유배길 1·2·3코스는 김정희와 소식을 몸과 마음으로 이해하는 최적의 장소라 생각된다. 또한 사드로 인해 잠시 주춤한 상태이긴 하지만 제주도는 중국인들이 사랑하는 관광지인 까닭에 하이난 싼야(三亞)까지 직항까지 연결된 상태이다. 여유가 된다면 추사유배길 걸은 후 싼야의 천애해각(天涯海角)을 둘러보며, 소식이 유배생활 가운데 위로받았던 도연명과 유종원의 작품들까지 찬찬히 읽어보는 것도 좋을 것 같다.

> 정처 없는 인생살이 무엇과 같은가?
> 날던 기러기가 눈 위를 밟는 것과 같겠지
> 눈 위에 우연히 발자국 남겼을 뿐
> 기러기 날아가고 나면 그것이 동쪽인지 서쪽인지 어찌 알리오!
> 노승은 이미 세상을 떠나 탑이 되었고
> 벽은 무너져 옛 시를 볼 길이 없는데
> 지난 날 험했던 길 아직도 기억하는지?
> 길은 멀고 우리는 지쳤는데
> 나귀는 절룩거리며 울었던 것을.
> 人生到處知何似? 應似飛鴻踏雪泥.
> 泥上偶然留指爪, 鴻飛那復計東西.
> 老僧已死成新塔, 壞壁無由見舊題.
> 往日崎嶇還知否? 路長人困蹇驢嘶.

소식, 「면지에서의 옛 일을 생각하며 아우의 벽시(壁詩)에 답하다(和子由澠池懷舊)」

미션(1) 소식이 황주·혜주·담주 유배시절 지었던 작품들을 찾아서 읽어보고, 어떤 점들이 후대의 유배인들에게 특히 위로를 가져다주었는지 이야기해 보도록 하자.

미션(2) 제주 추사유배지, 중국 하이난 천애해각과 동파서원, 중국 광시좡족자치주와 후난성 융저우의 유종원 사당 중 하나를 골라, 이들의 문학과 유배의 관계에 대해 설명해 보도록 한다. 아울러 유배를 소재로 한 중국의 '다크 투어리즘(Dark tourism)' 루트를 개발해 보도록 한다.

▲ 김정희 〈세한도〉(ⓒ국립중앙박물관)

맺으며

고백하건데 사실 내 전공은 중국고전산문이 아니다. 그럼에도 불구하고 좀 더 새로운 형식으로 수업을 진행하려 했으니 1년 동안 이어진 산문 수업의 매 시간이 부족함과 긴장의 연속이었다. 1부는 1학기 수업, 2부는 2학기 수업의 내용을 정리한 것으로 일차적으로는 가천대학교 학생들의 이해를 돕기 위함이며, 이차적으로는 중국산문에 대해 가볍게 알고자 하는 일반 독자들에게 '오래되었지만 좋은 것(oldie but goodie)'임을 소개하기 위함이다.

먼저 중국산문이 정말로 아름다운 작품임을 일깨워주셨던 정상홍 선생님께 감사드린다. 당시 외부에서 강의를 나오셨기에 아마 선생님은 나를 기억조차 못하실 것이다. 하지만 삐그덕거리는 낡은 나무 바닥 강의실에서 강독해 주시던 선생님의 나지막한 목소리와 창문 밖 햇살에 반짝이던 푸른 나뭇잎은 스무 살 그 시절로 돌아간 듯 가슴 속에 잔잔한 물결을 일으킨다.

또한 함께 수업을 꾸몄던 가천대학교 학생들에게 감사의 마음을 표하고 싶다. 그들의 질문과 고혈(膏血)이 담긴 과제 및 토론이 없었다면 이 글은 절반의 완성도 이루지 못했을 것이다.

그리고 마음껏 판을 펼쳐보라고 격려해주시는 가천대학교 김원 선생님과, 함께 공부하는 동료이자 늘 닮고 싶고 배우고 싶은 인생의 선배인 정진선 선생님께도 감사드린다.

더운 2017년 여름날의 대부분의 시간을 이 글과 씨름하며 보냈음에도 불구하고, 저자의 천학비재(淺學菲才)로 부족한 부분만 더 크게 보인다. 나머지 빈 곳은 독자들이 채우고 고쳐주시길 기대한다.

오래되었지만 좋은 것인 중국산문은 어느 누구든지 아름다움을 발견할 수 있는, 그 자체가 반짝거리는 보물이기에.

█ 참고자료

강신주, 『철학이 필요한 시간』, 사계절, 2016.

김선자, 『문학의 숲에서 동양을 만나다』, 웅진지식하우스, 2013.

노장시, 『한유평전』, 연암서가, 2013.

관중, 신동준 옮김, 『관중』, 인간사랑, 2015.

김영수, 『역사의 등불 사마천, 피로 쓴 사기』, 창해, 2006.

김용옥, 『노자와 21세기』, 통나무, 1999.

김용옥, 『도올 논어』(1)(2)(3), 통나무, 2004.

김학주, 『장자』, 연암서가, 2010.

다케우치 미노루, 양억관 역, 『절대지식 중국고전』, 이다미디어, 2015.

레이첼 카슨, 김은령 옮김, 『침묵의 봄』, 에코리브르, 2011.

류종목, 『팔방미인 소동파』, 신서원, 2005.

류종목, 『소동파 문학의 현장 속으로』(1)(2), 서울대학교출판부, 2015.

李春元, 『霾来了』, 作家出版社, 2014.

명로진, 『짧고 굵은 고전 읽기』, 비즈니스북스, 2015.

미야자키 이치사다, 전혜선 옮김, 『과거, 중국의 시험지옥』, 역사비평사, 2016.

미우라 쿠니오, 이승연 옮김, 『왕안석 : 황하를 거스른 개혁가』, 책세상, 2005.

박경환 옮김, 『맹자』, 홍익출판사, 2005.

박희병 『선인들의 공부법』, 창비, 2013.

버튼 윗슨, 박혜숙 옮김, 『위대한 역사가 사마천』, 한길사, 1995.

사마천 지음, 김원중 옮김, 『사기』, 민음사, 2010.

소동파, 김병애 역, 『마음속의 대나무』, 태학사, 2011.

송용준 역, 『도연명 시선』, 지식을만드는지식, 2012.

송철규, 『스토리를 파는 나라 중국』, 차이나하우스, 2014.

習近平, 『習近平用典』, 人民日報出版社, 2015.

시진핑, 차혜정 역, 『시진핑, 국정운영을 말하다』, 와이즈베리, 2015.

신영복, 『강의』, 돌베개, 2004.

신영복, 『담론』, 돌베개, 2015.

신용철, 『이탁오』, 지식산업사, 2006.

오수형, 『당송팔대가의 산문세계』, 서울대학교출판부, 2010.

오수형, 『중국의 고전산문』, 명문당, 2015.

오찬호, 『진격의 대학교』, 문학동네, 2016.

오초재 · 오조후 지음, 최영음 옮김, 『고문관지』(상)(하), 명문당, 2005.

왕수이자오, 조규백 역, 『소동파평전』, 돌베개, 2013.

왕카이, 신정근 옮김, 『소요유, 장자의 미학』, 성균관대학교출판부, 2013.

유홍준, 『나의문화유산답사기 : 돌하르방 어디 감수광』(7), 창비, 2012.

윤철규, 『시를 담은 그림, 그림이 된 시』, 마로니에북스, 2016.

이종수, 『이야기 그림 이야기 : 옛 그림의 인문학적 독법』, 돌베개, 2010.

이중톈, 김성배 · 양휘웅 옮김, 『삼국지강의 1 · 2』, 민음사, 2007.

이탁오, 김혜경 옮김, 『속분서』, 한길사, 2007.

이해원, 『이백의 삶과 문학』, 고려대학교출판부, 2002.

임동석 역주, 『안자춘추』(1)(2), 동서문화사, 2009.

장펀즈, 원녕경 옮김, 『시진핑은 왜 고전을 읽고 말하는가』, MBC C&I, 2016.

제임스 러브록, 『가이아의 복수』, 세종서적, 2008.

조규백, 『소동파 산문선』, 백산출판사, 2011.

주디스 샤피로, 채준형 옮김, 『중국의 환경문제』, 아연출판부, 2017.

천시시, 박영인 옮김, 『시진핑의 말』, 에쎄, 2015.

피천득, 『내가 사랑하는 시』, 샘터, 2005.

한비, 정천구 번역, 『한비자』, 산지니, 2016.

한유, 이주해 옮김, 『한유문집』(1)(2), 문학과지성사, 2009.

황견, 노태준 옮김, 『고문진보』, 홍신문화사, 2008.

크리스토퍼 리 코너리, 최정섭 옮김, 『텍스트의 제국』, 소명출판, 2005.

히로나카 헤이스케, 『학문의 즐거움』, 김영사, 2008.

고광민, 「대학 중국고전산문교육의 새로운 방향 모색」, 중국어문학논집 73호, 2012.

김준연, 「한유의 '사설' 수업설계와 중국고대산문교육의 방향」, 중국문학 59권, 2009.

오헌필, 「왕안석과 소식의 정치와 문학」, 중국문화연구 15, 2009.

정세진, 「오대시안에 연루된 문장에 대한 고찰」, 중국어문학 제63집, 2013.

제주발전연구원 세미나 자료집 『소동파와 추사의 인생과 예술』, 2015.

「공자가 죽어야…' 명예훼손 무죄」(노컷뉴스 2004.11.23)

「전국 집부자 1위, 700채 소유 … 두 살배기 집주인도」(SBS 2017.8.30)

「장·노년층, 위급상황 때 형제·자매보다 친구·이웃에 더 의지」(헤럴드경제 2017.7.30)

「도올 "한미정상회담, 천자 알현하러 가는 것 아냐"」(노컷뉴스 2017.6.26)

「中 CCTV "시진핑 개혁은 새로운 개혁사상"..'시진핑 사상' 만들기」(중앙일보 2017.7.19)

「'우리 들꽃 포토에세이 공모전' 시상식」(연합뉴스 2016.6.17)

「동고동락한 옛 부하·동문 … 시진핑, 아는 사람 중용한다」(중앙일보 2015.6.1)

「시진핑 "한국은 100만원만 받아도 처벌" 김영란법 호평」(한겨레 2015.3.6)

「中 왕치산 퇴임 확정..시진핑 정국 "신중 운영" 전망」(연합뉴스 2017.9.21)

「호랑이 사냥꾼' 왕치산에 추풍낙엽처럼 숙청된 거물들」(중앙일보 2017.9.21)

「중국 최대 위협 요소는 '증시' 아닌 '탄소'」(프레시안 2016.1.12)

「앞만 보고 달려온 중국인들, 이젠 먹거리 양심 돌아봐야」(서울신문 2015.3.17)

「국경 분쟁 중인 중국-인도, 이번엔 '풍자 전쟁'」(YTN 2017.8.21)

「굴욕외교 탈출기, 제나라 안자에게 배워라」(오마이뉴스 2008.6.5)

「중국의 일대일로는 우리에게 그림의 떡인가」(중앙일보 2017.9.19)

「군복 입은 시진핑, 훈련장 열병식 사열… '당에 충성하는 강군' 선언」(한겨레 2017.7.30)

「트럼프 "시진핑이 그러는데 한국은 중국의 일부였다더라"」(경향신문 2017.4.17)

「Let's party like it's 1793」(Economist, Friday 3 May 2013.)

명로진, 「팟케스트 명로진의 짧고 굵은 고전읽기」 2015.(스토리펀딩)

신영복, 「공부란 무엇인가」 2013.(강연)

차이징, 「돔 천장 아래에서」 2015.(다큐)

CCTV, 「대국굴기」 2007.(다큐)

CCTV, 「將改革進行到底」 2017.(다큐)

KBS, 「슈퍼차이나」 2015.(다큐)

http://fuxing.chnmuseum.cn/(中國國家博物館)

http://cpc.people.com.cn/n/2014/0704/c64094-25241564.html(學習路上)

http://www.wenming.cn/(中國文明網)

http://sillok.history.go.kr/main/main.do(조선왕조실록 - 국사편찬위원회)

http://25s.lib.bnu.edu.cn/net25/readframe.htm(25史)

저자 박성혜

연세대학교에서 중국 고전문학(소수민족 연극)으로 박사학위를 받았다. 현재 가천대학교 동양어문학과 강사로 일하고 있으며, 경인교육대학교, 성신여자대학교, 연세대학교, 한세대학교에서 중국어, 중국문화, 중국문학 등을 강의했다.

소수민족, 공연문화, 고전, 생태를 주제로 조금씩 연구의 범위를 넓히고자 하며, '같이 사는 삶(共生)'에 관심이 많다. 번역서로는 ≪녹귀부≫, ≪태평광기(1)~(4)≫(공역)가 있고, 지은 책으로는 ≪티베트 연극 라모≫, ≪중국소수민족의 무형문화유산: 서북, 서남(1), 서남(2), 동북, 동남≫(공저), 논문으로는 〈티베트 민족의 무형문화유산에 대한 시론〉, 〈중국의 유네스코 무형문화유산에 대한 초탐〉, 〈제주와 하이난의 인문유대를 위한 제언〉 등이 있다.

중국문인들의 글과 말

초판 인쇄 2018년 1월 5일
초판 발행 2018년 1월 12일

지 은 이 | 박성혜
펴 낸 이 | 하운근
펴 낸 곳 | 學古房

주   소 | 경기도 고양시 덕양구 통일로 140 삼송테크노밸리 A동 B224
전   화 | (02)353-9908 편집부(02)356-9903
팩   스 | (02)6959-8234
홈페이지 | http://hakgobang.co.kr/
전자우편 | hakgobang@naver.com, hakgobang@chol.com
등록번호 | 제311-1994-000001호

ISBN   978-89-6071-715-2 93820

값 : 15,000원